U0358385

第三卷

阚　铎　红楼梦抉微

徐复初　红楼梦附集十二种

姚梅伯　红楼梦类索

近代稀见旧版文献再造丛书

民国紅學要籍汇刊

（影印本）

王振良　编

南開大學出版社

目录

阚铎《红楼梦抉微》

阚铎，字霍初，号无水，安徽合肥人。一八七五年生，一九三四年卒。日本东亚铁路学校毕业。历任北京政府交通部秘书、全国烟酒事务署秘书、临时参政院参政、国民政府司法部总务厅厅长、东北铁路局技师等。著名的营造学社创建时，阚担任文献主任，并为编纂《营造词汇》专程赴日考察。九一八事变后退出学社，赴东北任伪满奉天铁路局局长，并兼四洮铁路管理局局长；后在满日文化协会做动员学者，从事博物馆建设、古籍复制及国宝建造物保存等工作。另编著有《无冰阁诗》《阚氏故实》《合肥阚氏家谱》等。无冰阁是阚铎之斋号。他以无冰阁名义刊印的书，还有王伯恭撰《蜷庐随笔》、王仁俊辑《辽文萃》、朱启钤辑《丝绣丛刊》等。

《红楼梦抉微》一册，阚铎著。无冰阁校印，中华民国十四年四月□日印行。印刷者和发行者为天津大公报馆。线装一册，铅字排印。凡收录品金论红文字一六九篇，首有作者自序。

《红楼梦抉微》一书，缕述辨析《金瓶梅》和《红楼梦》人物之间的关系，向来被作为旧红学索隐派代表作，受到严厉的否定性批评。然而这种批评实际多属人云亦云，真正仔细翻阅原书者所在不多。为此当代学者朱萍，特撰《散金碎玉　瑕瑜互见——对〈红楼梦抉微〉的再思考》（见《红楼梦学刊》二〇〇〇年第四期）一文，对阚铎及《抉微》作了比较实事求是的评介。朱文认为，《抉微》的很多内容精芜并存、瑕瑜互见，对后世红学研究产生了一定影响；虽然它在红学史上可能无足轻重，但在《金瓶梅》与《红楼梦》的比较研究史上，却应当具有一定的地位。

在红学研究领域，阚铎被简单地贴上了『索隐派』标签，但阚氏本人对索隐派之方法实际并不认同。他在《水浒化为金瓶，金瓶化为红楼之痕迹》中，即明确反对以『影射』为能事的索隐派『臆说』。俗语云知人论世，也只有知书才能论人，对阚铎红学研究的客观评价，绝对离不开对《抉微》文本的精细阅读。

紅樓夢抉微
無冰閣
校印

紅樓夢抉微

無冰閣校印

紅樓夢抉微

合肥闞鐸霍初

咸同以來紅學大盛近則評語索隱充塞坊肆較之有井華水處無不知有柳屯田殆已過之然青年男女沉酣陷溺乃如鼷鼠食人恬然至死而不自覺噫何其甚也紅樓大體高華貴倘不至令人望而生厭而醜穢俗惡遂隨之深入於人心天下之最可畏者莫若僞君子彼眞小人者人人避之若浼誠不如僞君子日日周旋於縉紳之間反得肆其蠱惑之毒金瓶梅者眞小人也著紅樓夢者在當日不過病金瓶之穢褻力矯其弊而撰此書初不料代興以來乃青出於藍氷寒於水一至於

此不佞自悟澈紅樓全從金瓶化出一義以來每讀紅樓觸處皆有左驗記以赫蹏歲月既淹裒然成帙匪敢發前人之覆實欲覺後來之迷但仍舉似一例以待反隅讀吾此書者再讀紅樓其有異於未讀吾書時之感想固可斷言即再讀諸家之評論考據或亦憮然爲間更未可知惟金瓶雖是傑作仍不欲家有其書故於可供參證之處一一摘錄不徒省對證之勞亦藉免誨淫之謗也讀者鑒諸中華民國十有三年歲在甲子端午後六日

自識

目錄

陋室空堂等語之解釋
紅樓以孝作骨金瓶以不孝作骨
兩書氣象之針對
兩書之僧尼
兩書之皇親
兩書之王姓
兩書之官
兩書之造屋與賣藥
做生日出殯之所由來
寶玉說化灰之所本
兩書之官吏賣法
瓶兒命名之由

二

瓶兒何以姓李
兩書之扶正
兩書之雪天戲叔
兩書在服中作種種之不肖
不發長房
紅之大房
紅之二房
兩書敘事之章法
芙蓉屛與瓶兒
紅書之清朝禮俗
金書之明朝禮俗
慶成宴

紅樓夢抉微　二　無冰閣

手帕本之刻書
海�優人
死人頭上珍珠及紫河車之解釋
兩書之詞曲
原本紅樓與通行百二十回本不同之點
原本紅樓與金瓶之關係
通靈玉究竟是何物
捽玉之故
絡玉之故
煉石之故
石頭是玉之前身西門是孝哥之前身
寶玉是孝哥化身紅樓所記皆寶玉十五歲以內之

事
寶玉所以爲小孩之故
銜玉而生者之根性
珠兒已死之故
寶玉挨打之故
寶玉賜人之故
寶玉自白
酸笋湯
兩書之大打醮
寶玉乞滋補藥
裝玉之函
女兒者對再醮婦而言

化灰下水與葬墳之别

葬花詩之解釋

黛玉不勸寶玉立身揚名之所本

寶黛之似曾相識

蓮爲花草故以各植物烘託猶金蓮之爲小脚

有鳳來儀之説

偷香玉三字之意義

黛玉燒香

捉蔣玉函即暹打蔣竹山

葬花詩之所本

焚稿與喪子

黛玉何以姓林

寶釵何以有熱毒

寶玉歷次之炫玉

以偷香對竊玉切實發揮

賈珍與可卿之關係

叔公與姪婦之關係

可卿壽木與瓶兒壽木

會芳園賞花之所由

可卿喪事與瓶兒喪事逐事之比較

五兒承錯愛之由來

照風月鑑之與磨鏡

鐵檻寺弄權一案之眞相

燒糊捲子

紅樓夢抉微　五　二無冰閣

協理寧國府之所由
吃猴子尿
鮑二家的與宋蕙蓮
鳳姐與王六兒
李紈與孟玉樓
李紈孟玉樓之於李師師
元春之與吳月娘
迎春與李嬌兒
司棋與夏花
狼筋
探春與孟玉樓
探春何以爲庶出

惜春與孫雪娥

妙玉遭刦與孫雪娥被拐

鐵門檻之寓意

妙玉烹茶之有本

柳五嫂之與孫雪娥

湘雲之與李桂姐

湘雲之與雲兒與李桂姐之關係

女兒詩之細評

薛姨媽之與王婆

劉姥姥之與應花子

劉姥姥之與王婆

李嬷嬷之與潘姥姥

尤三姐之與金蓮

湘蓮之與武松

尤二姐之與瓶兒

晴雯之與瓶兒

補裘與檢泡螺

千金一笑之所本

襲人之與金蓮

襲人之於春梅

襲人之與瓶兒

花自芳之與花子虛

香菱之於金蓮

情解石榴裙與醉鬧葡萄架

平兒之與春梅

鴛鴦之與玉簫

剪頭髮

琴棋書畫四丫頭

雪雁之於迎春

翠縷陰陽之說之所本

寶玉與碧痕洗澡西門與金蓮水戰

傻大姐之本來

柳五兒爲瓶兒化身

林四娘與林太太

賈璉管家之所由

兩書參案之相同

兩書魔魔法之相似

賈環爲貓之由來

趙姨娘之與金蓮

賈瑞之與陳敬濟

湘蓮打薛蟠即武松打西門

湘蓮殺三姐即武松殺金蓮

薛蟠即武大

夏金桂合金蓮桂姐爲一人

秦鍾與王經書童

兩書之清客

冷子興與溫秀材韓夥計之寓意

茗煙與玳安

二

焦大與胡秀

賴世榮與玳安

賴大賴升與來保來旺

紅樓夢抉微

合肥闞鐸霍初

以賈代西門之鐵證

紅樓夢何以專說賈府之事金瓶梅十八回賂相府西門慶脫禍因兵科給事中宇文虛中等奏劾蔡京王黼楊戩一案楊戩親黨有西門慶姓名在內西門慶遣家人來保赴東京打點由蔡攸具函囑託右相李邦彥竝送銀五百兩只買一個名字李邦彥取筆將文卷上西門慶名字改作賈廉云云紅書之以賈代西門即發源於此

賈雨村言應注意重村字

紅書入手即述賈雨村言向來解此四字皆謂爲假

語村言殊於村之一字不求甚解不知村者撒村之村也如金書之淫穢鄙瑣誠非村字不足以盡之今欲除其村氣故另撰紅樓夢一書改爲一種富貴秀雅之氣所謂比村言更假即假於村言也蓋金瓶梅一百回純由水滸傳數十頁內化出紅樓百二十回又由金瓶梅百回化出而改俗爲雅改明爲暗於是賈雨村言四字乃得正當之解釋

賈雨村者假於村也言金瓶已極村俗紅樓較金瓶之村更假也假作人名即爲紅書之導綫又即借作一名西賓一名清客一名帮閑一名官親一個勢利人所謂牽一髮而全身俱動

黛玉與金蓮同上過女學

賈雨村教過黛玉的書金蓮七歲曾上過女學二書之中上過女學各只一人既上過女學必有教書先生故紅書請出賈雨村以充此任賈雨村之爲無是翁一望而知故用作女生師金書以任秀才爲金蓮女師雖未露面其點醒女學則一

西門及吳潘均實有其人

王阮亭香祖筆記有兗州陽穀縣西北有西門冢大姓潘吳二氏自言是西門妻吳氏妾潘氏族云云後人多謂水滸所述宋江等三十六人既非虛構金瓶亦必有其人然則紅樓所謂眞事隱去亦認金書所述爲眞事故以自己所撰謂之賈語村言雖是謙詞亦爲確詁

水滸金瓶梅紅樓夢三書以先後爲正副册先有水滸而後有金瓶先有金瓶而後有紅樓水滸中人爲正金瓶中人卽爲副正副者正續之謂也故紅樓以正册副册又副册分點之

水滸化爲金瓶金瓶化爲紅樓之痕迹

紅樓金瓶之用筆皆故意犯複故意重描兩書一律如黛玉係絳珠草轉世是爲先天金蓮係水滸中人是也寶釵是添入之人是爲後天瓶兒等之不見水滸是也水滸有武松在武大靈床伴宿武大顯魂一段故金書有守孤靈半夜口脂香一回紅書亦有候芳魂五兒承錯愛一回其他見鬼走魔託夢索命種種皆由此而出總之水滸數回放大而爲金瓶改造

而爲紅樓全是虛構格律謹嚴壘無旁瀋其水滸無萌芽根荄者兩書决不及之於此而歷來所謂影射何人暗指何事種種臆說不攻自破

西門家收了李瓶兒家許多東西卻打瓶兒賁府收了林黛玉家許多東西卻要省一副嫁粧是正寫賈府收了江南甄家許多東西西門卻收了陳姐夫家許多東西是襯筆紅書孫家賴賈家欠債打罵迎春卻是陳敬濟淩虐西門大姐一段影子亦是襯筆

西門之李代桃僵

甄字自係由賈字演出然金書之西門卽明是水滸之西門不過死法不同而已金九回武都頭誤打李皂隸獅子街酒樓之上水滸已將西門打死金書卻

將西門放走另將李外傳打死所謂李代桃僵也至化金蓮爲瓶兒也教他姓李亦是此意紅之賈雨村冷子興等等無是烏有皆是如此

榮府及花園之地位　獅子之來由

榮國府在西故以之爲西門老家紅書之主人亦係西府寧國府在東故以之爲花家後改爲花園又即大觀園之用地柳湘蓮所指不乾淨之獅子單在東府其實西府亦照樣有獅子一對即金書所謂獅子街及獅子橋兩個獅子是也金書讀法第三十三云獅子街乃武松報仇之地西門幾死其處曾不數日而子虛又受其害西門倘佯來往俟後王六兒偏又爲之移居此地賞燈偏令金蓮兩遍身歷其處寫小

人託大忘患嗜惡不悔一筆都盡云云紅云漫云不肖皆榮出家事消亡總罪寧金於西門本宅始終未動但於東隣花家出了許多故事卒至開園築樓歸爲一宅而止至後人謂爲東樓云云自亦有故蓋西門正院盡是平房惟有金瓶二人之別院皆是樓房又在東院也

獅子街與紫石街之不同

紅樓再三就獅子說兩府即獅子街獅子橋之謂然則何不說紫石街須知水滸之犯事地點是紫石街金瓶梅之犯事地點是獅子街主眼如此不可不爲認定

好了歌之其諦

紅一回好了歌內分財祿妻子四門按之金書無不悉合而按之紅書却有不盡合者如終朝只恨聚無多及到多時眼閉了又君生日日說恩情君死又隨人去了又痴心父母古來多孝順兒孫誰見了云云殊於西門一生放官利債刮老婆寵兒子及身後消敗一一脗合求之紅書轉嫌無根

陋室空堂之解釋

又甄士隱所說陋室空堂當年笏滿床衰草枯楊曾爲歌舞場云云即西門之生子加官也昨日黃土隴頭送白骨今宵紅燈帳底臥鴛鴦即西門初死陳敬濟弄一得雙也擇膏粱流落在烟花巷即孫雪娥之墮入青樓也此等語句單就紅書觀之不過謂爲倒

二

影法然措語終嫌不當仔細按之未免有過重過刻之嫌且紅書係由熱而冷未入手以前已是轟轟烈烈了多年此歌由冷而熱又不相符若以金書事實按之眞尺幅具千里矣

紅樓以孝作骨金瓶以不孝作骨

寶玉走後寶釵遺腹即金瓶梅之西門死後月娘遺腹而生孝哥紅樓以孝字作骨故有祖有父有子有孫金書以不孝作骨故上無眞雙親下無眞子孫蓋百善萬惡正是反對也

兩書氣象之針對

紅樓之寫繁華富貴及書卷氣正所以針對金瓶之村俗小家泥腿市俗又於攢金慶壽湊分子等處作

正面之點醒

兩書之僧尼

紅樓既有茫茫大士渺渺眞人一僧一道却又有妙玉及水月庵水仙庵之尼及張道士馬道婆等等金瓶於吳道官普凈師貫串全書之外又寫薛姑子王姑子劉姑子等等薰蕕同器如出一手送風月寶鑑之老道却似金瓶之妙鳳妙趣

兩書之皇親

紅之甄家金之喬家同是皇親同是親戚金書喬五太太之親姪女兒是東宮貴妃世襲指揮使紅十六回江南甄家接駕四次又周貴人家預備接駕由鳳姐與趙嬷嬷問答中表出金書所謂王皇親

房子喬皇親花園等等不一而足喬者假也假賈同音因皇親而接駕有假於是有眞有喬於是有甄蓋金書形容泥腿市俗眼中以皇親爲最闊紅書乃因此二字發生省親等等大世面也

兩書之王姓

一部紅樓於王姓最得優勢蓋紅書有一癖性即找老娘家是也賈二太太娘家姓王便弄了許多姓王的小而王熙鳳老而薛姨媽皆是也即寶玉寶釵亦是外孫輩皆與王有關便是劉姥姥亦是王家瓜葛周瑞家亦是王夫人陪房若以金書王招宣府之說證之則此王殊有根據王係金蓮蒙養之地加以王婆之助成故紅書於王三致意焉反之史家邢家李

家尤家等等何又如彼之凋零耶

兩書之官

紅樓亦說官字但多爲過去之官蓋官哥已死也又以祿蠹等字反寫官字即是表明寶玉前身是孝哥不是官哥之意

兩書之造屋與賣藥　做生日出殯之所由來

前述守靈不過偶舉一例此外如兩書之蓋花園造房子皆由武大買房而來兩書之藥店皆由西門藥店武大砒霜而來至兩書均以做生日爲鋪排之大方案則由王婆壽衣一段內化出死期生辰固爲聯想而得花開豆爆信然信然

紅金兩書於出殯事極力鋪排其實只從水滸武大

出殯一二語而來

寶玉說化灰之所本

紅書寶玉說化灰揚去云云即從水滸武大燒灰一語化出

兩書之官吏賣法

紅四回葫蘆僧判斷葫蘆案已伏不肖官吏受賄枉法之根至六十八回受私賄老官翻案牘於薛蟠打死張三一案花錢買通知縣將屍格改輕作爲誤傷將薛蟠定爲監禁候詳再花些銀子一准贖罪便沒事了云云金十回義士充配孟州道歷述西門慶爲毒死武大一案賄囑知縣屈打武松取面長枷帶了收在監內云云此外受賄枉法不一而足參看紅書

弄權鐵檻寺等回從各方面寫來兩書無不脗合

瓶兒命名之由　瓶兒何以姓李

金瓶旣由水滸化出則每人每事必須從水滸此數回中咀嚼出來方爲傑作試取水滸細閱則蛛絲馬跡在在可尋譬如因大戶人家使女六字便化出張大戶一家王招宣府一家因諸子百家皆通六字便化出詩詞歌賦無所不能及各種情書小曲如此等類比比皆是然則何以金蓮之外又照樣添出一位甄兒試看水滸西門慶挨光得手後將入港時王婆道再買一瓶兒酒來吃如何又說送老身去取瓶兒酒來又云老身直去縣前那家有好酒買一瓶來有好歇兒擔閣云云凡再見瓶兒二字一見瓶字是以

瓶兒能飲是爲正寫瓶兒好倒插花是爲側寫酒瓶是實故嫁西門而終花瓶是虛故嫁花子虛蔣竹山皆不終局與西門情熱是爲熱酒初嫁梁中書不久即散是爲涼酒然則何以姓李水滸不云官人你和李嬌嬌却長久乎因有此李嬌嬌三字故西門第二房妾爲李嬌兒第六房又爲李瓶兒外孌又有李桂姐皆此李也紅書黛玉之外又來一寶釵等等筆墨則是依樣葫蘆略異空中樓閣然亦有直接取材於水滸之時如黛玉讀莊子等類是也

兩書之抉正

因水滸有王婆說若是他似娘子時自册正了多時故金瓶於瓶兒隱然以正室相待紅書鮑二家的說

把平兒扶了正云云皆從此語化出但均是空中樓閣仍不越水滸範圍

兩書之雪天戲叔

水滸一齣雪天戲叔金瓶乃於花家韓家一寫再寫而不一寫紅樓又於賈瑞薛蝌反寫倒寫而不一寫又於金則用胡二之口於紅則用焦大之口爲叫之破

兩書在服中作種種之不肖

金蓮帶熱孝嫁人是重大罪狀紅樓於偷娶尤二姐坐以國孝家孝之罪又於秦鯨卿得趣饅頭庵敘秦鍾有胞姊之喪於送葬時如此胡行直與陳敬濟弄一得雙相似又於賈政喪事中叙珍蓉聚麀璉尤調

一得雙相似又於賈政喪事中叙珍蓉聚麀璉尤調情甚至寶玉與寶釵成親亦在喪中凡此種種皆從水滸此節內化出

不發長房

紅樓不重長房而重二房榮勝於甯一也政賢於赦二也寶玉勝似珠兒三也此外倘不一而足金書開首十兄弟結拜西門被推爲大哥若以齒叙當在第三四之列所謂不孝之外又加以不弟後生而爲民其誕已久

紅之大房

紅之行大者赦老珍兒珠兒蓉兒薛蟠等是也除珠早死外皆無賢妻貞婦殆皆武大一流

紅之二房

紅之行二者政老寶玉璉兒薛蟠湘蓮等是皆有異才兼有麗偶

兩書敘事之章法

紅之敘事皆以吃飯爲章法金之敘事西門出門必有一人或一官來拜留坐此是生子加官後數十回一定章法　紅之老太太王夫人等無不佞佛金之月娘亦然蓋老太太王夫人吳月娘皆不管家事之女主人也

芙蓉屏與瓶兒

紅六回賈蓉向鳳姐借炕屏按金瓶梅寓意說云瓶與屏通窺春必於隙底屏號芙蓉玩賞芙蓉亭蓋爲

瓶兒插筍而私窺一回卷首詞內必云綉面芙蓉一笑開後玩燈一回燈賦內荷花燈下即接以芙蓉燈蓋金瓶合傳是因瓶假屏又因屏假芙蓉侵淫以入於幻屏風二字相連則馮媽媽必隨瓶兒而當大理屏風又點睛妙筆矣芙蓉栽以正月冶艷於中秋搖落於九月故瓶兒必生於正月十五日嫁以八月二十五後病於重陽死以十月總是芙蓉譜內時候云云故借屏必以蓉兒蓋有深意云云至紅之芙蓉女兒誄全似金之祭瓶兒文益以黛玉改爲茜紗牕下黃土隴中等語意更明顯矣

紅之清朝禮俗　金書之明朝禮俗

紅九回賈政便問跟寶玉的是誰只聽外面答應了

兩聲早進來了三四個大漢打跧兒請安又云唬得李貴忙雙膝跪下摘了帽子磞頭有聲連連答應是云云又十六回太祖倣舜巡故事又二十一回湘雲替寶玉梳辮子又　回寶玉剃了頭頭皮是青的又百一回寶玉等做時文破題皆是清朝禮俗制度作者有意點明亦猶金書成於明朝特取明朝風俗上一二事隨意點明如西門慶東京候吃慶成宴按高士奇天祿識餘記明典禮有慶成宴每宴必傳旨曰滿斟酒又曰官人每飲乾

手帕本之刻書

顧炎武日知錄明時京官奉差回京必刻一書以一帕一書相餽遺世即謂其書爲手帕本王士禎居易

錄謂後無復此制今亦罕見金瓶梅屢言蔡御史等

餽人書帕殆即此也

海𪔂優人

金瓶梅屢言西門宴客有海𪔂子弟演劇云云按周

亮工書影謂海𪔂優人金鳳見寵於嚴東樓嚴敗又

他往云云然則海𪔂當明中葉頗有名優矣

死人頭上珍珠及紫河車之解釋

死人頭上戴過珍珠即指婦人再醮而言頭胎紫河

車即指私生子而言

兩書之曲詞

明江寧顧起元有客座贅語里街童孺婦嫗之所喜

聞者舊惟有傍粧台駐雲飛耍孩兒皂羅袍醉太平

西江月諸小令其後益以河西六娘子鬧五更羅江怨山坡羊山坡羊有沉水調有數落已爲滛靡矣云云按如上所述各小令明人小說用之最多如今古奇觀等等皆是而金瓶梅一部所塡小令至五六十種內中如西江月駐雲飛山坡羊均已屢見而山坡羊於八回一見三十三回兩見五十回又一見皆帶數落者此外如踏莎行桂枝香點絳唇梁州序山花子浪淘沙折桂令浣沙溪清江引算子蘇幕遮憶秦娥蝶戀花望江南青玉案黃鶯兒集賢賓臨江仙普天樂等牌名皆所習見至菊花心簇御林孝順歌梧桐樹綿搭絮等類曲牌則又非他書所常見矣紅書警幻仙姑所演之曲其牌名與此逈不相同此外如

寄生草西江月雖偶然一見然求如金書之專門名家則戛戛乎其難故以顧起元之說證之固可知明人風俗亦可知紅書之長於詩文金書之長於詞曲矣

原本紅樓與通行百廿回本不同之點

原本紅樓與金瓶之關係

坊間通行之紅樓以百二十回者爲足本以八十回者爲原本其實八十回本是否原本固仍待考有正書局有印行批校之本所批固甚精當惜皆在字句之微如初印原大字本內六十八回若尤娘賺入大觀園記鳳姐向尤二姐所談一席話原文多係文話不合身分且稱二姐爲姐姐上有改筆將原文塗抹

旁注小字痕迹顯然似非僞作查其改本與百二十回本之此段竟是一律此殆稱爲原本之證據乎續印之小字本已一律改爲大字然八十回中只此一段又是何故亦殊可疑又五十三回寧國府除夕祭宗祠叙賈母花廳上陳設在新鮮花卉句下又有各色舊窰瓶中句上夾叙透繡花卉及詩詞瓔珞至四百餘字之多似專爲點染金瓶等人繡工而設百二十回本乃皆删之又六十三回壽怡紅羣芳開夜宴叙寶玉別過邢岫烟親挈檻內人帖兒到櫳翠菴投進去便回來了之下因飯後平兒還席句之上夾叙芳官改粧改名爲耶律雄奴又葵官改名爲韋大英及金星玻璃溫都里納野驢子云云至千餘字之多

芳官改爲玻璃似指琉璃易碎而野驢子送鍬钁絕似陳敬濟送金蓮等人打鍬钁然則野驢子殆指陳敬濟亦未可知此段注重雄雌易位撲索迷離內寵外嬖合而爲一內中有儼然戲上一個琴童一語彼金瓶之金蓮不曾以私琴童而被打乎琴童非以奇裝爲人注目乎此段之芳官改裝改名以此一句點醒之以上各段於金書宗旨不無關係是否當日續成時刪去固不可知然要是異聞故別錄於後

一原本紅樓夢六十八回改竄一段

甲原文　小字皆被塗去者與今本不同

鳳姐忙下坐一禮相還口內忙說皆因奴家婦人之見一味勸夫慎重不可眠花宿柳恐惹父母躭憂

二

此是你我之癡心怎奈二爺錯會奴意眠花臥柳之事瞞奴或可今娶姐姐二房之大事亦人家大禮亦不曾對奴說奴亦曾勸過二爺早行此禮以備生育不想二爺反以奴爲那等嫉妬之婦私自行此大事並未說知使奴有冤難訴惟天地可表前於十月之先奴已風聞恐二爺不樂遂不敢先說今可巧遠行在外故奴家親自拜見過還求姐姐下體奴心起動大駕挪至家中你我姊妹同房同處彼此合心諫勸二爺愼重世務保養身體方是大禮若姐姐在外奴在内雖愚賤不堪相伴奴心何安再者使外人聞之亦甚不雅觀二爺之名也要緊倒是談論奴家奴亦不怨所以今世奴之名節全在姐姐身上云云

乙改本小字皆旁注者與今本合

鳳姐忙下坐一禮相還口內忙說皆因奴家婦人之見一味的只勸二爺保重不可眠花宿柳恐敎太爺太太躭心此皆是你我之痴心怎奈二爺錯會了我的意若是在外包占人家姐妹瞞著家裏也罷了今娶了妹妹作二房這樣正經大事也是人家大禮卻不曾對我說我也曾勸過二爺早辦這件事果然生個一男半女連我後來都有靠不想二爺反以我爲那等嫉妬不堪的人私自辦了眞眞敎我有寃沒處訴我的這個心惟天地可表前十天頭裏我就風聞著知道了所以我親自過來拜見還求妹妹體諒我的苦心起動大駕挪至家中你我姊妹同房同處彼此合心諫勸二爺慎重世

務保養身體方是大禮若姐姐在外頭我在裏頭妹妹想想我心裏怎麽過的去呢再者使外人聽著不但我的聲名不好聽就是妹妹的名兒也不雅況且二爺的名聲更是要緊倒是談論咱們姊妹們還是小事至於那起下人小人之言云云

二原本紅樓夢五十三回增多一段

又有小洋漆茶盤放著舊窰茶杯並十錦小茶杯裏面泡著上等香茗一色皆是紫檀透雕嵌著大紅透繡花卉並草字詩詞的瓔珞原來繡這瓔珞的也是個姑蘇的女子名喚慧娘因他亦是書香宦門之家他原精於書畫不過偶然繡一兩件針綫作耍並非世賣之物凡這屏上所繡之花卉皆

做的是唐宋元各名家的折枝花卉故其格式配色皆從雅本來非一味濃艷匠工可比每一枝花側皆用古人題此花之舊句或詩或歌不一皆用黑絨繡出草字來且字跡勾踢轉折輕重連斷皆與筆寫無異亦不比市繡字跡倔强可恨他不伏此技獲利所以天下雖知得者甚少凡世宦富貴之家無此物者甚多今便稱爲慧繡竟有世俗射利者近日做其針跡愚人獲利偏這慧娘命夭十八歲便死了如今再不能得一件的了所有之家亦不過一兩件而已皆惜若寶玩一般更有那一干翰林文魔先生們因深惜慧娘之佳便說這繡字不能盡其妙這樣針蹟只說一繡字反似乎唐

突了便大家商議了將繡字隱去換了一個紋字所以如今都稱爲慧紋若有一件眞慧紋之物價則無限賈府之榮也只有兩三件上年將兩件已進了上目下只剩這一副瓔珞一共十六扇賈母愛之如珍如寶不入請客陳設之內只留在自已這邊高興擺酒時賞玩云云

三原本紅樓夢六十三回增多一段

因又見芳官梳了頭挽起鬢來帶了些花翠忙命他改粧又命將周圍的短髮剃了去露出碧青頭後面當分大頂又說冬天必須貂鼠臥兎兒帶脚上虎頭磕雲五彩小絨鞋又說芳官之名不好若改了男名纔別致因又改作雄奴芳官十分稱心

二

便說既如此你出門也帶我出門有人問只說合茗烟一樣的小厮就是了寶玉笑道到底有人看的出來芳官笑道我說你是無才的咱們家現有幾家土番你就說我是個小土番兒况且人人說我打聯垂好看你想這說的可不妙麽寶玉聽了喜出意外忙笑道這狠好我也常見官員人等多有跟從外國獻俘之種圖其不畏風霜鞍便馬捷既這等再起個番名叫耶律雄奴二音又與匈奴相通都是犬戎名姓况且這兩種人自堯舜時便爲中華之患晋唐諸朝深受其害幸得偺們有福生在當今之世大舜之正裔聖虞之功德仁孝赫赫格天同天地日月億兆不朽所以凡歷朝中跳

粱猖獗之小醜到了如今不用一干一戈皆天使其拱挽緣遠走降我們正該作踐他們為君父生色芳官笑道既這樣著你該去操習弓馬學些武藝挺身出去拏幾個反叛來豈不盡忠効力了何必借我們鼓唇搖舌自已開心作戲却自已稱功頌德寶玉笑道所以你不明白如今四海賓服八方寗靜千秋萬載不用武備偺們雖一戲一笑也該稱頌方不負坐享昇平了芳官聽見說的有理二人自為妥貼合宜寶玉便呌他耶律雄奴究竟賈府二宅皆有先人當年所獲之囚賜為奴隸只不過令其飼養馬匹皆不堪大用湘雲素習憨戲異常他也最善武扮每每自已束鸞帶穿摺袖近

見寶玉將芳官扮成男子他便將葵官也扮了個小子那葵官本是常刮剃短髮便於面粉抹油手脚又伶便打扮了又省了一層手李紈探春見了也愛便將寶琴的荳官也就命他打扮了一個小童頭上兩個了髻短襖紅鞋只差了塗臉便儼然是戲上的一個琴童湘雲將葵官改了喚作大英因他姓韋便叫他作韋大英方合自已的意思暗藏惟大英雄能本色之語何必塗硃抹粉荳官身量年紀皆極小又鬼靈故曰荳官園中人也有喚他作阿荳的也有喚作炒荳子的寶琴反說琴童書童等名太俗了竟是荳字別改喚作荳童

此下一段與百二十回本同但內中又有出於今本

之外者摘錄如下

一時到了怡紅院忽聽寶玉叫耶律雄奴把佩鳳偕鴛香菱三個人笑在一處問是什麼話大家也學著叫這名字又叫錯了音韻或忘了字眼甚至於叫出野驢子來引的合園中人凡聽見者無不笑倒寶又見人人取笑恐作踐了他忙又說海西福郎思牙聞有金星玻璃寶石他本國番語以金星玻璃名爲溫都納如今將你比作他就改名喚作溫都里納可好芳官聽了更喜說就是這樣罷因此又換了這名衆人嫌拗口仍番漢名叫玻璃閑言少述云云

佩鳳偕鴛二人去打鞦韆頑要寶玉便說你兩個

上去讓我送慌的佩鳳說罷罷別替我們鬧亂子倒是叫野驢子來送送使得寶玉笑道好姐姐們別頑了沒的叫人跟著你們學著罵人偕鴛又說笑軟了怎麼打呢吊下來栽出你的黃子來佩鳳便赶著他打正頑笑不絕云云

通靈玉究竟是何物

西門全身以玉莖爲禍根故寶玉之玉即爲命根觀其式如扇墜可大可小所鐫銘語又有莫失莫失仙壽恒昌之句其爲何物可想而知又云石頭在赤霞宮居住靈河岸上行走見絳珠仙草可愛日以甘露灌溉饑餐秘情果渴飲灌愁水云云試問赤霞是何色河岸是何地何以又有甘露灌溉仙草如此形容

此玉竟是何物

摔玉之故

寶玉初見林妹妹卽問妹妹有玉沒有旋又摔玉試

一閉目思之當可失笑

絡玉之故

寶釵命婢金鶯兒打一絡子將玉絡起試再閉目思

之必更失笑

煉石之故

石頭經女媧煉過在青埂峯下後由癩和尙送回女

媧者女禍也金書言西門養龜卽煉石之謂而送壯

陽藥之番僧係由密松林齊腰峯而來寶玉之胎玉

失而復得以和尙故西門之玉莖弱而復强以和尙

故試再閉目思之尤當失笑

石頭是玉之前身西門是孝哥之前身

石頭是玉之前身西門是孝哥之前身寶玉又是孝哥之化身胎中銜玉一靈不昧紅二十八回張道士說寶玉像他爺爺一個稿子是明言孝哥即西門矣故寶玉與西門是二是一

寶玉是孝哥化身紅樓所紀皆寶玉十五歲以內之事

金瓶一官哥一孝哥爲全書關鍵孝哥十五歲而出家紅樓之寶玉即是孝哥化身故一部紅樓皆寶玉十五歲以內之事寶玉出家政老會說哄了老太太十五年是其明證

寶玉所以爲小孩之故

孝哥原是西門慶轉世故寶玉一切根性總似西門但以年紀太小不能不移步換形故寫寶玉之頑劣荒淫不得不用另一副筆墨

寶玉銜玉而生即指西門嚥氣孝哥同時降生故玉之爲物即是西門化身

銜玉而生者之根性

紅三回寶玉銜玉而生可作生性好色解孽根禍胎四字可作此玉之小名然則此玉究是何物不煩言而自解至寫寶玉性情頑劣異常不喜讀書最喜在內幃廝混若姊妹不理他他倒還安靜些若一日姊妹們和他多說了一句話他心上一喜便生出許多

事來云云試閉目一思玉爲何物寶玉性情與西門有何一點之不同

珠兒已死之故

寶玉是孝哥化身既如前說孝哥之前原有已死之官哥故寶玉之前又有已死之珠兒

寶玉挨打之故

寶玉挨打似琴童挨打打寶玉而黛玉心疼打琴童而金蓮暗泣

寶玉踢人之故

西門慶是打老婆的班頭降婦女的領袖如打金蓮打瓶兒種種皆其實據紅樓全用倒影法既以寶玉作西門故將寶玉寫成一個受打受降的溫柔手段

是爲反寫於另一面又受政老之毒打是爲倒寫又於另一面寫賜襲人窩心脚既爲側面文章又映帶西門之踢武大心口蓋謂寶玉並非不會踢人者耳

寶玉自白

寶玉罵賈環這個不好再頑別的云云即是自白其厭故喜新之故智蓋西門見一個愛一個吃了碗裏望了鍋裏皆可以此二語概之也

酸笋湯

紅回寶玉與晴雯麝月同吃酸笋湯金書西門曾與金蓮春梅同吃此湯

兩書之大打醮

紅二十九回享福人福深還禱福貴妃送出來一百

二十兩銀子叫在淸虛觀五月初一到初三打三天平安醮巧姐換寄名符派人接尤氏張道士是榮國公的替身說寶玉像他爺爺國公爺一個稿子馮紫英等都來送禮道衆各備法器貴重物品送與寶玉云云

金三十九回寄法名官哥穿道服西門慶道我許下一百二十分醮先封十五兩銀子一准定在吳道官廟裏正月初九天誕日打醮給官哥寄名符派人接應二官哥像小道士道官備道裝全分項圈條脫等等送與官哥云云

按金書回目提明官哥穿道服故紅書於寶玉像張道士及巧姐寄名符各事極力描寫

紅　寶玉乞滋補藥

回寶玉向王道士問療妒方曾有如今有了房事求些滋補之語金四九回西門在廟中向番僧問滋補藥

裝玉之函

玉函者裝玉之函玉是何物既如前所說則玉函者又是何物

女兒者對再醮婦而言

紅十七回怡紅院之流棠說明女兒棠出女兒國云云紅書重在女兒者以寶玉既係小孩子則對面側面自宜以女兒配之金書多半係再醮婦紅書一律以女兒易之因而為種種之烘託

寶玉怕二老爺

寶玉最怕的是二老爺西門最怕的是武二郎赦老是武職政老是文職但政老亦多以刑威加人

紫河本人參之寓言

紅二十八回寶玉說天王補心丹方子內有云只講那頭胎紫河車人形帶葉參三百六十兩還不穀龜大的何首烏千年松根茯苓膽云云

金四十九回覓梵僧現身施藥云一個和尙形骨古怪相貌搊搜生的豹頭環眼色若紫肝戴了鷄蠟箍兒穿一領紅直裰頦下髭鬚亂作頭上一溜光簷就是個形容古怪眞羅漢未除火性獨眼龍在禪床上旋定過去了乘著頭把脖子縮到腔子

裛鼻孔中流下玉筋來又請番僧吃飯之肴饌內
如羊角葱炒的核桃肉肥肥的羊貫腸一碗內
兩個肉圓子來着一條花腸滾了肉名喚一龍戲
二珠湯一大盤裂破頭高裝肉包子云云
按金書此段寓意形容映帶實事至紅書之紫河
車帶葉人形參似指瓶兒帶子嫁來其龜大何首
烏及茯苓膽試細按金書此兩段之例閉目想像
必當失笑
蓮葉羹之所本
紅三十五回白玉釧親嘗蓮葉羹寶玉要吃那一回
做的那小荷葉兒小銀蓮蓬兒湯還好些（中略）後
還是管金銀器的將四付模子送上來了云云

金十一回潘金蓮激打孫雪娥西門慶要往廟上去等着要吃荷花餅銀絲鮮湯云云

按此段金書一餅一湯紅書細加詮釋更於銀絲之銀字發揮一段可謂心細如髮

鬧書房與鬧花院

紅二十九回嗔頑童茗烟鬧書房即金二十回之痴子弟爭鋒鬧花院紅云薛蟠如今不大來學中應卯了秦鍾趂此和香憐擠眼使暗號二人假作出小恭走到後院說私己話秦鍾先問他家裏的大人可管你交朋友不管一語未了只聽背後咳嗽了一聲二人唬的回頭看時原來窗友名金榮者（中略）金榮笑道我可也拏住了還賴什麼（中略）偏那薛蟠本

是浮萍心性今日愛東明日愛西近來又有了新朋友把香玉二人又丢開一邊（中略）只聽得豁啷一聲響砸在桌上書本紙片筆墨等物撒了一桌又把寶玉一碗茶也砸得碗碎茶流（中略）金榮此時隨手抓了一根毛竹大板在手地窄人多那裏經得舞動長板茗煙早吃一下亂嚷道你們還不來動手寶玉還有三個小厮一名鋤藥一名掃紅一名掃紅一名墨雨這三個豈有不淘氣的

金二十回西門每月風雨不阻出二十銀子包錢包着桂姐近日見西門慶不來又接了杭州販紬綢的丁相公兒子丁二官人號丁雙橋（中略）西門慶走至窗下偷眼覷覷正見李桂姐在房內陪

着一個戴方巾的蠻子飲酒由不得心頭火起走到前邊一手把吃酒桌子掀翻碟兒盞兒打的粉碎喝令跟馬的平安玳安畫童琴童四個小廝上來把李家的門窗戶壁床帳都打碎了云云

按上列兩段皆因撥醋而起皆因親見秘密以致用武動手者同是四人皆列舉名字祇花院改作書房女色改爲男風則移步換形不得不爾也

警幻曲之所指

紅五回第二第三兩支於林薛二人均是合寫作兩兩比較之詞蓋金瓶二人是全書之主而二人之交涉又極多林薛二人亦然第十四支爲官的家業凋零富貴的金銀散盡有恩的死裏逃生無情的分明

報應欠命的命已還欠淚的淚已盡冤冤相報豈非輕分離聚合前生定欲知命短問前生老來富貴也眞僥倖看破的遁入空門痴迷的枉送了性命好一似食盡鳥投林落了片白茫茫大地眞干凈此一篇若將金書七十九喪命生兒以後事實按之無一不合而以紅書後半部按之反有不能盡合之處

黛玉寶釵與襲人之易地易主

金瓶二人均是屢易其地屢易其主紅之於襲人已明點其易地易主次數亦與金瓶相等至於黛於釵亦是點明易地易主於黛則謂入京時已有母喪此即金瓶二人均有夫喪又於釵則謂其因訟累入京彼瓶兒之在花家時花家非有大訟乎而瓶兒之嫁

與花家不已有粱中書之喪乎讀者疑吾言乎請看迎春探春惜春等人何以根生土長並無易地之事蓋金書於未叙娶金瓶以前本已有了李嬌兒卓丢兒等人在家並非自外而入也

釵黛之排行

賈氏四春之外黛釵自在五六之列却未明排金書入手即言西門已有一巴掌人金蓮是五娘瓶兒是六娘却又有時將五六混呌故黛釵二人是二是一

吹倒吹化之故

紅六十五回興兒搖手道不是那麼不敢出氣兒是怕這氣兒大了吹到了林姑娘氣兒煖了又吹化了薛姑娘

金六十一回李瓶兒在房中因其身上不方便請了半日纔來恰似風兒刮得倒的一般

按紅書此二語固是從金書此類語意中化出却又就林薛兩字面上下一詮釋謂木怕吹倒雪怕吹化也

乳名兼美之故

紅五回一女子似釵又似黛乳名兼美即指金瓶二人共私一西門故隨手即緊接襲人而點明初試雲雨一段故事

黛釵之與金蓮上學裁衣之相同

林黛玉即潘金蓮犨兒者言其嘴貧也一部紅樓林於文字爲最長一部金瓶金蓮於詩詞歌賦無所不

能蓋林曾從賈雨村讀書此外並無一人曾上過學潘亦於七歲往任秀才家上過女學爲金瓶各人所無又謂林能自已裁衣於他人並未明點蓋潘乃潘裁之女九歲入王招宣府又能爲王婆裁縫壽衣潘之精於女紅爲金書注意之筆亦可作一確證

葬花之眞詮　化灰下水與葬墳之别

黛玉葬花即指金蓮死武大瓶兒死花二而言瓶兒原從金蓮化出故花二之死與武大異曲同工其所葬之花並非虛指即花子虛也試看葬花之先寶玉自讀西廂記又有餞花一局明點死花二一事試觀紅二十三回寶玉笑道好好來把這個花掃起來撂在那水裏我纔撂了好些在那哩呢林黛玉道撂在

水裏不好你看這裏的水乾淨只一流出去有人家的地方髒的臭的混倒仍舊把花蹧蹋了那畸角上我有一個花塚如今把他掃了裝在絹袋裏拏土埋上日久不過隨土化了豈不乾淨寶玉聽了喜不自禁笑道待我放下書帮你來收拾云云按此段先說撂了好些在水裏者即指西門與金蓮曾將武大屍身焚化撒入瀓骨池水中黛云水裏不好拏土埋上日久隨土化了寶云帮你收拾者是謂子虛死後瓶兒請了西門過去與他商議買棺入殮念經發送到墳上安葬此非葬花而何却是移作葬武不得葢武大化灰下水並無墳之可言故寶玉又說明兒吽我吊在池子裏變個大王八等你做了一品夫人往墳

上替你馱碑去云云明點武大是個大王八死後吊在水裏又可 想見瓶兒死後喪儀之盛

葬花詩之解釋

紅書葬花之後寶黛又同讀西廂試一閉目思之又是何等事至詩之起句爲花謝花飛花滿天明言死武大死花二已不一其人結句言儂今葬花人笑痴他年葬儂知是誰謂我之死武大死花二是爲痴情而他日正不知死所如瓶兒之風光金蓮之凄涼也黛玉初入賈府寶玉即有摔玉之事此即金蓮入門受西門辱也不然豈有號稱大家公子賈母誇其知禮之人初見遠來生客即當面大發脾氣一至於此者觀黛玉晚間淌眼淚襲人等勸語自明

黛玉不勸寶玉立身揚名之所本

紅三十六回林黛玉自幼不曾勸他去立身揚名等語所以深敬黛玉金瓶西門種種惡謀大都金蓮爲之參預甚至反激助長同惡相濟紅樓此數語爲罵黛之尤然則黛爲金蓮化身毫無疑義

紅三回黛初入榮府寶玉先赴廟裏還愿去了金瓶開篇非西門赴廟結義乎

寶黛之似曾相識

玉初見黛說我曾見過的云云殆指挑簾之曾相見也故黛亦有在那裏見過一般何等眼熟之想王婆撮合時一語道破此則不道破而以似曾相識寫之

蓮爲花艸故以各植物烘托猶金蓮之爲小脚

紅書謂黛玉爲絳珠仙草故全書於花竹藥草凡植物之屬點綴烘托不遺餘力亦猶金書但就金蓮爲小脚別名遂於全書中每遇小脚無不盡力描寫更於二十七回潘金蓮醉鬧葡萄架二十八回陳敬濟徼倖得金蓮兩回寫繡鞋至七十九次之多蓋此二回正寫金蓮故亦正寫小脚也此是敷衍題面之文字然非於此不足令題面生色

有鳳來儀之說

紅十七回瀟湘館爲入園第一勝地有鳳來儀謂金蓮入西門宅在本書爲第一度又鳳者縫也鳳者揀旺門而飛以西門與武大比自以西門爲旺而西門自娶金蓮果日見旺盛故日有鳳來儀

偷香玉三字之意義

紅十九回偷香玉三字不但點明而且指明黛玉爲香玉說明偷他試閉目細思是何等語草木姻緣金蓮之蓮非草而何李瓶兒之李非木而何

黛玉燒香

黛玉燒香月娘亦燒香其被人撞破故意漏洩情形正如一轍幾時孟光接了梁鴻案即金瓶二十一回吳月娘掃雪烹茶夫婦重諧

紅樓二十七回之葬花詩二十八回之寶黛反目皆指花子虛已死西門置之不娶故寶玉酒令有雨打梨花深閉門之句蓋金瓶固明言西門慶閉門不理

一任瓶兒之望穿秋水也至馮紫英之女兒悲愁喜樂酒令兒夫染病在垂危大風吹倒梳粧樓頭胎養個雙生子私向花園掏蟋蟀明明說的是瓶兒夫死巢傾生一血統不明之兒入西門家受悽凉等事至琪官四句不過點明娶了一個寡婦而已證明唱曲即係誤嫁蔣竹山之影子故有花氣襲人知晝暖之句

我不開了你怎麽鑽即西門閉門不納瓶兒也

捉蔣玉函即邏打蔣竹山

忠順親王府捉蔣玉函即邏打蔣竹山一段也

紅二十八回芒種餞花即指花二之死故緊接蔣玉函情贈茜香羅蔣賈換帶即蔣竹山與西門慶交替

而娶瓶兒此段夾叙寶玉與黛玉反目即是西門與

瓶兒斷消息一事

葬花詩之所本

鸚鵡不知人意緒喃喃猶誦葬花詩金六十一回心

中無限傷心事付與黄鸝叫幾聲

焚稿與喪子

鞏卿之焚稿而死即瓶兒喪子而死

黛玉何以姓林

黛玉何以姓林金蓮初次賣入王招宣府學歌舞王

招宣府有林太太故黛玉姓林而其母舅即爲王夫

人王夫人係九省都檢點王子騰之妹王子騰不入

紅樓王招宣亦不入金瓶金蓮在王府不久黛玉在

二

林家亦不久且同爲追述小時之事金蓮在王府學歌舞黛玉在林家上女學皆相脗合因黛玉姓林故又化出林之孝家的等等一干人寶玉病中不許人姓林凡有姓林的都打出去足見作者對於姓林煞費苦心

黛玉初見寶玉寶玉摔玉金蓮初見西門是叉竿打了頭此種相見儀節試一閉目思之必當失笑

黛以文學見長之所由

黛之文學優長皆由金書所謂詩歌詞賦無所不能二語化出金第三回王婆道娘子休推老身不知你詩詞百家曲兒內字樣你不知識了多少如何交人看歷日既如上所說然金書之如此云云皆由水滸

之諸子、百家皆通故紅書二十一回黛玉在寶玉案上翻弄可巧翻出莊子來提筆續書云無端弄筆是何人作踐南華莊子因此諸子也又黛玉與釵言小時偷看許多小說淫書等語此百家也

黛之別字顰顰蓮邪瓶邪故意眩人心目所謂二而一也

還眼淚債之所由來

黛玉與帶雨同音林者淋也故以淚爲黛之代表班竹也手帕也皆其點綴品也梨花一枝春帶雨非淚而何金書根據水滸於哭泣號三字分晰極清而以聲淚之有無爲標準金書謂金蓮有聲無淚故紅書偏說黛玉從胎裏便帶了淚來黛玉前身是金蓮不

二

肯流淚故欠下眼淚債今生來還也

手帕以眼淚而來小脚從金蓮而來

紅書屢言手帕如寶玉以舊手帕送黛玉芸兒拾得小紅手帕等等不一而足皆從眼淚聯想而來亦如金書屢言繡鞋皆從小脚聯想而來一樣

紅書唱戲演魯智深醉打山門其寄生草漫揾英雄淚云云是黛玉教給寶玉者金書西門生子加官時唱戲所唱韓湘子尋叔云歎浮生猶如一夢云云是金蓮教給西門者

紅三十回紫鵑說我只當二爺再不上我們的門了此語殆即指西門與瓶兒中斷消息而言

紅五十八回杏子陰假鳳泣虛凰即係指明寡婦嫁

人種種假哭而故以顛倒鳳凰寫之又與瓶兒病中夢子虛索命西門燒化紙錢相似

寶釵與李瓶兒

寶釵與李瓶兒同一白淨同一富厚同一好以財物結交人同一生子同一與玉荀合於前嫁之於後同一住在貼隣其所以名釵者瓶之初贈月娘等是金壽字簪兒簪者釵也又於金玉二字重言以申明之以見與草木不同也

寶釵之出閨成大禮以後夫婦並不甚睦迥與從前不同最後却有遺腹一子即瓶兒入西門以後種種之不順却生了一個官哥也

釵之與簪

簪即釵也十二金釵寶釵等等皆簪之意瓶兒屢以金頭簪贈人玉樓之金簪春梅之金頭簪皆釵之意俗者爲釵雅者爲黛

寶釵撲蝴蝶撞見丫頭談秘密事金蓮亦以撲蝶遇見敬濟不過一係局外一係局中蓋紅書之釵固非金蓮正身也

繡鴛鴦描摹橫陳之所本

紅三十六回繡鴛鴦夢兆絳芸軒寶玉在床上睡着了襲人坐在身旁手裏做針線旁邊放著一柄白犀拂塵寶釵走近前來（中略）襲人又笑道姑娘你略坐一坐我出去走走就來說著便走了寶釵只顧看著活計便不留心一蹲身剛剛也坐在襲人方纔的

所在因又見那活計實在可愛由不得拏起針來替他代刺不想林黛玉却來至窗外隔著紗窗往裏一看只見寶玉穿著銀紅紗衫子隨便睡著在床上寶釵坐在身旁作針綫椅邊放著蠅帚子林黛玉見了這個景兒連忙把身子一藏手握著嘴不敢笑出來招手兒叫湘雲湘雲一見忙掩住口便拉過他來道走罷林黛玉心下明白冷笑了兩聲云云按金書之描摹橫陳大抵皆用投影法即所謂藏春芙蓉鏡如鄆哥之口和尚之耳春梅之秋波猫兒之眼中鐵棍之舌頭秋菊之夢內皆是也此回釵之代襲而繡鴛鴦又坐了襲人坐位却又偏偏令黛湘二人看見所謂無巧不成話也昔人謂金瓶善用險筆紅書亦善

學用險筆矣

送宮花之所本

紅七回送宮花賈璉戲熙鳳薛姨媽叫香菱把那匣子裏的花兒拏來香菱答應了向那邊捧了小錦匣子來薛姨媽道這是宮裏頭做的新鮮樣法堆紗花十二支交周瑞家的送三位姑娘每人兩枝下剩六枝送林姑娘兩枝那四枝給了鳳哥兒罷王夫人道留著給寶丫頭戴罷了又想著他們薛姨媽道不知道寶丫頭古怪呢他從來不愛惜這些花兒粉兒的云云

金十四回李瓶兒到西門家拜金蓮壽月娘因看見金蓮鬢上撇著一根金壽字簪兒便問二娘你

紅樓夢抉微　三十三　無冰閣

與六姐這對壽字簪兒是那裏打造的倒好樣兒到明日俺每人照樣也配恁一對兒戴李瓶兒道大娘既要奴還有幾對到明日每位娘都補奉上一對兒此是過世老公公御前帶出來的外邊那裏有這樣範又云敎馮媽媽附耳低言敎大丫頭迎春拿鑰匙開我房床裏頭一個箱子小描金頭面匣兒裏拏四對金壽字簪兒你明日早送來又云只見馮媽媽進來向袖中取出一方舊汗巾包著四對金壽字簪兒遞與李瓶兒李瓶兒先奉了一對與月娘然後李嬌兒孟玉樓孫雪娥每人都是一對云云

紅所謂花在錦匣子內即瓶兒之金頭簪在頭面

匣兒裏也御前帶出來的外邊那有這樣範即所謂宮裏頭做的新鮮樣法也十二枝花送三位姑娘每人兩枝下剩送林姑娘兩枝那四枝給了鳳哥兒金書所謂先送金蓮一對後送月娘及李孟孫谷兩枝不獨主客先後皆是參差寫來抑且輕重分別大概皆合至寶丫頭不愛惜這些花兒粉兒的云云正是描寫瓶兒手鬆慣以物品結識人也又予每謂十二釵即十二簪而金瓶主要只有六人即月娘玉樓金蓮瓶兒及嬌兒雪娥是也蓋題目三人書中六人六者三之倍十二又爲六之倍今十二枝花每人兩枝即十二對折之意寶釵瓶兒本六人之一今作送花送簪之主人故送鳳

姐四枝即以之暫代月娘以充此數

冷香丸方之解釋

冷香丸方用四種花蕊各十二兩四種水各十二錢盛在舊磁罐內埋在花根底下引子十二分即是花在瓶中之意舊磁罐者瓶也雨露霜雪一年十二月瓶中養花之水也蜂蜜白糖甜也黃柏苦也言合成丸時是甜而服用時是苦皆到十二分也一二年間配成一料埋在梨花樹下即言瓶兒一二年間造成此事便把花子虛活埋了也改嫁之瓶非舊磁罐而何

四種花名之用意

冷香丸方四種花名亦非偶然荷即蓮也芙蓉即是

瓶兒梅即春梅春天之牡丹乃假托花王之意金之月娘紅之元春即所謂上頭穿黃袍的纔是姐姐也寶釵竹夫人一謎於瓶兒一生描寫不遺亦即釵之自道可以證釵瓶原是一人之說

寶釵生日之原因

紅二十二回鳳姐與賈璉互商爲寶釵作生日說大又不是小又不是蓋指瓶兒未入門以前曾作生日一次所謂妾身未分明也

羞籠紅麝串見寶釵白膀子大鬧葡萄架見瓶兒白屁股

梨香院之方位

瓶兒獅子街房子後墻緊靠王皇親花園又花家大

宅賣與王皇親爲業小宅在西門緊鄰案梨香院與省親別墅貼鄰獅子街者榮寧街也榮府非皇親乎省親別墅非皇親花園乎梨香院非薛大姑娘所住乎獅子街房屋非瓶兒之故居乎

蘅蕪之解釋

花家原在隔壁故釵先住梨香院花二娘改嫁西門故釵後入賈府梨李同音香者瓶之特長蘅芷者香草也藥名也瓶之一生於香料藥品具有因緣故居之於蘅芷清芬字之以蘅蕪君

蘅蕪者蘼蕪也上山採蘼蕪下山逢故夫言瓶兒之有故夫也

紅七回蘅蕪院種許多香草並言可以入藥薛大姑

娘又常服冷香丸即謂瓶兒熱心多情多病服藥又嫁與醫生蔣竹山也此皆是由水滸西門藥店而來釵玉結合以後天不以先天以金錢不以情義金瓶西門之於瓶兒正是如此故於瓶之嫁瓶之死隱然以正式許之而紅樓之舍黛而釵與彼一轍

寶釵何以有熱毒

寶釵從胎裏帶來一般熱毒故必服冷香丸此即從金瓶之熱結冷遇而來如此之好女兒却從胎裏帶來熱毒試一閉目思之尤當失笑

寶釵與寶玉初見

寶釵與寶玉初見交換金玉二品與黛玉初見摔玉又是不同証以後來釵玉二人種種事實則此次交

換之內幕試再閉目思之尤當失笑

寶玉歷次之炫玉

寶玉到襲人家亦曾以玉交襲人傳觀此處與玉釵相見同一寫法然則其覩釵爲何如人弄玉又爲何如事試再閉目思之尤當失笑

以偷香對竊玉切實發揮

一部紅樓無非偷香竊玉所謂偷香玉者乃合寫耳其偷香一事則以寶釵爲正寫又復旁敲側擊以寫之紅三回賈芸將香料氷麝等物送與鳳姐一段即是金十六回瓶兒將床後藏著的沉香白蠟水銀胡椒等物搬出來交西門秤了斤兩賣了銀子云云兩書均是實寫偷香二字不過金順寫而紅倒寫耳芸

兒之芸字亦是香料不然端午節可送之禮甚多何必單送香料又何必編排一大篇說是送的轉賣的云云乎哉

芸兒拾小紅手帕一段極似金書敬濟拾著金蓮繡鞋此事紅書有墜兒經手金書有鐵棍經手

賈珍與可卿之關係

紅十三回秦可卿之死賈珍哭的淚人一般正和賈代儒等說道合家大小遠近親友誰不知我這媳婦比兒子還强十倍如今伸腿去了可見這長房內絕滅無人了說著又哭起來衆人忙勸道人已辭世哭也無益且商議如何料理要緊賈珍拍手道如何料理儘我所有罷了又云賈珍此時恨不能代秦氏之

死云云按焦大口中所謂爬灰的爬灰卽指賈珍而言而紅書中惟此一段是正寫此事 其在金書中於金梅等人皆無此事而於瓶兒則有若隱若現之語亦以紗籠法寫之如金十回叙瓶兒出身一段云花太監死了一分錢多在子虛手裏十四回瓶兒道這都是老公公在時梯已交與奴收著之物他一字不知大官人只管收去又云俺過世公公有四個姪兒俺這個名花子虛都是老公公嫡親的雖然老公公掙下這一分錢財見我這個兒不成器從廣南回來把東西只交付與我手裏收著著緊還打躺棍兒那三個越發打的不敢上前去年老公公死了這花大花三花四也分了些床帳傢伙去了只現銀子一分

兒沒曾分得云云可以證明瓶兒對於老公公感情之厚遠勝子虛即可知老公公之愛瓶兒十倍子虛然則紅書所謂媳婦比兒子還强十倍者其有所本不問可知至猥褻之事雖出焦大之口却無明文而金十三回西門袖中取出李瓶兒交來春册說是他老公公內府畫出來的云云紅書即由此語指爲有猥褻情事矣又賈珍云伸腿去了絕滅無人等語即西門所謂他又伸長腿去了我還活在世上做甚麽也

叔公與姪婦之關係

金書明言花子虛是老公公之第二姪兒紅書叙寶玉睡可卿床上初試雲雨情十三回寶玉夢中聽見

秦氏死了連忙翻身爬起來只覺心中似戳了一刀
的不忍哇的一聲直奔出一口血來云云是寫可卿
與二叔公有曖昧事情排行雖倒事實則一
紅十三回秦可卿將死鳳姐做夢與他說了許多的
話金六十一回瓶兒將死迭次夢見花子虛索命並
抱著死了的官哥來招瓶兒去住云云此是同一將
死朕兆

可卿壽木與瓶兒壽木

又看板時幾副杉木板皆不中用可巧薛蟠來弔問
因見賈珍尋好板便說道我們店內有一副板叫作
什麼檣木出在橫海鐵網山上作了棺材萬年不壞
這還是當年先父帶來原係義忠親王老千歲要的

因他壞了事就不曾拿去現在還封在店內也沒有人出價敢買你若要就抬來便罷賈珍聽說喜之不盡即命人抬來大家看時只見幫底皆厚八寸紋若檳榔味若檀麝以手扣之玎璫如金玉大家都奇異稱贊賈珍笑問價値幾何薛蟠笑道拏一千兩銀子來只怕也沒處買去云云

金六十二回瓶兒死了西門慶吗陳敬濟同賁四去看板回話說看了幾副板都中等尙擧人家有一副好板原是尙擧人父親在四川成都府做推官時帶來預備他夫人的兩副桃花洞他使了一副只剩下這一副墻磕底蓋堵頭俱全共大小五塊定要三百七十兩銀子喬親家與做擧人的講

了半日只退了五十兩銀子比及黃昏時分只見抬板進門果然好板隨即叫匠人鋸開裏面噴香每塊五寸厚二尺五寸寬七尺五寸長看了滿心歡喜云云

所謂賈珍笑問即滿心歡喜也至同是父親帶來同是有主之物同一說明尺寸同一說明香味更可一目瞭然

會芳園賞花之所由

紅五回東邊寧府花園內梅花盛開賈珍之妻尤氏乃治酒請賈母邢夫人王夫人等賞花又云賈母等於早飯後過來就在會芳園遊玩一時寶玉倦怠欲睡中覺賈蓉之妻秦氏便忙笑回道我們這裏有給

寶叔收拾下的屋子云云

金十三回李瓶姐墻頭秘約九月重陽花子虛假著節下叫了兩個妓者具柬請西門慶過來賞菊到掌燈之後西門慶忽下席來外邊解手不防李瓶兒正在遮槅子邊站立偷覷兩個撞了個滿懷西門慶廻避不及婦人走到西角門首暗暗使綉春黑影裏走到西門慶跟前低聲說道俺娘使我對西門爹說少吃酒早早回家晚夕娘如此這般和西門爹說話哩西門慶聽了歡喜不盡回來到席只推做打盹故意東倒西歪教兩個扶歸家去了又云西門慶推醉到家暗暗扒過墻來這邊已安下梯子迎接進房中云云

按紅之所謂賞花即賞花家之尤物爲梅爲菊不過藉作名頭耳會芳園之名亦寓幽會之意至寶玉一時倦怠欲睡中覺正是西門在席上粧睡東倒西歪秦氏忙說我們這裏有給寶叔收拾下的屋子云云明明是說粧睡離席之後便扶到秦氏房中也此叚叙東邊有花園東隣設宴臨席倦怠扶入閨房兩書如出一手固不待紅書下文作種種點綴卽知其必有故事矣

紅五回第二支空對著山中高士晶瑩雪終不忘世外仙姝寂寞林嘆人間美中不足今方信縱然是齊眉舉案到底意難平云云金書謂旣有金蓮復娶瓶兒而待以正室之禮所謂齊眉舉案到底意難平紅

所謂見了姐姐忘記了妹妹云云此詞之對雪不忘林適得其反但在事實上寶玉娶了寶釵却又有候芳魂之事蓋紅之黛死釵合又適與金之瓶死蓮留爲相反耳

可卿喪事與瓶兒喪事逐事之比較

紅十三回之叙可卿喪事極力鋪排不但突過鳳姐等人且較賈母爲闊綽詳盡若按輩分支派言之無論如何不應將此事如此叙法然則作者深意可想而知此數回之所本全在金書六十三四等回之叙瓶兒喪事今姑舉其例如下

紅書歷叙侯伯世交之吊奠金書歷叙喬皇親宋御史黃主事杜主事兩司八府官員及吳道官本縣知

縣等十餘起之祭禮其證一紅書秦氏丫環名喚瑞珠者見秦氏死了觸柱而亡賈珍以孫女之禮殮殯小丫環名喚寶珠者愿爲義女誓任摔喪駕靈之任從此皆呼寶珠爲小姐那寶珠按未嫁女之喪在靈前哀哀欲絕於是合族人丁並家下諸人各遵舊制行事自然不得紊亂云云金六十三回瓶兒死了強陳敬濟做孝子又云合家大小都披麻帶孝陳敬濟穿重孝經巾又云西門慶與陳敬濟穿孝衣在靈前還禮其證二蓋寶珠自充義女便取得小姐資格敬濟自做孝子便在西門家當家也

這四十九日單請一百單八衆禪僧在大廳上拜大

悲懺起度前亡後化以免亡者之罪另設一壇於天香樓上是九十九位全眞道士打四十九日解寃洗孼醮云云可卿既是大家冢媳又有何等寃孼賈門世祿之家前亡後化又有何罪金書於瓶兒臨終夢見花子虛索命六十二回潘道士遣將拘神之後說爲宿世寃恩訴於陰曹非邪祟也又二十七盞本命燈盡皆刮滅云云皆指寃孼而言瓶兒喪事之中請報恩寺十一衆僧人先念倒頭經又玉皇廟吳道官受齋請了十六個道衆在家中揚旛修建齋壇又門外永福寺道堅長老領十六衆上堂僧念經云云皆是其證三

紅書鋪排喪儀題銜捐官與金書如出一手紅書之

誥授賈門秦氏宜人之靈位即金書之誥封錦衣西門室人李氏柩也其證四
紅十三回王熙鳳協理寧國府固以見鳳姐理事之才亦以見東府辦事之鄭重金書之叙瓶兒喪事與應伯爵定管喪禮簿籍先兌了五百兩銀子一百吊錢來委付韓夥計管帳並派各項執事人等與紅書所叙大同小異其證五
紅十三回秦可卿死封龍禁尉賈蓉捐官專作喪事風光此中具有深意賈家固是世祿然秦氏不過一家孫婦必須兒夫官銜方是切身榮顯殊不知此全從金書之題作錦衣云云內化出蓋西門暴發而妻妾中之得用頭銜只此一次賈家世胄而婦女之得

用頭銜亦只此一次錦衣與龍禁尉同一性質更不待言紅之回目竟謂秦可卿受封可稱史筆其證六

紅十四回北靜王路祭一段按金六十五回瓶兒之殯走出東街口西門慶具禮請玉皇廟吳道官來懸眞身穿大紅五彩鶴氅頭戴九陽雷巾脚登丹舄手執牙笏坐在四人肩輿上迎殯而來將李瓶兒大影捧於手內陳敬濟跪在面前那殯停住了又云吳道官念畢端坐轎上那轎捲坐退下去了這裏鼓樂喧天哀聲動地殯纔起身云云試以吳道官作爲北靜王閉眼揣想當日情形如出一轍其證七

五兒承錯愛之由來

紅百零九回候芳魂五兒承錯愛有云一心移在晴

雯身上去了忽又想起五兒給晴雯脫了個影兒因又將想晴雯的心腹移在五兒身上自已假粧睡著偷偷的看那五兒越瞧越像晴雯云云又云五兒聽見寶玉喚人便問道二爺要什麼寶玉道我要嗽口五兒見麝月已睡只得起來重新剪了蠟花倒了一鐘茶來一手托著嗽盂却因赶忙起來的身上只穿著一件桃紅綾子小袄兒鬆鬆的挽著一個髻兒寶玉看時居然晴雯復生云云金六十五回西門慶晚夕還來李瓶兒房中要伴靈宿歇奶子如意兒在無人處常在跟前遞茶遞水這日夜間要茶吃叫迎春不應如意兒便來遞茶因見被拖下炕來接過茶盞用手扶被西門慶一時興動云云又六十七回西

門慶說我兒你原來身體肉皮也和你娘一般白淨我摟著你就如和他睡一般又七十五回如意兒說我娘家姓章排行第四今三十二歲又云一面口中吗他章四兒云云柳五兒即章四兒所謂章台柳也至紅目之候芳魂五兒承錯愛金目之守孤靈半夜口脂香殆所謂二而一矣

照風月鑑之與磨鏡

紅書點醒關目在賈天祥正照風月鑑金書點醒關目在五十八回孟玉樓周貧磨鏡而紅書五回寶玉入太虛幻境見了册子檃括全書即金二十九回吳神仙冰鑑定終身將書中要人全予提明同用鏡子同一點法

鐵檻寺弄權之眞相

紅十五回王鳳姐弄權鐵檻寺老尼道阿彌陀佛只因當日我先在長安縣內善才菴內出家的時節那時有個施主姓張是大財主他有個女兒小名金哥那年都來我廟裏進香不想遇見了長安府府太爺的小舅子李衙內那李衙內一心看上要娶金哥打發人來求親不想金哥已受了原任長安守備的公子的聘定張家若退親又怕守備不依因此說已有了人家誰知李公子執意不依定要娶他女兒張家正無計策兩處爲難不想守備家聽了此信也不管青紅皂白便來作踐辱罵一個女兒許了幾家偏不許退定禮就打起官司告狀起來那張家急了只得

着人上京來尋門路賭氣偏要退定禮我想如今長安節度雲老爺與老爺最契求雲老爺和那守備說聲不怕那守備不依云云按此一段影影幢幢不會將金瓶梅撮要重叙了一遍財主姓張非張大戶乎女兒金哥非了頭金蓮乎李衙內看上金哥執意定要娶他彼看上孟玉樓非娶不可者非李衙內乎紅樓全書只此處見衙內頭銜蓋係宋人稱呼故意透露以示與金書有關之痕跡金哥已受張守備家的聘定金書紅梅非改嫁與周守備乎金書諸婦女那一個不是一個女兒許了幾家乎打官司告狀上京尋門路之事金書中如花子虛西門慶諸家非因打官司告狀着人上京尋門路之事不一而足乎長安

節度雲老爺與老爺最契金書之雲裏守非由十兒弟而出山做官官至參將與月娘做了親家爲全部金瓶最後之結束乎以上種種特借一老尼口中隱約傳出所以必借老尼者金瓶全書非以好善看經作結乎

紅十五回王熙鳳弄權鐵檻寺金四十七回王六兒受賄向西門關說苗青人命一案亦在上坟之前

燒糊捲子

紅四十三回閒取樂攢金慶壽是在賈璉與鳳姐反目以前金二十一回孟玉樓等凑分子以賞雪爲名爲西門慶與月娘重諧作賀是在反目以後紅四十六回鳳姐說我與平兒一對燒糊捲子此語金四十

一回春梅亦曾說過又鳳姐自謂張道士說叫我修修壽金書金蓮亦說前日道士說我短命呢

可卿鳳姐之病均是血山崩與李瓶兒一樣

協理寧國府之所由

紅十四回來昇傳齊同事人等說道那是個有名的烈貨臉酸心硬一時惱了不認人的又云鳳姐兒見自已威重令行心中十分得意又云登時放下臉來喝命帶出打二十板子一面又擲下寧國府對牌出來說與來昇革他一月飯米

金六十四回玳安說只是五娘和二娘慳吝的緊他當家俺們就遭瘟來會着買東西也不與你個足數綁着鬼一錢銀子只稱九分半着緊只九分

俺每莫不賠出來又云只是五娘行動就說你看我對爹說不說把這打只提在口裏又云如今六娘死了這前邊又是他的世界明日那個管打掃花園乾淨不乾淨還吃他罵的狗血澆了頭哩云云

然則熙鳳之協理甯國府殆即金蓮於瓶兒死後大肆凶毒之化身

紅六十五回小廝興兒在尤二姐家中一長一短問答家中上下人等性情脾胃無不形容酷肖而對於鳳姐之狠毒尤屬不留餘地按金六十四回傅夥計與玳安抵足所談西門家中一切內容與紅書如出一手其贊揚瓶兒處即紅書之奉承尤二姐毒罵金

蓮處即紅書之毒罵鳳姐不過金全是背後而紅作面諛耳

吃猴子尿

紅五十四回賈母說笑話有吃猴子尿云云金書歷記金蓮六兒如意兒等人皆有喝西門之尿之事

鮑二家的與宋蕙蓮

紅四十四回鳳姐潑醋一段鮑二家的之爲宋蕙蓮固無疑義金二十二回西門初令玉簫送緞子約其來會又三十五回六娘下棊忽然早散見玉簫攔着門被金蓮尋著蕙蓮一溜烟去了金蓮發很要把奴才臉打的脹猪頭紅云云紅樓鳳姐之於鮑二家的却眞打了落後蕙蓮吊死鮑二家的亦是吊死

鳳姐與王六兒

紅三回賈母說鳳姐是我們這裏有名的一個潑皮破落戸兒南省俗謂作辣你只吽他鳳辣子就是了又云就是二舅母王氏之內姪女自幼假充男兒教養又云身量苗條體俗風騷云云金三十七回之叙王六兒生的長挑身材紫膛色瓜子臉描的水鬢長長的又云他是後街宰牲口王屠的妹子又三十八回棒槌打搗鬼云云皆所謂有名的破落戸至王六兒但凡交媾只要教漢子幹他後庭花殆所謂假充男子者歟

紅之評鳳姐曰臉酸心硬有殺伐又曰潑辣貨辣子云云試問非金蓮何人足以當此

鳳姐與金之王六兒姓同嗜利同偷小叔同（鳳之於寶二於瑞大六之於韓二搗鬼）生一女同（鳳生巧姐嫁一鄉人六生愛姐嫁翟管家）巧姐七月七日生愛姐五月五日生均以生辰爲名又同鳳姐失勢之後以歷刧返金陵結之王六兒後來非南行作種種醜事乎

李紈與孟玉樓　李紈孟玉樓之於李師師

李紈即金瓶之孟玉樓而李孟二人皆即李師師按李師師傳師師染師女故玉樓之前夫爲一販布人而家中有靛缸打布橙等染具宋道君幸師師家賜以金勒馬嘶芳草地玉樓人醉杏花天之畫玉樓簪上鐫此二語金書於此一簪屢屢提及師師之自殺

以簪故玉樓亦以簪著玉樓之簪高插在頭上李紈之帘高挑在屋上所謂二而一者也師師不屈於金人完節而死故玉樓之入金瓶梅係一寡婦李紈之入紅樓夢亦然至李紈之杏帘在望明係玉樓之簪上詩意而師師家有道君賜醉杏樓額幸者杏也故杏帘在望在此意焉紈者完也李即李衙內之李金瓶以李衙內結孟玉樓故郎以李紈爲玉樓孟樓之親姑娘姓楊改嫁而終於李皆是杏之類金瓶梅寓意說玉樓簪上鐫玉樓人醉杏花天來自楊家後嫁李家遇薛嫂而受屈遇陶媽媽而吐氣分明爲杏無疑杏者幸也身毀名汚幸此殘軀留於人世嫁於李衙內而李貴隨之李安往依云云此李紈

所以爲玉樓化身而必姓李也

紅十七回遊大觀園至稻香村有幾百株杏花編就兩溜青籬之外山坡之下有一土井又云莫若直書杏花村又云紅杏梢頭挂酒旂云云

金七回西門到南門外楊家門首下馬進去裏面儀門照牆竹搶籬影壁院內擺設石榴樹盆景台基上靛缸一溜打布橙兩條薛嫂推開朱紅槅扇三間倒坐客位上下椅桌光鮮簾櫳瀟灑云云

紅書於杏字再三點醒金書於玉樓來處另用村景寫之故杏花村爲玉樓所居毫無疑義

孟玉樓有一姑母殆即李嬸娘之流

元春之與吳月娘

紅十八回慶元宵賈元春歸省其時則爲元宵其地則爲別墅其人則爲大姐姐其客則爲全家女客而男人亦在其中金十五回佳人笑賞玩燈樓是吳月娘率領諸姬妾到獅子街李瓶兒家即西門外家將來之閒房看燈後來西門又往他那裏去了按外家非別墅而何此段在紅樓爲極盛時代在金瓶亦是如是大有出峽樓船帆檣乍整之勢

紅八十六回算命的說元妃是個貴人不能在府中按金書十一回吳月娘居大常有疾病不管家事云云按之此語無不脗合

元春是正月初一生日吳月娘是八月十五生日皆以生日爲名又王夫人是三月一日生蓋言王字是

三橫一直也

紅書十六回賈元春才選鳳藻宮原來金書之吳月娘是屬小龍的元妃歸省與寶玉最暱携手入懷撫其頭頸其西門與月娘重修舊好之謂歟元妃出面只有一度而月娘好合得胎亦即一次

迎春與李嬌兒司棋與夏花

惑奸讒抄檢大觀園即金四四回侍女偷金紅書迎春二姑娘之婢司棋是犯人金書二娘李嬌兒之婢夏花是犯人李者木也故迎春號二木頭夏之序爲第二棋亦爲第二金四三回西門吩咐月娘把各房丫頭叫出來審問審問我使小厮買狼筋去了李嬌兒沒的話說紅書迎春看感應篇即是此段金又云

李桂姐教唆夏花云云極似探春打王善保家的一段

狼筋

金四四回小玉說夏花兒聽見娘說爹使小厮買狼筋去子嚇的他要不的在厨房問我狼筋是甚麽教俺和衆人笑道狼筋敢是狼身上的筋若是那個偷了東西不拿出來把狼筋抽將出來就纏在那人身上抽攢的手脚兒都在一處他見咱說想必慌了按酉陽雜俎狼筋在脞中大如鴨卵有犯盜者薰之令其攣縮或云狼筋狀如織絡小囊蟲所作也王阮亭分甘餘話亦載此事兩般秋雨盦隨筆卷五山舟學士舊藏蟲窠一枚云太翁葮林編修公以圍碁決賭

得之嚴氏者嚴氏自何處來未曉也其色稟赤狀之大小長短亦絕似不鏤自雕如細目之網緣督爲經又若小口之囊一面附著樹枝處痕深陷而直貫徹上下以是則知爲蟲所結也學士歿後是物爲張岐山少尉問萊乞去携入川中矣許周生駕部宗彥云是物名狼巾不知所據按狼巾即狼筋金瓶謂爲治盜物之婢所用想見彼時刑官知有此物西門身爲刑官故其家人亦知有此物但未見原物耳爲考抄檢大觀園故連類及之

探春與孟玉樓

探春亦指孟玉樓孟者夢也鄭人夢鹿故別號蕉下客又說一隻鹿牽了去燉了脯子來喫玉樓有簪挑

出故曰探春簪能刺故曰玫瑰花有刺四春惟探有母好小利而不賢指孟有楊家親姑娘好小利而不賢後來探春出嫁又專以當家見長亦與玉樓相合探春曾與李紈同當過家二人同是孟玉樓化身故同辦一事秋爽齋之秋即第三之符號玉樓固是西門第三妾也

探春何以爲庶出

玉樓出身正室後嫁李衙內又係正室只在西門家却做了第三房故紅於探春列爲第三謂其嫁了三次也與嫡出同等看待却又時時揭挑出他是庶出即是現爲第三房之證所謂老鴰窠裏出鳳凰者謂雖係第三房以前以後均是正室也至李衙內原籍

棄强過了黃河還有七百里探春遠嫁殆即指此

惜春與孫雪娥

紅之四姑娘惜春生性好佛百十四回賈母出殯包勇見一個女尼帶了一個道婆到園內扣門說道今日聽得老太太事完了不見四姑娘送殯想必是在家看家想他寂寞我們師父來瞧他一瞧云云金六十五回徐陰陽擇定辰時起棺西門慶留下孫雪娥並二女僧看家云云此是明點惜春即是雪娥至雪惜同音同是行四等證據更不待論

妙玉遭刼與孫雪娥被拐　鐵門檻之寓意

紅百十二回活寃孽妙尼遭大刼將妙玉輕輕的抱起輕簿了一會子便拖起背在身上來到園後墻邊

搭了軟梯爬上墻跳出去了云云金九十回來旺盜拐孫雪娥來旺兒踏着梯櫈黑影中扒過粉墻雪娥那邊用櫈子接着兩個就在西耳房幹畢云云又約定來旺兒在來昭屋裏等候兩個要走來昭便說不爭你走了我看守大門管放水鴨兒若大娘知道問我要人怎了不如你每打房上去就躧破些瓦還有踪跡云云即其証也至惜春與妙玉爲交至密幾如一人其爲一人化爲二人殆無疑義妙玉最喜之詩是縱有千年鐵門檻故自稱爲檻外人雪娥結果非踰墻而逃乎謂縱有鐵門檻亦攔不住也

妙玉烹茶之有本

紅四一回寶玉品茶攏翠菴妙玉用雪水烹茶餉客

何等清雅高潔然金書之孫雪娥單管率領家人媳婦在厨中上灶打發各房飲食譬如西門慶在那房裏宿歇或吃酒或吃飯或造甚湯水俱經雪娥手中整理那房中丫頭自往厨下去拿見金十一回妙玉惜春同是雪娥化身故必以造茶寫之雪水映之方不負題

紅四十二回惜春畫圖寶釵開畫具單內有羅篩乳鉢碗碟沙鍋風爐水桶磁缸桴炭生薑醬等物黛玉說炒顏色吃云云此正是點明惜春是雪娥化身雪娥管厨房造茶湯固必須上項什物也

柳五嫂之與孫雪娥

紅六十一回柳五嫂管厨房一段情形即是金書孫

雪娥一分職務此回開首柳家的笑道好猴兒崽子親嬸子找野老兒去了你豈不得了一個叔叔云云即是金書孫雪娥偷來旺兒所謂人家養漢養主子你養漢養奴材者也

湘雲之與李桂姐

湘雲姓史是史太君娘家人來往於諸姊妹間却又不能久住其才藻似黛玉故於詩社頗能出一頭地其大方似寶釵故絳紋石戒指四個一送大傅姐姐妹妹及衆丫頭歡心殆即金書中之李桂姐乎桂姐之姑母李嬌兒非西門之第二房乎非與桂姐同是裏邊人物乎紅二十一回湘雲替寶玉梳上頭殆即金書十一回西門慶梳籠李桂姐紅書六十二回史

湘雲醉眠芍藥裀即金書五十二回之山洞戲春嬌也

紅六十二回史湘雲醉眠芍藥裀係從拜壽起頭探春笑道一年十二個月月月有幾個人多了便這等巧也有三個一日的大年初一也不白過大姐姐占了去怨不得他福大生日比別人占先云云

金五十二回月娘對李桂姐道前月初十日是你姐姐生日過了這二十四日又是你媽的生日了原來你院中人等一日害兩樣病做三個生日日裏害思錢病黑夜害思漢子的病早辰是媽的生日晌午是姐姐生日晚夕是自家生日怎的都擠在一塊兒云云

按此即紅書所謂三個一日也此日是寶玉平兒寶琴岫烟四人同生日後來飲酒行令插科忽然不見了湘雲只當他外頭自便就來誰知越等越沒了影兒使人各處去找那裏找得著（中略）只見一個小丫頭笑嘻嘻的走來說姑娘快瞧雲姑娘吃醉了圖涼快在山子後頭一塊青石板橙上睡著了衆人走來看時果見湘雲臥於山石僻處一個石橙子上業經香夢沉酣四面芍藥花飛滿了一身滿頭臉衣襟皆是紅香散亂（中略）心中反自覺慚愧早有小丫頭端了一盆洗臉水云云金五十二回官哥剃頭西門慶在花園請客桂姐遞酒唱曲伯爵打諢又與桂姐打雙陸西門慶遞

了個眼色與桂姐就往外走桂姐也走出來在太湖石畔推擿花兒也不見了伯爵與希大一連打了三盤雙陸等西門慶不見出來問畫童兒道你爹在後邊做甚麼哩畫童兒道爹在後邊就出來了原來西門慶在木香棚下看見李桂姐就拉到藏春塢雪洞兒裏把門兒掩著坐在矮床兒上（中略）不想應伯爵到各亭兒上尋了一遭尋不著打澗翠巖小洞兒裏穿過去到了木香棚抹過葡萄架到松竹深處藏春塢隱隱聽見有人笑聲又不知在何處被伯爵猛然大叫一聲推開門進來看見西門慶把桂姐正幹得好說道快取水來潑潑云云

按金書寫花遮柳隱於此闇香夢沉酣自無異說其一路插科打諢亦復相同甚至取水潑潑亦無遺漏可謂如出一手

湘雲之與雲兒與李桂姐之關係　女兒詩之

細評

紅二十八回馮紫英家吃酒娼優齊集玉菡與雲兒並稱人但知玉菡換汗巾應注意不知此回之雲兒亦甚出色試看開場即是雲兒唱後又照大家一樣唱了說了這頭一支唱的是兩個冤家豈非明點金書爭鋒鬧花院一回乎金書謂西門包占桂姐因不常去又接了丁二官西門窺破大起風波即所謂挙住三曹對案我也無回話也寶玉之四女兒詩是渾

括的第一句青春已大守空閨是言空房難獨守泛論金書之寡婦嫁人第二句悔教夫壻覓封侯謂西門得官第三句對鏡晨粧顏色美謂後房充牣爭姸取憐第四句鞦韆架上春衫薄謂墻茨不掃已有帷薄不修之兆金五十二回金蓮瓶兒春梅等人打鞦韆陳敬濟送之是也滴不盡相思血淚拋紅豆一曲則總括全書諸美之閨情綺怨而分寫之其門杯之雨打梨花深閉門則指明失信瓶兒閉門不納以渡入下段馮紫英與馮媽媽同姓故所說女兒詩全爲瓶兒而設第一句兒夫染病在垂危花子虛因氣喪身也第二句大風吹倒梳粧樓瓶兒離了獅子街粧樓嫁與西門作妾也第三句頭胎養個雙生子瓶兒

入門不久便生官哥雙生者血統不正蓋官哥之爲何人種子尙不可知也第四句私向花園掏蟋蟀謂瓶兒入門不見禮重也你是個可人一曲指瓶兒情感西門而言又以門杯鷄聲茅店月點醒戴月披星以結瓶兒一段以下又入雲兒四句全係勾欄人語即指李桂姐等人而言湘雲一名雲兒此其所以爲李桂姐化身也荳蔻花開三月三一曲即指梳籠李桂姐而言終之以桃之夭夭者指西門死後李桂姐串同李嬌兒席捲而逃一段故事也薛蟠是武大化身故其四句明說金蓮嫁了武大又叫西門踢死貪淫改嫁一段事實蚊子蒼蠅者言其毒嘴傷人讒邪汙白也玉菡四句似爲宋蕙蓮而作第一句丈夫一

去不回歸言來旺被發配而蕙不知也第二句無錢去打桂花油言豈無膏沐誰適爲容也第三句燈花並頭結雙蕊言外遇孔多也第四句夫唱婦隨眞和合言雖不貞却爲本夫而死也可喜你天生百媚嬌一句又似爲梅而設藉以渡到襲人所謂配鸞鳳眞也著者指春梅後來作夫人襲人亦作蔣家正頭娘子也終之以花氣襲人知晝暖點醒本題將人名揭破而止

此回開首由怡紅院不開門寫入足見正在西門閉門不納瓶兒瓶兒誤嫁蔣竹山之時以時考之玉菡竹山不無關合

薛姨媽之與王婆

紅八回賈寶玉奇緣識金鎖且說寶玉來至梨香院中先入薛姨媽室中見薛姨媽打點針黹與丫環們呢寶玉忙請了安薛姨媽忙一把拉了他拖入懷內笑說這麽冷天我的兒難爲你想着來快上炕來坐著罷命人倒滾滾的茶來寶玉因問哥哥不在家薛姨媽歎道他是沒籠頭的馬天天逛不了那裏肯在家一日寶玉道姐姐可大安了薛姨媽道可是呢你前兒又想着打發人瞧他他在裏間呢你去瞧他裏間比這里煖和那里坐著我收拾收拾就進來和你說話兒云云按薛姨媽即王婆他娘家本是姓王証一寶玉入室即西門入王婆茶店証二打點針黹與丫環即王婆請金蓮裁縫壽衣証三呼寶玉爲我的

兒王婆有乾娘之目証四倒茶來吃即王婆點茶與西門証五哥哥不在家即武大出門賣炊餅証六寶姐姐在裏間屋金蓮即在隔壁証七我收拾收拾就來王婆爲武家收拾已非一次証八薛姨媽口聰已承認寶玉專爲寶釵而來王婆之於西門亦是如此證九此次金玉相逢即是苟合之初步而寶黛釵三人飲酒亦即茶店飲酒外間下雪又點逗雪中戲叔一段情事

紅五十七回慈姨媽愛語慰痴顰黛玉說寶姐姐見了姨媽就撒姣兒分明是氣我沒娘之人又云明日就認姨娘做娘薛姨媽道你不厭我就認了（中略）寶釵笑道眞個媽媽明日和老太太求了聘作媳婦

云云金書之王婆非金蓮之乾媽乎金蓮非曾嫁武大乎薛姨媽之爲王婆薛蟠之爲武大黛玉之爲金蓮更有何疑

劉姥姥之與應花子

紅之述劉姥姥云不知從何處說起借一個人爲金書線索即劉姥姥是也然則全書以清客作綫索矣故終紅樓夢劉姥姥皆有關係金之開頭便述十兄弟而應伯爵即已登場自後時時露面直到終篇故紅特點明外頭老爺們有清客相公陪話我們也用一個女清客此劉姥姥請客帮閑之證據加上黛玉之携蝗大嚼圖點醒白嚼字樣又於吃個老母猪不抬頭及於放屁拉屎等等形容貪食又於茶杯衣服

二

及錢帛等形容好小利無不與應伯爵相合又插了滿頭花以應應花子之別號作者可謂一絲不漏矣

劉姥姥之與王婆

劉姥姥初見王熙鳳與金七十六回王婆之見金蓮相似蓋劉在當初曾於王家有瓜葛却與賈家無往來王婆從前與金蓮貼鄰却與西門無涉故二事絕相類

李媽媽之與潘姥姥

李嬷嬷是潘姥姥其排揎襲人即潘之咒罵金蓮所謂手裏調理出來的毛了頭即指金蓮少孤姥姥教養到八九歲始賣入王招宣府也

紅回李嬷嬷吃酥酪一事金六十七回應伯爵

吃兩盞酥油白糖熬的牛奶子一口吸盡舐嘴咂舌又吃了衣梅還包兩丸到家與二娘吃云云極與劉姥姥相似蓋李也劉也皆花子之類

尤三姐之與金蓮

紅六十二回賈二舍偷娶尤二姐回目與金九回西門慶偷娶潘金蓮同一書法紅書此回內述賈珍到了小花枝巷新屋子裏與二姐三姐厮混賈璉回家二姐去了賈珍與三姐吃酒賈璉過來撞破了一同坐下賈璉說三妹妹爲什麼不合大哥吃個雙鐘兒我也進一盃給大哥合三妹妹道喜三姐兒聽了這話就跳起來站在炕上指着賈璉冷笑（中略）自己拿起壺來斟了一盃自己喝了半盃揪過賈璉來就

灌說倒不曾和你哥哥吃過今日倒要和你吃一吃偺們也親近親近(中略)這尤三姐索性卸了粧飾脫了大衣服鬆鬆的挽個鬢兒身上只穿着大紅襖兒半掩半開故意露出葱綠抹胸一痕雪脯底下綠袴紅鞋鮮艷奪目忽起忽坐忽喜忽嗔云云

金二回武松一直走到家來婦人道請叔叔向火武松道正好便脫了油靴換了一雙襪子穿了煖鞋掇條櫈子自近火盆邊坐地那婦人早令迎兒把前門上了閂後門也關了搬些煮熟菜蔬入房裏擺在桌子上武松問道哥哥那裏去了婦人道你哥哥出去買賣未回我和叔叔自吃三杯武松道一發等哥哥來家吃也不遲婦人道那裏等的他

說猶未了只見迎兒小女早煖了一注酒來武松道又叫嫂嫂費心婦人也掇了一條櫈子近火邊坐了桌上擺着盃盤婦人拿盞酒擎在手裏看着武松道叔叔滿飲此杯武松接過酒一飲而盡那婦人又篩一杯來說道天氣寒冷叔叔飲過成雙的盞兒武松道嫂嫂自請接來又一飲而盡武松却篩了一杯酒遞與婦人婦人接過酒來喝了却拿注子再斟酒放在武松面前那婦人已經將酥胸微露雲鬟半嚲臉上堆下笑來（中略）婦人道叔叔你不會簇火我與你撥火只要一似火盆來熱便好武松有八九分焦燥只不做聲這婦人也不看武松焦燥便丟下火筋却篩一杯酒來自呷

了一口剩下半盞看著武松道你若有心吃我這半盞兒殘酒武松匹手奪過來潑在地下說道嫂嫂不要恁的不識羞耻把手只一推爭些兒把婦人推了一交云云

金書此一段與水滸二十三回原文大致相同紅之此回全由此段化出其叙珍赴璉家而璉不在珍與三姐喝酒喝雙杯及三姐冶容三姐發怒各節皆相脗合不過以武松之怒改作三姐金蓮自斟自飲改作璉二爺而已

又賈璉回家只命快拿酒來快拿酒來咱們吃兩杯好睡覺云云金書西門往瓶兒房裏多是如此蓋瓶兒好酒量故二姐亦非以酒襯託不可

湘蓮之與武松

紅六十六回尤三姐說若有了姓柳的來我便嫁他若一百年不來我自己修行去了說著將頭上一根玉簪拔下來磕了兩段云云金書金蓮初見武松便想道何不叫他搬來我家住想這段姻緣却在這裏了云云故武二爲金蓮之意中人而柳二亦爲三姐之意中人至其名爲湘蓮殆謂金蓮所想之人也金蓮比武松小五歲故紅六六回目有情小妹字樣二郎之所以爲冷者即指並未婚娶而言

尤二姐之與瓶兒

尤二姐是瓶兒瓶居金蓮之次又嫁與賈二舍瓶兒原是花二之妻偷娶即是誤嫁有胎即映官哥鳳姐

說他胎不干凈官哥原不是正式所生賺入大觀園即瓶兒之嫁入西門家無人理會受種種冷淡賈璉之偷娶尤二姐鳳姐謂有國孝家孝家孝即指瓶之喪夫未久而西門又幾遭不測也

晴雯之與瓶兒

紅五十一回晴雯病了傳一個大夫從後門進來開的藥方後面又有枳實麻黃寶玉道該死該死快打發他去罷婆子道這馬錢是要給他的須得一兩銀子云云又六十九回尤二姐病了請了那年給晴雯看病的胡君榮來尤二姐露出臉來胡君榮一見早已魂飛天外那裏還能辨氣色云云

金六十一回瓶兒病了請大街口胡先生來瞧又

請趙先生來開方內有巴豆半夏芫花等毒藥西門慶見他滿口胡說稱二錢銀子也不送就打發他去了又封白金一兩使玳安拿盒兒到何老人家討將藥來云云

按晴雯與尤二姐是二是一故胡君榮再被邀請胡之爲胡實兼大街口胡及胡說而有之也至給與馬錢兩書一律

補裘與檢泡螺

晴雯之補裘即瓶兒之檢泡螺同一絕技同一去後思但金書側寫紅則正寫耳又金書中以女紅之巧藝著者以金蓮之縫壽衣及繡鞋等等爲多然欲求一絕技非他所能則捨檢泡螺更莫屬矣

千金一笑之所本

紅之撕扇子作千金一笑此千金一笑見於金五十四回回目又金八回西門再到金蓮家金蓮不由分説就兩把折了西門慶救時已是扯的爛了

按紅之撕扇亦是先跌折後撕碎

紅七十八回痴公子杜撰芙蓉誄特特提出公子女兒小姐丫鬟字樣以爲迷目之具金書於瓶兒之喪有喬洪及吳道官兩篇祭文爲全書所無

襲人之與金蓮

紅十九回襲人説你門沒飯吃幸而賣到這個地方把我噴出來再多淘澄幾個錢也還罷了云云襲人在賈府跟了老太太又跟湘雲又跟寶玉又嫁出去

紅樓夢抉微　六十三　無冰閣

共轉了四回金一回金蓮父親死了做娘們度日不過賣在招宣府裏王招宣死了潘媽媽爭將出來三十兩銀子轉賣與張大戶不要一文錢白白的嫁與武大爲妻又改嫁與西門亦是轉了四回潘媽媽爭將出來即與紅十九回襲人母親云不過求一求只怕身價銀一併賞了云云同出一轍

襲人之與春梅

紅六回賈寶玉初試雲雨情被試者爲花襲人襲人在金書爲春梅金十回西門吗春梅進房收用了乃正式寫之蓋以春梅爲女兒初經雲雨特筆書之以示與各再醮貨回頭人之不同紅書反之以初試屬之寶玉故謂襲人大幾歲懂人事也

襲人之與瓶兒

襲人轉了四次前既以金蓮轉了四次證之其實瓶兒亦轉了四次第一次爲梁中書妾第二次爲花子虛妻第三次嫁蔣竹山第四次嫁與西門

春梅原是伏侍月娘的改侍金蓮極效忠於金蓮襲人原是老太太的改爲寶玉的有伺候何人即一心一意對於其人不復念及從前之好處同一不貞同一性格

花自芳之與花子虛

紅十九回寶玉至襲人家花自芳送回即是點明西門到花子虛家偷情花子虛即花自芳之謂

襲人說先伏侍了史大姑娘幾年云云即自表已更

數主如瓶兒之已經在過梁中書花子虛蔣竹山等處也

襲人說八人轎也抬不去固是映帶瓶兒死在西門家又反映改嫁蔣竹山而瓶兒之入西門家却是用轎但未用八人抬耳

紅三十六回襲人對寶玉說我要去連你也不必告訴只回了太太就走云云春梅之嫁由月娘作主西門已死更何告訴之有况以花大姐姐而言既是老太太身邊了頭此時老太太太太尙在何以只說回了太太就走乎

又襲人云作了强盜賊我也跟著罷此盜賊頭銜寶二哥安不上試問果何所指

二

紅九回寶玉上學去時襲人說那工課寧可少些云云即證明襲人不勸寶玉學好與金蓮同

香菱之與金蓮

香菱之能詩即金蓮之具體而微蓋武大之不配作金蓮丈夫以其太俗而以香菱之雅乃作薛蟠之妾故寶玉有俗物之歎紅樓於香菱之學詩再三致意殆謂金蓮詩詞歌賦無所不能即一小小之香菱亦好學而遇人不淑至小時之被人略賣展轉流離亦與金蓮相似原名英蓮英者銀也謂金蓮轉世而爲銀蓮也

情解石榴裙與醉鬧葡萄架

紅六十二回獃香菱情解石榴裙與憨湘雲醉眠芍

藥裀此回全是從金書李瓶兒私語翡翠軒潘金蓮醉鬧葡萄架一回內化出金書橫陳狼藉故紅以門草之夫妻蕙並頭花等等寫之金書本回亦有將瓶花分賞衆人簪鬢之事至紅書此回紅香圃中筵開玳瑁褥設芙蓉即是金書翡翠軒設筵吃酒葡萄架鋪枕席之事情態宛然於此而香菱之爲金蓮益無疑義

平兒之與春梅

平兒爲通房大丫頭春梅亦爲通房大丫頭

鳳姐當家平兒帶鑰匙金蓮當家春梅數錢

平兒對於小厮常常以打板子嚇之春梅之對小厮亦然但以平兒不做惡人反寫春梅助紂爲虐

平兒之名故意與瓶兒相犯後來扶正又影射春梅

紅之二姑娘名迎春金之瓶兒了頭亦名迎春紅有

史大姑娘名雲兒又有妓女名雲兒名字犯複皆非

無故

鴛鴦之與玉簫

紅四十回金鴛鴦三宣牙牌令王夫人笑道既在令

裏沒有站著的理（中略）鴛鴦道酒令大如軍令違

了我的話是要受罰的（中略）劉老老只�饒了我

罷（中略）鴛鴦道將這三張牌拆開先說頭一張次

說第二張說完了合成這一副兒的名字

金六十四回玉簫跪受三章約那玉簫跟到房中

打旋磨兒跪在地下（中略）玉簫道娘饒了我隨

問幾件事我也依娘金蓮道第一件你娘房裏但凡大小事兒就來告我說你不說我打聽出來定不饒你第二件我但向你要甚麼你就要稍出來與我第三件你娘向來沒有身孕如今怎生便有了云云

按紅書以不站著寫跪在地下又以討饒由劉老之口中說出以三張映三章又於牙牌之第三張不明說郤說合成一副非所謂身孕而何蓋鴛鴦爲老太太身邊最得力之丫頭玉簫爲月娘手下最得力之丫頭玉簫爲月娘手下最得力之丫頭平時與鳳姐等人聯絡傳遞消息即金書之第一件偷金器與鳳姐當卽金書之第二件至鴛鴦女

誓絕鴛鴦偶一段內有拉出去配過小厮云云即指金六十四回書童和玉簫在床上正幹得好等語也

紅七十一回鴛鴦之父在南邊看房子金書有派人在獅子街看房子之事

紅四十一二等回鴛鴦平兒打發劉姥姥一段似金七十六回春梅請潘姥姥喫酒一段

剪頭髮

紅二十一回俏平兒軟語庇賈璉多姑娘送璉二爺頭髮平兒在枕套中抖出一綹青絲來

金七十九回原來王經稍帶了他姐姐王六兒一包兒物事遞與西門慶瞧就請西門慶往他家去西門

慶打開紙包兒却是老婆剪下的一柳黑臻臻光油油的靑絲用五色絨纏就了一個同心結云云又十二回西門威逼金蓮剪下頭髮與桂姐䙌鞋云云紅書列作回目如此點明但與金書相較一是由外一是由內而紅則別生一法出於二者之外

琴棋書畫四了頭

紅十八回元春了頭名叫抱琴此外迎春了頭司棋探春了頭侍書惜春了頭入畫是用琴棋書畫四字作排行金書小厮有琴童棋童書童畫童亦是如此於了頭則以四季爲名如春梅夏花秋菊是也

雪雁之與迎春

金書瓶兒臨終遺囑迎春伏侍大娘紅書黛玉臨終

時雪雁却已去伏侍寶釵出閨成大禮

翠縷陰陽之說之所本

紅三十一回翠縷道這麼說起來從古至今開天闢地都是些陰陽了湘雲笑道糊塗東西越說越放屁什麼都是些陰陽又湘雲道走獸飛禽雄爲陽雌爲陰牡爲陽牝爲陰怎麼沒有呢翠縷道這也罷了怎麼東西都有陰陽偺們人到沒有陰陽呢云云

金八十八回小玉道奶奶他是佛爺兒子誰是佛爺女兒月娘道相這比邱尼姑是佛爺的女兒小玉道譬若相薛姑子王姑子大師父都是佛爺女兒誰是佛爺女婿月娘忍不住笑罵道賊小淫婦你也學油嘴滑舌見見就說了道兒去了云云

按此一節金書通行足本之批語有愈轉愈妙紅樓夢褸語本此云云

又同回內月娘便罵道怪墮業的小臭肉兒一個僧家是佛家弟子你有要沒緊任謗他怎的不當家化化的原批語亦有紅樓夢亦有此語可見紅樓脫胎此書以上二處之外他處未見表而出之以志同感

西門貼身四個了頭青梅玉簫迎春蘭香寶玉了頭第一是襲人殆即春梅次爲晴雯麝月殆即玉簫迎春又次爲四兒原名蕙香即所謂蕙香蘭氣者金書奶子如意兒小名四兒亦是放在西門房裏者也

寶玉與碧痕洗澡西門與金蓮水戰

紅三十一回寶玉笑道你既沒有洗拿了水來咱們

兩個洗睛雯搖手笑道罷罷我不敢惹爺還記得碧痕打發你洗澡足有兩三個時辰也不知道做什麼我們也不好進去的後來洗完了進去瞧瞧地下的水淹着床腿連席子上都汪着水也不知是怎麼洗的笑了幾天云云金二十九回潘金蓮蘭湯邀午戰即是此事特用側筆寫之使人閉目而神往

傻大姐之本來

傻大姐拾春意袋即金瓶中鐵棍小玉胡二等人之眼中春色今以一傻大姐了之更以滿園抄檢擴大之蓋謂此言雖小可以喻大且王夫人明言姑娘們都大了也

柳五兒爲瓶兒化身

紅五九及六十四回柳五兒欲到怡紅院當差託了芳官久而未得正與李瓶兒之欲嫁西門而不能入宅時之光景相似蓋五兒似晴雯晴雯固瓶兒之化身也

紅六十一回因事要打五兒四十板子交莊子上配人與金書瓶兒入門受打相似

林四娘與林太太

紅七十八回老學士閑徵姽嫿詞賈政道當日曾有一位王爵封曰恆王出鎮青州這恆王最喜女色且公餘好武因選了許多美女日習武事令衆美女學習戰鬥之事內中有個姓林行四的姿色既佳且武藝更精皆呼爲林四娘恆王最得意遂超拔林四娘

統轄諸姬又呼爲姽嫿將軍云云
金六十八回招宣府初調林太太正面供著他祖爺太原節度頒陽郡王王景崇的影身圖穿著大紅團袖蟒衣玉帶虎皮交椅坐着觀看兵書有若關王之像又七十八回林太太鴛幃再戰
按林四娘即林太太恆山爲北嶽山西是古恆州太原者山西也太原又爲王氏郡望青州是山東出鎭即是招宣西門生長山東故曰恆王出鎭青州公餘好武又最喜女色選了許多美女日習武事令衆美女學習戰功云云即指金書王景崇觀看兵書又王招宣府爲潘金蓮最初賣入學習歌舞之地而言許多美女自有金蓮在內又內中林

四娘以色藝之佳拔爲諸姬之冠非金書之林太太爲王三官之母而何

媔嫿者鬼話也四娘云者金書以王三官娘子爲西門意中人故以四爲排行所以抑之也至其穢跡悉以武事寫之即所謂好武兼好色也寶玉詩中既云穠歌艷舞不成歡霜矛雪劍嬌難舉又云戰罷夜闌心力怯脂痕粉漬汚鮫綃忽又轉入明年流寇走山東又云正是恆王戰死時又云繡鞍有淚春愁重鐵甲無聲夜氣凉此皆就林太太身爲寡婦鴛幃再戰雙闗刻畫一面於敎歌舞三字儘力映帶

賈璉管家之所由

賈赦是長房却不管事只以二房掌理家事即金十一回家中雖是吳月娘居大常有疾病不管家事只是人情來往出入銀錢都在李嬌兒手裏云云然則紅書鳳姐以二房管家事其所管者亦以人情銀錢爲範圍蓋嬌兒固排行第二也至賈璉在政老處當家尤屬可怪一何以赦老是長房却不要人當家二何以政老却要姪兒當家蓋即西門無子引女壻陳敬濟當家之法也政老雖已有珠兒却已死去寶玉又小故用璉兒璉兒又係王夫人內姪女婿亦猶西門之用女壻蓋自王夫人視之固是姪女壻也金書西門向陳敬濟說我若久後無出這分兒家私都是你兩口子的云云政老之於璉兒豈非一轍

兩書叅案之相同

紅一百一回次日五鼓賈璉就起來要往總理內廷都檢點太監裘世安（求事安）家來打聽事務因太早了見桌上有昨日送來抄報便拿取來開看第一件是雲南節度使王忠一本新獲了一起私帶卯鎗火藥出邊事共有十八名人犯頭一名鮑音（報應）口稱係太師鎮國公賈化（假話）家人第二件蘇州刺史李孝一本叅劾縱放家奴倚勢凌辱軍民以致因姦不遂殺死節婦一家人命三口事兇犯姓時名福自稱世襲三等職銜賈範（家翻）家人賈璉看見這兩件心中早又不自在起來了

金十七回宇給事劾倒楊提督女壻陳敬濟同西

門大姐連夜搬來西門家交出親家陳洪書信西門慶連夜往縣中承行房裏抄錄一張東京行下來的文書邸報來看上寫的是兵科給事中宇文虛中一本（中略）西門慶不看萬事全休看了耳邊廂只聽颼的一聲魂魄不知往那裏去了云云按賈璉是敬濟化身故紅書於看見參本改屬璉兒次日五鼓即是連夜至犯名報應及姦死節婦等事皆有映帶

兩書魘魔法之相似

紅二十五回魘魔法叔嫂逢五鬼百十二回死讐仇趙妾赴冥曹此兩回中歷述劾咒之事

金十二回劉理星魘勝求財有云用柳木一塊刻

紅樓夢抉微　七十二　無冰閣

兩個男女人形書著娘子與夫主生辰八字用七七四十九根紅綫札在一處上用紅紗一片蒙在男子眼中用艾塞其心用針釘其手下用膠粘其足暗暗埋在睡的枕頭內又硃砂書符一道燒灰暗暗攪茶內若得夫主吃了茶到晚夕睡了枕頭不過三日自然有驗婦人道請問先生這四椿兒是怎的說賊瞎道好教娘子得知用紗蒙眼使夫主見你一似西施嬌艷用艾塞心使他心愛到你用針釘手隨你怎的不是他總再不敢動手打你用膠粘足者使他再不往那裏胡行云云

按此與紅書馬道婆作法大同小異

賈環爲貓之由來

二

環哥兒有鑽熱灶貓之混名此回之害巧姐即與金書害官哥之貓同一任務其爲貓也固宜

紅二十五回王夫人命賈環抄金剛咒賈環在炕上坐着（中略）寶玉在王夫人身後倒下（中略）賈環素日原恨寶玉如今又見他和彩霞廝鬧心裏越發按不下這口毒氣雖不敢明言却每每暗中算計只是不得下手今見相離甚近便要用熱油盪瞎他眼睛因而故意粧作失手把那一盞油汪汪的蠟燈向寶玉臉上只一推只聽寶玉噯喲一聲（中略）在臉上盪了一溜燎泡出來云云

金五十九回李瓶兒與官哥穿上紅緞衫兒安頓在外間炕上頑要迎春守着奶子便在旁邊吃飯

不料這雪獅子正蹲在護枕上看見官哥兒在炕上一動一動的頑要猛然望下一跳將官哥兒身上皆抓破了

趙姨娘之與金蓮

按紅書此回因要說趙姨娘與馬道婆勾串用邪術謀害寶玉鳳姐先叙環兒蓄意害寶玉金書要叙金蓮謀害瓶兒及官哥先蓄一貓名雪獅子用生肉喂他用紅衣引逗他以便實行加害於官哥至此案出在炕上及受害人情形兩書一律又於馬道婆口中說大凡那王公卿相人家的子弟只一生長下來便有許多促狹鬼跟著他得空便捽他一下或掐他一下或吃飯時打下他的飯碗來或走著推他一跤云

云更可證明金蓮趙姨娘及劉瞎馬道婆陰謀如出一轍

紅八十四回探驚風賈環重結怨奶子抱著巧姐用桃紅緞子小棉被兒裹著臉皮越靑眉梢鼻翅微有動意（中略）只見賈環掀簾進來說二姐姐你們巧姐兒怎麽了媽媽教我瞧瞧（中略）鳳姐道那牛黃都煎了賈環聽了便去伸手取那銱子時豈知措手不及沸的一聲銱子倒了火已潑滅了一半賈環見不是事自覺沒趣連忙跑了鳳姐氣的火星直爆罵道眞眞那一世的對頭寃家你何苦來還來使促狹從前你媽媽要想害我如今又來害姐兒我和你幾輩子的仇呢（中略）賈環說我明日還要那小丫頭子

的命呢

紅二十五八十四兩回皆言趙姨娘母子害人之事尤於八十二回所寫之巧姐驚風與官哥一樣又因此次巧姐未死與官哥不同特補足要命一語雖是虛點却顧題面至牛黃云云又縈拂貓字可謂見景生情

賈瑞之與陳敬濟

紅十一回見熙鳳賈瑞起淫心十二回賈天祥正照風月鑑金十八回見嬌娘陳敬濟銷魂二十八回陳敬濟徼倖得金蓮八十二回陳敬濟弄一得雙紅書以一淨桶尿糞準折一隻舊鞋可謂調侃而風月鑑一正一反以一作兩便是弄一得雙眞是玲瓏剔透

金聖歎水滸評第二十五回有作者眞以獅子喻武松觀其於街橋名字悉安獅子二字可知也云云故乾淨獅子之語必出自湘蓮之口湘蓮者武松之化身也

金書前數回幾於全抄水滸之二十二三四五回然於二十三回開首武大與武松說話怨你想你一段却又節去此一段只以當日弟兄相見心中大喜二語了之原文與湘蓮之事大有關係茲錄於下

那人原來不是別人正是武松的嫡親哥哥武大郎武松拜罷說道一年有餘不見哥哥如何卻在這裏武大說二哥你去了許多時如何不寄封書與我我又怨你又想你武松道哥哥如何是怨我

想我武大道我怨你時當初係在清河縣裏要便喫酒醉了和人相打時常喫官司教我要便隨衙聽候不曾有一個月凈辦常教我受苦這便是怨你處想你時我近來娶得一個老小清河縣人太怯氣都來相欺負沒人做主你在家時誰敢來放個屁如今在那裏安不得身只得搬來這裏賃房居住因此便是想你處

按以上云云按之紅書所謂兄弟一年有餘不見在路上相遇非紅六十六回賈璉赴平安州路上遇著薛蟠和柳湘蓮說是結拜了生死弟兄一路進京乎所謂酒醉打人吃官司非冷郎君懼禍走他鄉乎然則柳二之爲武二更有何疑

湘蓮打薛蟠即武松打西門

柳湘蓮即武松行二同有武藝同其打薛蟠即是打西門慶後與薛蟠結爲兄弟即是武松與武大相遇

湘蓮殺三姐即武松殺金蓮

湘蓮之殺尤三姐卽是武松之殺金蓮武松對王婆說要娶金蓮回家旋即殺却與湘蓮先允與三姐訂婚旋又改悔因以雌雄劍致三姐自殺至心冷入空門即武松之上梁山也

柳湘蓮之罵東府不乾凈寶玉紅了臉柳二者武二之化身金書中恨西門家者無武二若故罵之不稍顧惜不然焦大之罵尚是指人而罵不似柳二之一筆抹煞蓋非深惡痛疾不忍出此也

薛蟠即武大

薛蟠行大字文起即武大也武對文是起頭大亦是起頭其先買丫頭英蓮打官司搬家後娶夏金桂皆謂武大娶張大戶丫頭金蓮住不住搬到淸河縣至住賈府梨香院即武大之住張大戶閒房其出外經商即武大之賣炊餅其被柳二踢打即武大被西門踢傷其在路上與湘蓮結爲兄弟即武大路遇武松始說是親兄弟所謂獃霸王者大王八也

紅四回叙薛蟠入京之前爲了一個丫頭打死馮淵此節乃倒寫法紅書旣以薛蟠爲武大而武大曾因金蓮被張大戶家主婆逐出又因紫石街住不住纔買了縣前街房子故欲寫薛蟠先要寫他一個住不

住而搬家方是合拍不說薛蟠因丫頭而被馮淵打死却說打死馮淵便進了京如此倒映豈不令人目眩薛蟠爲了英蓮打死馮淵英蓮者銀蓮也金蓮在世化爲銀蓮馮淵者逢冤也謂冤家狹路相逢也諷

馮雪薛相遇安得不冷

紅有託詞乩仙批了死者馮淵與薛蟠原有夙孽相逢今狹路既遇原因了結今已得無名之病被馮淵魂已追索去了云云則可證明

英蓮起初由拐子賣與馮淵又賣與薛蟠因而打死馮淵却隨薛蟠進京按金之叙金蓮出身係初賣與王招宣府後賣與張大戶大戶又嫁與武大武大帶着搬了幾次家

葫蘆僧判斷葫蘆案賈雨村徇情了案即係金書何九件作團頭得賄私和人命之事馮淵之死即是武大之影同一爲蓮而死一金一銀而已此時之薛蟠却又似西門

紅四回薛蟠既到賈府政老說偺們東北角上梨香院一所十來間白空著又云原來這梨香院乃當日榮公暮年養靜之所小小巧巧約有十餘間房舍前廳後舍俱全另有一門通街薛蟠家人就走此門出入西南又有一角門通一夾道出了夾道便是王夫人正房的東院了每日或飯後或晚間薛姨媽便過來又云只得暫且居下一面使人打掃自家的房屋再作移居之計云云

金一回武大忠厚現無妻小又住著宅內房兒堪可與他這大戶早晚還要看覷此女因此不要武大一文錢白白的嫁與他爲妻這武大自從娶了金蓮大戶甚是看顧他若武大沒本錢做炊餅大戶私與他銀兩武大若挑担兒出去大戶候無人便踅入房中與金蓮私會武大雖一時撞見原是他的行貨不敢聲言朝來暮往也有多時大戶死了將金蓮武大即時逐出武大遂尋了紫石街西王皇親房子賃內外兩間居住又武大聽老婆這般說當下湊了十數兩銀子典了縣門前樓上下兩層四間房屋居住云云

然則武大自己有屋却是先借住人家閑房此房

又與房主可以自由出入却與紅樓之梨香院同一情形至梨香院却是在榮府東隣卽是子虛故宅後院之方向作者之設此一地實影射兩事而言至後來寶釵雖指定住在蘅蕪院此院却仍然存在又與金書瓶兒已入西門之宅而獅子街之房子仍然留與馮媽媽看守不若金蓮入宅以後便與武大舊宅毫無關係也紅書之記黛玉亦是毫無根蒂兩兩相勘顯然可證

夏金桂合金蓮桂姐爲一人

夏金桂合金蓮桂姐爲一人故其毒亦不可當此所以爲河東吼雪遇夏而消信乎其然

紅五十八回薛氏開恒舒當在鼓樓西大街岫烟把

綿衣服叫人當了幾吊錢盤纏云云金書西門慶亦於家門口開了當舖收當人家衣服首飾并常常將當貨取出給金蓮等穿用

薛蟠因命案逃到京中託庇賈門似陳敬濟之因欽案躲在西門家

秦鍾與王經書童

紅十五回秦鯨卿得趣饅頭庵一段內叙秦鍾將智能抱到炕上正在得趣只見一人進來將他按住也不作聲又云羞的智能趁黑夜跑了寶玉拉了秦鍾出來道你還和我强秦鍾笑道好人你只别嚷的衆人知道你要怎樣我都依寶玉笑道這會子也不用說等一回睡再細細的算帳十六回智能私逃進城

找至秦鍾家下看視秦鍾不意被秦業知覺將智能逐出云云以上皆緊接可卿喪事按金六十四回瓶兒喪事正熱鬧之時潘金蓮走到花園書房內忽然聽見裏面有人笑聲推開門只有書童和玉簫在床上正幹得好哩便罵道好囚根子你兩個幹得好事唬得兩個做手脚不迭齊跪在地下哀告（中略）金蓮對玉簫道要我饒你須要依我三件事（中略）書童見潘金蓮冷笑領進玉簫去了知此事有幾分不諧逕出城外顧了長行頭口到馬頭上搭船往蘇州原籍家裏去了云云按書童是西門外嬖秦鍾是寶玉契友証一智能逃去書童亦逃去証二玉簫被逼有三件之約秦鍾被逼與寶玉算帳証三同在辦喪

期内証四

秦鍾可卿之弟王經六兒之弟秦鍾爲寶玉契弟王經爲西門契弟

寶玉與秦鍾香憐等貼燒餅似金書西門與畫童在書房內所爲

兩書之清客

紅之清客爲詹沾光單善聘騙仁人等金之清客爲應伯白爵嚼字光侯喉常峙時節借卜不志知道等皆是一流人物

冷子興與溫秀才韓夥計之寓意

紅二回冷子興與演說榮國府開場便云此回亦非正文本旨只在冷子興一人冷中出熱無中生有也云

云金瓶梅卷首有冷熱金針一首云金瓶以冷熱二字開講抑孰不知此二字爲一部之金鑰乎然於其點睛處則未之知也夫點睛處安在曰在溫秀才韓夥計何則韓者冷之別名溫者熱之餘氣故寒夥計於加官後即來是熱中之冷信而溫秀才自磨鏡後方出是冷字之先聲是知禍福倚伏寒暑往來天道有然也雖然熱與冷爲匹冷與溫爲匹蓋熱者溫之極韓者冷之極也故韓道國不出於冷局之後而出於熱局之先是熱未極而冷已極溫秀才不來於熱場之中而來於冷局之首見冷欲盛而熱將盡也噫嘻一部言冷言熱何啻如花如火而其點睛處乃以此二人而數百年讀者亦不知其所以作韓溫二人

之故是作書者固難而看書者爲尤難豈不信哉云云紅書之以冷子興開場蓋謂孝哥生於西門死後則冷極矣然衰而不興則無結撰之餘地故非冷中出熱無中生有不可

茗烟與玳安

茗煙是寶玉貼身小厮玳安是西門貼身小厮於金瓶之媾合皆與有力故茗煙在姑子廟磕頭時口中禱告說二爺凡事我無不知云云

紅十九回寶玉往書房裏來剛到窗前聞得房內有呻吟之韵寶玉倒唬了一跳大着膽子舔破窗紙向內一看却是茗烟按着一個女孩子也幹那警幻所訓之事寶玉禁不住大叫了不得一脚進門去將那

兩個唬閧了抖衣而顫茗煙見是寶玉忙跪下不迭寶玉道青天白日這是怎麽說珍大爺知道你是死是活一面看那丫頭雖不標緻到還白淨些微亦有動人處羞的臉紅耳赤低頭無言寶玉躲脚道還不快跑一語提醒了丫頭飛也似去了寶玉又趕出去呌道你别怕我是不告訴人的急的茗煙在後呌祖宗這是分明告訴了寶玉因問那丫頭十幾歲了茗煙道大不過十六七歲了寶玉道連他的歲數也不問問别的自然越發不知了又問名字呌什麼茗烟說呌卐兒云云

金九十五回月娘親自走到上房裏只見玳安兒正按着小玉在炕上幹得好看見月娘推閧門進

來慌的湊手脚不迭月娘便一聲兒也沒言語只
說得一聲賊臭肉不在後邊看茶去且在這裏做
甚麼哩玳安便走出儀門云云又六十四回金蓮
走到花園書房內忽然聽見裏面有人笑聲推開
門只見書僮和玉簫在床上正幹得好哩便罵道
好囚根子你兩個幹得好事唬得兩個做手脚不
迭齊跪在地下
茗煙即是玳安既如上所說此處特寫與卍兒一段
穢事即証明金九十五回竊玉成婚之事實金書列
在回目足見鄭重然玳安與賁四嫂有首尾後與小
玉成婚此是正寫其六十四回書僮與玉簫之事則
係側寫蓋月娘見了一聲不言語寶玉見了說不告

訴人彼金蓮則借此挾制玉簫訂三章之約亦足以反証此案

紅十四回辦可卿喪事時秦鍾笑道你們兩府裏都是這牌倘或別人私弄一個支了銀子跑了怎樣金六十四回辦瓶兒喪事時書童到前邊櫃上謊了傳夥計二十兩只說買孝絹逕出城外往原籍走了云云金是實寫紅以虛描其事則一又紅十三回鳳姐初受東府之任所想各件其第一事即是人口混雜遺失東西而金書於瓶兒喪中特點書童一事且於謊銀之外將書房厨櫃內許多手帕汗巾挑牙簪紐幷書禮銀子一齊偷去非所謂遺失東西而何

焦大與胡秀

紅回焦大罵人口出穢語一段極似金五十回胡秀酒醉罵韓道國種種穢語韓趕之出店胡不允恰與焦大事同一律胡秀者燥臭也即焦是也

賴世榮與珉安

賴世榮做官即珉安做員外

賴世榮不借錢與賈政即吳典恩之詐贓負心

賴大賴昇與來保來旺

賈府管家以賴大來昇爲巨西門家人以來保來旺爲巨來保之名紅書亦用之來興在紅書爲興兒是

賈璉心腹小厮

校勘表

頁面	行	字	誤正
目七背	五		應作湘蓮之與武松
四正	十二	七	其應作眞
背	六	四	胸應作胸
六正	四	三	字應作字
背	九	十八	悱應作排
七背	一	十八	腮應作胎
	九	十一	甄應作瓶
	十	十四	送應作道
八背	六	十七八	吽之應作之吽
	十二	十七	塵應作壓
九正	一	全行	與八頁尾一行複應刪
	八	二十	民應作兄
十一背	八	十三下	算子應作卜算子
十三背 十四正	四 八	十一 十六	姤應作姤
背	二	二	姝應作妹
十六背	二	三	挽應作俛
十七背	六	五	又應作玉
二十一正	九	二十	頂應作項
背	九	九	流應作海
二十二正	四	五	本應作車
二十三背	七	十六至二十	一名帶紅四字應刪
二十五正	十一	八	到應作倒
二十八正	七	四	於應作如
二十九背	十	十五六	母舅應作舅母
三十五背	六	六	壁應作壁
四十正	五	七	楄應作榻
四十七背	三	十	辣應作辣子
四十八背	六	五	在應作有
四十九正	七		樫應作樱
			楄應作榻
正	八至十一		此三行均應頂格
背	十	八	腮應作胎
五十背	四	三	子應作了
五十二正	十二	三	簿應作薄
背	二		旺應作旺
	三		樘應作樸
五十七正	五	五	梅應作春梅
五十八正	四	十九	胸應作胸
背	四	二十	金應作全
	十	十	請應作清
五十九背	十	三	進應作遞
六十正 背	八 二	五 二	樘應作樸
六十二背 六十三正	八至十二 二至五		八行均應頂格
六十二背	十二	十	他下有人字
六十三正	五	十	趺應作跌
六十六背	三	十八	捎應作捎
	十	二十	玉簪匠「頭十三字應刪
六十七正	十一	十	梢應作捎
六十八正	十	六	相應作像
六十九背	十一	三	門應作圖
七十五正	第一行以前應加題目「湘蓮之與武松」六字		
七十六正	第一行題目應刪		
七十八正	五	三	蒔應作蒔

中華民國十四年四月　日印行

定價每部大洋二元

著作者　合肥闞鐸

印刷者　天津大公報館

發行者　同上

販賣者　各大書坊

徐复初《红楼梦附集十二种》

徐复初，字宝纯。江苏常熟支塘镇人。一八八六年生，一九七〇年卒。光绪间秀才。曾留学日本东京，入明治大学法政科。归国后任南通法院审判长、江阴县县长。以不满军阀统治辞官，归里业医为生。抗战时避居昆明，悬牌号为『江南儒医』。抗战胜利后返乡。一九五七年参加常熟县卫生工作者协会。据书后《上海仿古书店出版新书目录》，知其还编有《宫闱遗事》《香艳趣话》等。

《红楼梦附集十二种》一册，徐复初编，全书凡一九六页。发行者上海仿古书店，承印者上海启智印务公司，总代售处上海启智书局。一九三六年一月初版。

本书辑录《红楼梦》研究之资料十二种：

一、《石头记评赞》，王雪香撰。首有崇川沈锽笠湖《石头记评赞序》、剑舞山中人《石头记评赞题词》。正文前题名曰《石头记评花》，以各种名花喻红楼人物，并各附一句话简评。论及警幻仙姑、宝玉、黛玉、宝钗、秦可卿等凡六十二人。例如：警幻仙姑(凌霄)——我是散相思的五瘟使；宝玉(紫薇)——俏东君与莺花作主。诸如此类，言简意赅，颇存意趣。雪香即王希廉，原名希棣，字旭升，号雪香(又作雪芗)，别号洞庭护花主人、雪髯老人。江苏吴县人。一八〇五年生，一八七七年卒。监生，浙江候补府经历。工书法，善诗文。侨寓虞山时，聘才女周绮为副室，唱和风雅，人皆艳称之。其评点刊刻的《新评绣像红楼梦全传》(道光十二年本)，在近代红学史上占有重要地位。沈锽，南通人，同治二十七年进士。曾任通州、兖州正五品运河同知。著有《蜗寄庐诗余》，又与人合著《通州直隶州志》。其题南京莫愁湖联传诵至今：『江水东流，淘尽了千古英雄儿女；石城西峙，依旧是六朝烟雨楼台。』

二、《读红楼梦杂记》，愿为明镜室主人撰。有同治八年杭州刻本、光绪丙子（一八七六）上海翻刻本。首有作者小序，以《红楼梦》为『悟书』。据胡适先生考证，作者为江顺怡，字秋珊，自署愿为明镜室主人。安徽旌德人，同治间在世。浙江候补县丞。另著有《愿为明镜室词》《词学集成》等。谭献《复堂词话》记其逸事一则：『光绪初，秦淮有校书曰凤仙者，色艺可人。以忤当道，避难出奔，辗转至杭州，江秋珊、杨桂峰、张初白、汪兰生、朱砚臣诸名流皆眷之，每宴集，辄招以侑酒。癸未十二月十九日为东坡生日，砚臣招同人集于其居之乐山草堂，作消寒第五集，凤仙与焉。秋珊、桂峰与谈秦淮旧事，娓娓不倦，大有天宝宫人之感。秋珊因作三绝句以赠之，诗云：「已过当筵酒十分，忽闻兰麝吐清芬。好花先献东坡佛，不是朝云即暮云。」「风前弱柳斗腰肢，正值盈盈十五时。妾是桐花郎是凤，江东罗隐漫题诗。」「何处乌衣认画梁，一双幺鸟喜收香。坐中尚有江南客，曾识当年哈意娘。」哈意珠为咸丰时秦淮妓院八仙之一，秋珊、桂峰皆曾见之。』

三、《红楼梦竹枝词》，卢先骆著。无序跋。收录咏红诗凡八十七首（原有一百首）。书成于道光二十六年，有江顺怡、丁嘉琳序。卢合肥人，字半溪，进士出身，曾任龙川知县。早年与同邑张渔邨丙、赵响泉席珍、王二石塘、吴菊坡克俊、蔡篆卿邦甸、戴叠峰鸿恩，酬唱无虚日，号称城东七子。另著有《羊城竹枝词》《循兰馆诗词》等。丁嘉琳，撰有《红楼梦百美吟》和《红楼梦本事诗序》等。

四、《红楼梦题词》，周绮撰。首有作者自序。收录咏红七律十首：《黛玉焚诗》《香菱学咏》《湘云醉眠芍药》《晴雯死领芙蓉》《青女素娥李纨悲黛玉》《水寒雪冷慧婢恨怡红》《苦尤娘遭赚堕计》《俏平儿被打含情》《妙玉听琴警悟》《鸳鸯殉主全贞》。题目两两相对，可见作者才情。周绮字绿君，小字琴娘，号古吴女史。江苏常熟人。一八一四年生，一八六一年卒。工韵语，能篆刻，擅山水花鸟，有《擘绒余事诗》《双清仙馆诗草》。为王希廉副室，夫妇同研红学，堪称文坛佳话。

五、《红楼梦赋》，沈谦撰。谦字青士，浙江萧山人。赋道光间由留香书塾刻印行世，浪苑仙子题签。首有何镛叙和作者自叙。收赋凡二十篇：《贾宝玉梦游太虚境赋》《滴翠亭扑蝶赋》《葬花赋》《海棠结社赋》《栊翠庵品茶赋》《秋夜制风雨词赋》《芦雪亭赏雪赋》《雪里折红梅赋》《病补孔雀裘赋》《邢岫烟典衣赋》《醉眠芍药茵赋》《怡红院开夜宴赋》《见土物思乡赋》《中秋夜品笛桂花阴赋》《凹晶馆月夜联句赋》《四美钓鱼赋》《潇湘馆听琴赋》《焚稿断痴情赋》《月夜感幽魂赋》《稻香村课子赋》。每篇赋后附有评语一至数则，评者皆著者友人，包括俞霞轩、周文泉、陈石卿、徐樨兰、钟小珊、施鹤浦、施瘦琴、朱襄（号素园）、何拙斋、熊芋香、蔡笛椽、陆晴廉、孟砥斋等。间或夹有作者自记。俞霞轩又刊作余霞轩、俞霞，徐樨兰又刊作徐樨兰，蔡笛椽又刊作蔡苗椽，由此亦可见校雠之粗疏。

六、《红楼梦问答》，未著撰人。

七、《红楼梦存疑》，未著撰人。

八、《石头记论赞》，未著撰人。经查，《问答》《存疑》《论赞》三篇，均为清代涂瀛著。《问答》《存疑》皆是千把字短文，为读红会心之语，雅饬可诵。《论赞》和涂瀛介绍，见前《红楼梦广义》篇。此本视《红楼梦广义》所附，顺序完全不同，并刊落《赵姨娘赞》一篇，梅阁之点评亦无。

九、《石头记总评》，王希廉撰。

十、《石头记分评》，王希廉撰。《总评》乃雪香夫子论红总纲，《分评》则逐回点染，多有会心之处。两篇实从《新评绣像红楼梦全传》（道光十二年刊）中析出。王希廉评红之旨归，承继脂砚斋色空论，但又有较大发挥，最后将人生归结为一个字——梦。

十一、《大观园图说》，未著撰人。经查作者乃黄琮，生平不详。

十二、《红楼百美诗》，潘孚美著。孚美字容卿，生平事迹不详。诗为五言排律，凡百二十句，咏红楼女性百二十余人。首有极简短之题记，揆其行文语气，似为编者徐复初所述，可当作序言来看。其文曰：『百美新咏创格之后，继者林立。潘容卿孚铭，著有《红楼百美诗》一帙，裁对工整，言简事赅，洵佳制也。』

这里称『潘容卿孚铭』，与题署之『孚美』不同，其中当有一误。《红楼梦附集十二种》书末，另有附录两篇：《菽园赘谈·偶阅红楼有咏》和《鬘华室诗选·偶书石头记后》，前者邱炜萲撰，后者徐畹兰撰。邱炜萲，原名德馨，字湲娱，号菽园，别号绣原、啸虹生、星洲寓公。福建海澄人。早年考中举人，后至新加坡继承遗产。然无意仕途和经商，惟以诗酒自娱，创设丽泽文社、会吟文社，成为东南亚华侨文坛领袖。著有《菽园诗集》《菽园赘谈》《啸虹生诗集》等。徐畹兰，字曼仙。浙江德清人。通俗小说作家赵苕狂之母。精于诗，通绘画。秋谨在上海成立天足会时，徐任所属女子学校讲师。著有《红楼叶戏谱》等。

紅樓夢附集十二種

徐復初編

上海仿古書店發行

一九三六年一月初版

全一冊定價國幣一元八角

紅樓夢附集十二種

編者　徐復初

上海自來火街西高第里一號

發行者　仿古書店

上海貝勒路潤安里十九號

承印者　啓智印務公司

代售處　各大書坊

總代售處　上海啓智書局

紅樓夢附集十二種目錄

紅樓夢附集十二種

徐復初編

一　石頭記評讚序

崇川　沈鍠　笠湖

蘭亭妙墨。永欣梁上之珍。鴻寶奇編。淮王枕中之祕。吾友張春陔侍御鈔弆石頭記評讚一帙。洞庭王雪香先生之所作也。石頭記一書。味美於回。秀眞在骨。自成一子。陋搜神志怪之奇。不仿祕辛。軼飛燕太眞之傳。其曰可讀。久而聞其香。惟目亦然。無不知其佼。耳食者方諸南柯之記。目論者訾為北里之編。傎矣。然而齊紈蜀錦。非纂組無以絢其華。癸鼎辛彝。非摩挲無以發其澤。嶽珍川靈之蘊。經探幽者捫苔剔蘚。而奧窔乃宣。含蘤孕蕚之英。得好麗者振芬揚葩。而葳蕤畢達。是記也。苟無雕龍之鴻藻。繡虎之碩才。為之別絜扎量。句櫛字比。恐食蛤蜊者。不知許事。啜橄欖者。未見回甘。幾同嚼蠟。遂至唐突西施。誰為畫眉。安得鑿開混沌。雪香孝廉。刳肝鏤腎。殫精竭思。鬱王郎斫地之才。還媧皇補天之手。千灌百辟。莫耶斂芒。五蟲六蠹。韓非說難。萬言脫草。經營乎匠心。一笑拈花。領略乎妙諦。浮白可呼知己。殺青遂作功臣。斯眞慧業文人。靈運當先成佛。前身金粟。太白定是謫仙矣。春陔侍御。嗜古如朐。愛香成癖。索從燕市。詫為未見之書。購乏齊金。願下阿難之拜。珠探九曲。如入武夷洞庭。石註三生。合是琅環祕笈。固宜金鑄賈島。絲繡平原。感以碧玉之函。囊以紅綾之錦。書成繭紙。仿衛夫人之簪花。字拓蠶眠。裝虞世南之行篋。僕京華舊雨。廿載重逢。白下秋風。一尊命酌。酒闌燈灺時。出斯帙見示。命綴言於卷首。參軍得無小異。願借一癡長公自是奇才。難參三昧。愧豹窺乎寸管。聊貂續以片言。宜付手民。鐫姊妹茗華之字。休爲皮相。誣荒唐風雨之詞。崇川沈鍠笠湖

石頭記評贊題詞

春陔侍御以手錄洞庭王雪香先生石頭記評贊見示題詞一首

丹山有鳳鳴朝陽。羽儀璀璨聲鏘鏘。一朝諫草盡焚棄。摭拾稗史非荒唐。眼前僞學若蟊賊。經傳緒餘稍剽竊。䗈心䗈行路人知。猶敢靦顏附賢哲。曹家公子眞風流。紅樓夢比逍遙游。豎儒咋舌不願讀。翻以理障興戈矛。洞庭王郎好才調。異書到眼勤讎校。奇緣參透死生關。妙悟鑿開混沌竅。同心喜得京兆張。言歸楚澤搴蘭茳。簪花格寫粲花舌。流傳不吝陽春腔。藝林從此添清話。詞人頫首才人拜。砭頑如見悼紅情。不是齊諧專誌怪。吁嗟乎。金陵自昔多金釵。而今花月荒秦淮。豎儒發難那可聽。相與作僞聯朋儕。攜君此卷泛煙水。勿令酸風射眸子。太虛境與太極同。

是眞解人能解此劍舞山中人稿

石頭記評花

警幻仙姑【凌霄】　我是散相思的五瘟使

寶玉【紫薇】　俏東君與鶯花作主

黛玉【靈芝】　多愁多病身

寶釵【玉蘭】　全不見半點輕狂

秦可卿【海棠】　夢兒相逢

元春【牡丹】　一個仕女班頭

迎春【女兒花】　體態是温柔性格是沈

探春【荷花】　忒聰明忒煞思

惜春【曼陀羅】　禮三寶

史湘雲【芍藥】　夢不離柳影花陰

薛寶琴【梅花】　嬌滴滴越顯紅白

邢岫烟【野薇】　可憐我爲人在客

妙玉【水仙】　眞假

李紈【梨花】　穿一套縞素衣裳

李紋【李花】　好人家風範

李綺【蘭花】　德言貌工

熙鳳【妒婦花】　酸醋當歸浸

尤氏【含笑花】　俏聲兒窺視

尤二姐【桃花】　游絲牽惹桃花片

尤三姐【虞美人】　斬釘截鐵

夏金桂【水木樨】　似這般單相思好教撒吞

傅秋芳【瓊花】　只許心兒空想

巧姐【牽牛花】　織女星

嬌杏【杏花】　做夫人便做得過

佩鳳【鳳仙】　鳳友

偕鸞【青鸞花】　鸞交

香菱【菱花】　早掩過翠裙三四摺

平兒【夾竹桃】　好教我左右做人難

鴛鴦【女貞】　鳳隻鸞孤

襲人【刺蘼】　只待覓別人破綻

晴雯【曇花】　虛名兒誤賺我

紫鵑【杜鵑】　早醫可九分不快

鶯兒【罌桃】　小名兒眞不枉喚做鶯鶯

翠縷【翠梅】　和小姐閒窮究

金釧【金絲桃】　將我侍妾來逼凌

玉釧【玉竹】　禁不起甜話兒熱趲

彩雲【金絲荷葉】　非奸做盜拿

彩霞【向日葵】	他不睬人待怎生
司棋【夜合花】	人約黃昏後
侍書【玫瑰】	冷句兒將人廝侵
入畫【淡竹葉】	濕透凌波襪
雪雁【雁頭花】	北雁南飛
麝月【茉莉】	清風月朗夜深時
秋紋【蓼花】	盈盈秋水
碧痕【碧桃】	溢起藍橋水
柳五兒【夜來香】	遮遮掩掩穿芳徑
小紅【月季】	檀口點櫻桃
春燕【燕尾草】	管什麽拘束親娘
四兒【結香】	有心待舉案齊眉
寶蟾【楊花】	用心兒撥雨撩雲

傻大姐【薺菜】　不識憂不識愁

萬兒【萬壽菊】　鬧中取靜

文官【丁香】　啓朱唇語言的當

齡官【孩兒蓮】　隔花人遠天涯近

芳官【素馨】　芳心自警

藕官【蝴蝶花】　小生薄命

蕊官【玉蕊】　小孩兒口沒遮攔

藥官【白藥】　嬌鸞雛鳳失雌雄

葵官【蜀葵】　女孩兒恁响喉嚨

艾官【艾花】　是玉人帽側烏紗

荳官【紅豆】　將言詞說上

劉老老【醉仙桃】　眞是積世老婆婆

二　讀紅樓夢雜記

願爲明鏡室主人撰

紅樓夢、小說也。正人君子所弗屑道。或以爲好色不淫。得國風之旨。言情者宗之。明鏡主人曰。紅樓夢、悟書也。其所遇之人。皆閱歷之人。其所叙之事。皆閱歷之事。其所寫之情與景。皆閱歷之情與景。正如白髮宮人。涕泣而談天寶。不知者徒豔其紛華靡麗。有心人見之。皆縷縷血痕也。人生數十寒暑。雖聖哲上智。不以升沉得失縈諸懷抱。而盛衰之境。離合之悰。亦所時有。豈能心如木石漠然無所動哉。纏綿悱惻於始。涕泣歌悲於後。至無可奈何之時。安得不悟。謂之夢。即一切有爲法作如是觀也。非悟而能解脫如是乎。

眞假二字。幻出甄賈二姓。已落痕迹。又必說一甄寶玉。以形賈寶玉。一而二。二而一。互相發明。人孰不解。比較處。尤落小說家俗套。

風塵碌碌。一事無成。已往所賴之天恩祖德。錦衣紈袴之時。飫甘饜肥之日。背父母教育之恩。負師友規訓之德。以致半生潦倒。罪不可逭。此數語古往今來人人蹈之而悔不可追者。孰能作爲文章。勸來世而贖前愆乎。同病相憐。余讀紅樓。尤三復焉而涕淚從之。

滿紙荒唐言。一把辛酸淚。都云作者癡。誰解其中味。此緣起詩也。言中有淚。何至荒唐。含淚而言、但覺辛酸矣、作者癡、讀者與之俱癡、讀者未嘗不解其中味也、辛酸之外、別無他味、我亦解人。

西遊記託名元人。而書中有明代官爵。今紅樓夢書中有蘭台寺大夫及九省統制節度使等官。又雜出本朝各官。殊嫌蕪雜。

王雪香紅樓問答云寶玉似武陵源百姓。黛玉似賈長沙。寶釵似漢高祖。湘雲似虬髯公。探春似太原公子。寶琴似藐姑仙子。平兒似國大夫。紫鵑似李令伯。妙玉似阮始平。晴雯似楊德祖。劉老老似馮驩。鳳姐似曹瞞。襲人似呂雉。明鏡主人曰。寶玉似唐明皇。黛玉似李廣。又似唐衢。寶釵似王莽。湘雲似李太白。探春似漢文帝。寶琴似張緒。平兒似陳平。紫鵑似豫讓。妙玉似倪雲林。晴雯似禰衡。劉老老似柳敬亭。鳳姐似嚴嵩。襲人似魏藻德。

又論劉老老云。家運衰落。平日之愛子嬌妻美婢歌童以及親朋族黨。幕賓門客。豪奴健僕。無不雲散風流。惟賸此老嫗收拾殘棋敗局。讀至此。不獨孟嘗平原徒誇食客。凡豪門勢宦。皆可爲之痛哭矣。

又賈蘭贊云。乳臭未脫。即以八股爲務。是於下下乘覓立足地。仕宦中多一熱人。性靈中少一讀人。明鏡主人曰。賈蘭之才。正以見寶玉之不才。在作書者原以半生自誤。不能爲賈蘭而爲寶玉。願天下後世之人皆勿爲寶玉。而爲賈蘭。然而吾讀紅樓。仍欲爲寶玉而不爲賈蘭。吾之甘爲不才也。天下後世之讀紅樓者。于意云何耶。

古來輕薄。皆以好色不淫爲解。又以情而不淫爲案。此皆飾非掩醜之語。好色。即淫。知情。更淫。明鏡主人曰。如此論情。如此論淫。藉口國風者。吾知其僞矣。今之爲香奩者。欲飾其非而非不免。欲掩其醜而醜彌彰。所謂無伊尹之志則篡也。若寓言八九。祇可依託香草。不能附會好逑。作者其知之。

馬婆魘魔。衅起彩霞。賈環撥舌。禍由金釧。寶玉之瀕死。皆趙姨所致。昔人謂尹吉甫一代賢者。伯奇有履霜之操。不知婦人女子之毒。實出人情之外。政老品學迥出流俗。乃見欺於不寵之妾。驪姬申生之事。何代無之。不必爲吉甫辯也。賴大是賈家總管。其子竟謄捐而選知縣。承平之世。流品已如此。亦必當時實有其人。故詳細書之。以寓諷。亦國法所不容者。

李紈探春代鳳姐管事。理所應當。兼請寶釵。實出情理之外。

紅樓人物以寶玉爲第一。作者現宰官身而有微詞。襲人之不死。則明斥其非曰。孤臣孽子。

義夫節婦。不得已三字。不是一概推諉得的。寶玉之不死。則以不知誰何之人示以倫常至重而不可死。非眞有人示之也。實欲死時之轉念耳。古今忠臣孝子義夫烈婦。其慷慨捐身。則衹有初念而幷無轉念。失此一時。抱恨千秋。作者非不知也。

小說淫辭。正人所不屑道。紅樓夢李十兒騙賈政一節。君子仁人。孰不願爲賈政。孰不爲李十兒所騙。試取此書細讀之。倘亦知家人舞弊而絕其信任之心乎。然而知之者伊誰。

尤三姐云。除了寶玉。天下就沒有好男人。此背面言之也。寶玉因畫薔而見齡官之嬌。賈薔之癡。深悟各人眼淚還各人債。此等覺悟。眞能放下一切。若小紅因見妬。而另識賈芸。則逼之使然。未爲達也。

尤三姐惜寶玉之多情。可謂寶玉知己。然意不在寶玉而在湘蓮。豈湘蓮果勝於寶玉。不知寶玉愛博而情不專。及至黛玉死而寶玉不死。三姐死而湘蓮立斷塵緣。始信三姐之知人。設而不死。其專於一人。必不同於寶玉。惜乎。三姐知寶玉。寶玉不知三姐。以一言啓湘蓮之疑。死者死而遁者遁。非寶玉之咎乎。

柳湘蓮以雄劍斷萬根煩惱。非出家也。亦自刎耳。

水月菴翻風月案非寫女尼女道士之淫。實寫芳官之潔。

多多少少穿靴帶帽的強盜來了。翻箱倒籠拿東西。強盜而竟穿靴帶帽。奇文。雖穿靴帶帽而拿東西。實凶於強盜。文外微旨。

或謂紅樓夢爲明珠相國作。寶玉對明珠而言。卽容若也。竊案飲水一集。其才十倍寶玉。苟以寶玉代明珠。是以子代父矣。況飲水詞中。歡語少而愁語多。與寶玉性情不類。蓋紅樓夢所紀之事。皆作者自道其生平。非有所指。如金瓶等書。意在報仇洩憤也。數十年之閱歷。悔過不暇。自怨自艾。自懺自悔。而暇及人乎哉。所謂寶玉者。卽頑石耳。

又有滿洲巨公謂紅樓夢爲毀謗旗人之書。亟欲焚其版。余不覺啞然失笑。無論所紀非違律犯法之事。傷風敗俗之行。卽以獲罪論。亦祇以賄釀人命爲最大。然實出於婦人女子之手。較當代諸公身膺疆寄。賄賂公行。苞苴不禁。寃死窮民無告者。不知幾人。設有人筆之於書。則又奈何。且筆之於書以儆將來。視己犯法而明正典刑者。又何如也。紅樓所紀。皆閨房兒女子語。所謂有甚於畫眉者。何所謂毀。何所謂謗。紅樓之金閨碩彥。皆出乎情而守乎禮。卽蕩檢踰閑如司棋等。亦矢志不移。其淫蕩無恥者。皆不足數之人。惟襲人可恨。然亦天下常有之事。而已貶之不遺餘力。屢告閱者以申明之。苟非襲人。使金谷園中。皆從綠珠墜樓乎。

紅樓以言情爲宗。自以寶玉黛玉作主。餘皆陪襯物。而論紀事。則鳳姐又若龍之珠。獅之球。何也。古今奸邪柄政。如盧杞嚴嵩。皆受參劾於生前。獨鳳姐擅權。雖其夫亦受節制。至已敗國亡家。而太夫人猶不悔。非秦之趙高乎。況太夫人並非二世庸碌之主。能道其奸者。惟一趙姨娘。而鳳姐卒受冥誅。似亦爲警世起見。

世祿之家。鮮克由禮。紅樓所記。獨一奢侈之罪。然已受抄揀之辱。軍台之苦。其警戒爲何如。今之搢紳閥閱之家。豈僅奢侈一端而已哉。不僅此奢侈一端。其幸逃法網。曷若紅樓之堪爲殷鑒耶。

紅樓所載。閨房瑣屑。兒女私情。然才之屈伸。可通於國家用人之理。如黛玉之孤僻。汲黯之戇直也。骨鯁之臣。見棄於聖明。彼圓通世故者。不羣以爲相度乎。英明之主。且以此爲腹心。何況昏庸。長沙弔屈。吾讀紅樓。爲古今人才痛哭而不能已。

仁和吳蘋香女史藻有金縷曲一闋云。欲補天何用。倩銷魂紅樓深處。翠圍香擁。騃女癡兒愁不醒。日日苦將情種。問誰箇是眞情種。頑石有靈仙有恨。祇蠶絲蠟淚三生共。勾卻了太虛夢。

喁喁話向蒼苔空。似依依玉釵頭上桐花小鳳。黃土茜紗成語讖。消得美人心痛。何處弔埋香故塚。花落花開人不見。哭春風有淚和花慟。花不語。淚如湧。明鏡生和一闋云悔入迷香洞。祇凝情纏緜一縷。死生斷送。打破繁華歸大覺。醒到紅樓好夢。始信道聰明誤用。往事淒涼都憶着。恁招魂苦了悲秋宋。難補滿。情天空。 漫言緣是前生種。便神仙塵寰墮落。任人搬弄。騃女癡兒如許事。織出天衣無縫。賺千古才人一慟。無可奈何花落去。【成句】悟空明鏡影偏珍重。人宛在。香花供。

三 紅樓夢竹枝詞

合肥盧先駱半溪著

媧皇不補奈何天。放下瑤臺女謫仙。不合大荒山下過。好姻緣是惡姻緣。

朱門富貴好繁華。處處樓臺面面花。底把灌愁河畔水。一齊都付與兒家。

湘館淒涼夜正孤。茜紗窗下月模糊。拚將兩眼相思淚。酬得郎恩一半無。

風調何人似可卿。前身疑是許飛瓊。無端偷試陽臺夢。唐突人前喚小名。

底事蛾眉不解顰。情天孽海渺無垠。黃金不打葳蕤鎖。妬煞蘅蕪院裏人。

教郎莫灌漏壺水。教郎莫看自行船。水自東流船自去。相親相近總無緣。

撥斷冰絃淚欲傾。無人得見此時情。生憎窗外千竿竹。不是風聲即雨聲。

姊妹何人數獨先。花家娘子自神仙。近來新得夫人寵。不共傍人領月錢。

瓊瑤池館玉樓臺。月殿雲宮四面開。鼓樂忽驚紅袖亂。門前齊報鳳輿來。

新詩儘許獻風流。紅葉何時出御溝。怕說麝香珠一串。承恩偏是寶丫頭。

人日纔過日幾天。明宵又是月團圓。上房傳說花燈節。預備青銅賞戲錢。

滿堂簫鼓月當頭。一齣新聲演醉樓。漏盡銅壺歸不得。太君眞個解風流。

斑衣學舞戲紅羅。謔浪無心惹趣多。一笑喧闐齊拍手。可人終讓鳳哥哥。

慵整花鈿對鏡臺。宮花一朵鬢邊開。煙鬟齊帶朝雲色。知是高唐夢裏來。

卻下重帷會所私。炕屛那惜借玻璃。癡兒若解儂情意。便是低頭一笑時。

無多恩愛便情深。宮粉新分白玉簪。妾自有夫郎有婦。與郎暗裏結同心。

薰籠倦倚兩情依。金玉良緣是也非。一語醋人禁不得。看他獃雁一雙飛。

香肩並倚坐筠牀。軟語嬌羞啐玉郎。任是麝蘭薰透骨。怎如林子洞中香。

笑煞檀郎汲事忙。朝朝尋豔復尋香。叮嚀莫似顛狂蝶。又逐東風過別牆。

三尺紅綃寄恨書。小詩讀罷淚如珠。可憐秋水蒲桃眼。多恐鮫人泣不如。

小楷臨摹點畫工。綠窗費盡許多功。行間眞假知誰是。畢竟心同手亦同。

毒手誰防暗箭多。無端簧舌起風波。祇因孽海情魔重。休怪龍鍾馬道婆。

嬌喘如絲強自持。郎心祇許妾心知。神仙那有相思藥。枉煞行時王太醫。

巾箱寵愛日無多。三寸桐棺掩面過。不獨傷心尤二姐。本來娘子是閻羅。

銀壺濁酒夜三更。爲訪襄王犯露行。立盡蒼苔冰透骨。蚪郎底事太無情。

連天爆竹響迷離。金字牌銜列繡旗。一路珮環聲不了。香車齊會祭宗祠。

美景良辰二月天。相邀姊妹斂金錢。明朝正是花朝節。傳說堂前擺壽筵。

芳草青青水蔚藍。一鞭游騎出城南。問郎繫馬誰家好。莫是燒香水月庵。

鎖日蟾宮鎖不開。紫雲何自降瑤臺。金釵斜拔書薔字。惹得巫山暮雨來。

阿姨丰度自翩翩。不在梅邊在柳邊。值得堂前身一死。風流幾箇似湘蓮。

蓼汀一帶碧波流。燈影衣香水面浮。簫鼓聲聲人不見。龍船剗過紫菱州。

花家門巷夜尋歡。錦繡成圍玉作團。一騎連錢驄馬去。許多紅袖捲簾看。

梨香院宇結芳鄰。一樹花光白似銀。麥飯紙錢寒食節。箇中亦有斷腸人。

晝永閒廷繡幔開。殘棋一局小徘徊。回頭錯落枰心子。笑問郎從何處來。

雨水雨兒霜降霜。賫儂辛苦幾年藏。郎心但解冷香好。那識温柔別有香。

冰麝無心更撿挑。鉛華不御自妖嬈。祇搽茉莉纖纖粉。添上薔薇薄薄硝。

口滴櫻桃一點工。避人調笑唾殘絨。教郎細向唇邊看。新買胭脂紅不紅。

松花衫子綠鸚哥。綵線盤金繡不多。病體卻嫌蟬翼重。阿婆還有軟煙羅。

攏翠庵前樹似霞。爲郎偷贈一枝花。含情笑脫袈裟道。可吃千紅一窟茶。

活火金爐獸炭銷。繡衾不暖坐深宵。北風一夜瓊瑤雪。齊脫湘裙換紫貂。

猩紅笠子太憨生。雪裏梅花一朵輕。不是郎心偏愛惜。薛家姊妹本多情。

翠綫條條手自抽。與郎細補雀金裘。花針若箇贏人巧。偏是燒香總斷頭。

淹淹扶喘別朱門。寃枉何人爲剖分。同住紅樓雲雨地。偏無好夢到晴雯。

一面匆匆死別時。紅綾襖上淚如絲。傷心爲製芙蓉誄。訴向花前知不知。

翠被憐香事已非。年年空憶夢魂歸。殯宮落盡棠梨雨。忍學飄零扇子飛。

偶向花前踐宿盟。太湖石畔訂三生。無心失落香囊袋。驚醒巫山夢不成。

雪羅衫子趁身裁。朵朵梨花月下開。雲板一聲車馬亂。饅頭菴裏送靈來。

繡衾留戀夢温存。曉日臨窗未啓門。昨夜不知春雨過。杏花紅遍稻香村。

綴錦樓前草似茵。小鬟傳信踏青春。教郎莫到葬花處。滿地殘花愁煞人。

六幅湘裙汚石榴。爲尋芳草鬬風流。儂家贏得夫妻蕙。姊妹何人是並頭。

冰梅小几饌陳初。爲賞良辰樂自如。傳到太君親赴宴。齊來花下接肩輿。

酒兵隊裏女將軍。跌宕風騷總不羣。除卻尤家三妹子。更無人敵史湘雲。

芍藥陰中晝正長。避人扶醉赴高唐。落花不管春狼籍。飛上羅裙格外香。

鸚鵡螺杯縷絳霞。融酥茶點樣新花。熊蹯雞跖嘗應遍。添上冰盤哈密瓜。

村語撩人亦雅馴。筍蔬風味自天眞。千金難買蛾眉笑。老老原來是解人。

會芳園裏暫相親。路入桃源認不眞。一枕相思憔悴死。可憐風月鏡中人。

秦家小子太憨生。絶世温柔玉性情。不是同車恩義重。也應分愛到鯨卿。

倚託良媒亦自憐。淡妝素服一嬋娟。綺羅隊裏神仙客。誰是風流邢岫煙。

蓮花巧舌讓人多。艾艾何心自舛訛。試問眼前諸姊妹。阿誰曾不愛哥哥。

嬌癡小婢絕聰明。解把陰陽細品評。拾得麒麟私撮合。兒家亦是有風情。

瑤林貝闕望分明。凸碧堂西雨乍晴。最好風光是三月。暖香塢裏放風箏。

滴翠胭脂拂絹初。亭臺新寫大觀圖。多情一管描花筆。衹恐蛾眉畫不如。

藕榭菱洲一帶疏。曉妝妬煞木芙蕖。癡郎貪看池中影。故倚欄杆學釣魚。

太平鼓子響鼕鼕。文鳳求凰一曲新。筵上忽飛紅雨過。傳花剛到太夫人。

寶鏡玲瓏映碧紗。枝枝照見滿頭花。攜蝗一覺渾無事。醉眼朦朧拜親家。

飛盞流觴小令工。濃歌豔曲滿筵紅。阿儂看過西廂記。編出牙牌便不同。

蜂腰橋畔柳如煙。編箇花籃郎枕邊。妾貌如花眉是柳。教郎常似伴儂眠。

私語無端入耳聽。惹人情竇太零星。卻嫌蝴蝶眞多事。勾引儂來滴翠亭。

玲瓏新樣小荷湯。捧向櫻唇勸共嘗。小語問郎滋味好。可知還有口脂香。

絲絲冰綫綰通靈。聯卻梅花絡子輕。試向枕邊親問訊。小名眞不媿鶯鶯。

雲箋半幅手親裁。小楷蠅頭寫麝煤。忙煞一秋詩興好。海棠開後菊花開。

桂花作艇玉爲堂。新打蘭橈七尺長。一陣香風花裏過。無人知是駕船娘。

爲郎扮作小漁婆。儂着青蓬郎着簑。郎自撑篙儂把舵。與郎照影到恆河。

窗下無人私語時。對郎調戲笑郎癡。近來學作參禪訣。究竟何如總不知。

東風昨夜夢天涯。曉起憑欄數落花。儂命也同花命薄。飄零一樣是無家。

繡簾風細裊晴絲。綵筆分塡柳絮詞。妾願如絲郎似柳。便隨風去莫相離。

綠陰庭院鎖青苔。紅樓前年燕子來。春色不關人意緒。斷腸莫問李宮裁。

絲絲蟠髮膩於油。一線紅潮枕畔收。匿笑回身向郎抱。碧紗窗下共梳頭。

銷金繡幔紫檀床。錦被濃薰百合香。多謝穿衣三尺鏡。燈前夜夜照鴛鴦。

冰雪聰明慧性存。絳珠仙草本靈根。外婆若問阿誰好。絕妙詞原是外孫。

瓣香新祝女先生。一卷唐詩口授成。好把社中添一座。甄家娘子亦風情。

凹晶館外桂初芬。紫蟹肥時酒半醺。不敢持螯郎會否。妾心亦似卓文君。

金塘水滿睡初酣。風雨無端折畫欄。驚散鴛鴦無好夢。何人不怨趙堂官。

香車百輛別鄉關。碧海歸甯有夢還。回首可憐歌舞地。一天風雪望家山。

一朵鮮花色有香。縱然多刺亦何妨。不因摒擋抒才幹。誰信鴉巢出鳳凰。

寄語檀郎莫更癡。從今了卻舊相思。洞房昨夜新人笑。正是顰兒死別時。

瑤臺悵望返雲車。愁聽鸚哥喚倒茶。何處朝雲何處雨。絳珠宮裏是奴家。

高情枉自夢梨花。赦老風情也不差。三尺紅綃人斷送。阿爺眞箇誤兒家。

雛鳳誰憐鎩羽翎。十三學織便零丁。聘錢十萬無人借。憔悴河邊織女星。

緇衣初換道家妝。薄命眞成枉斷腸。歲歲春花與秋月。可憐愁煞惜姑娘。

轉眼鶯花委逝川。藍田無盡玉成煙。傷心林下人歸去。庭院無人泣紫鵑。

掌花人去淚空彈。花氣猶含淚未乾。不是茜紗羅一幅。肯教便益蔣琪官。

夢入怡紅往事空。伯勞飛燕各西東。金簪落井無尋處。更把何人換小紅。

絕可人憐是五兒。病中細與訴相思。海棠萎盡垂絲樹。賸有章臺柳一枝。

明珠已碎鏡埋塵。碧瓦成堆曲沼湮。一夜西風花落盡。傷心豈獨賈迎春。

訪舊休招素女魂。不堪重問大觀園。沁芳橋下桃花水。盡是情蟲血淚痕。

誰人辛苦未分明。翠被憐香夜夜情。便益風流儍大姐。一雙獃眼看妖精。

悼玉悲金也是疑。傷紅惜翠總情癡。榮甯兩府人多少。占得清名是石猊。

詩成亦自笑余癡。鏤血揉腸苦費思。誰把江郎傳恨筆。爲儂傳遍竹枝詞。

紅牙拍碎暗傷神。過眼鶯花莫認眞。推醒紅樓酣睡客。回頭便是急流津。

四　紅樓夢題詞

余偶沾微恙。寂坐小樓。竟無消遣計。適案頭有雪香夫子所評紅樓夢書。試翻數卷。不禁失笑。蓋將人情世態。寓於粉跡脂痕。較諸水滸西廂。尤爲痛快。使雪芹有知。當亦引爲同心也。然個中情事淋漓盡致者固多。而未盡然者。亦復不少。戲擬十律。再廣其意。雖畫蛇添足。而亦未嘗以假失眞。詩甫脱稿。神倦腸枯。假寐間見一古衣冠者。揖余而言曰。子一閨秀也。弄月吟風。已乖姆教。而况更作紅樓夢詩乎。豈不懼吾輩貽譏哉。卽應之曰。君之言誠是。然樂而不淫。哀而不傷。爲國風之始。如必以此詩爲瓜李之嫌。較之言具彬彬而行仍昧昧。奚啻相懸天壤耶。言未竟。人忽不見。吾夢亦醒。但聞桂香入幕。梧葉飄風。樓頭澹月。撩人眉黛而已。古吳女史綠君周綺自序

黛玉焚詩

不辨啼痕與墨痕。無情火斷有情根。耆宵果應燈花讖。往日空憐蜀鳥魂。慧業已隨人遯世。
癡鬟休爲竹開門。鴨鑪獸炭寒如水。剩得心頭一縷温。

香菱學咏

花前月下自凝眸。寸寸柔腸寸寸搜。着意個中誠足惜。處身如此不關愁。眠餐好在吟成後。
啼笑都從夢裏頭。知否苦辛天報汝。芳名非仗可兒留。

湘雲醉眠芍藥

席翻脂粉醉飛觴。酒力難支近夕陽。無限春風困春睡。不勝紅雨覆紅妝。倘非玉骨還宜暖。
幸是冰肌未礙涼。一種嬌憨又嬌怯。畫工要畫費平章。

晴雯死領芙蓉

一現優曇命太輕。臨題那得不憐卿。便塡癡誄難償恨。眞做花神始稱名。素願何嘗形色笑。
平生轉爲誤聰明。從來此事銷魂最。已斷塵緣未斷情。

青女素娥李紈悲黛玉

月中霜裏擬翩翩。姊妹班頭掌翰仙。定爲清才遭白眼。豈宜紅粉逝青年。情雖有爲情應篤。病到無辜病最憐。竹自迎人人寂寂。嘻吁獨我淚潸然。

水寒雪冷慧婢恨怡紅

妬花風雨瘁花姿。義憤偏鍾小侍兒。果易分明仍一夢。信難憑准是相思。怡紅意氣能無恨。湘館情懷爲甚癡。幾許傷心何處訴。頓教重立不多時。

苦尤娘遭賺墮計

花是丰姿月是神。東君應不負終身。傷心漫怨庸醫藥。委曲難通妬婦津。未必無情歸幻境。定然有恨隔凡塵。紅顏大抵都如此。腸斷千秋命薄人。

俏平兒被打含情

究未呼天剖素胸。淚紛紛咽屈重重。好花風總憑空妬。閒草春多不意逢。薄責原非長恨事。無言確是有情鍾。羨卿心底分明甚。要學夫人卻易容。

妙玉聽琴警悟

機微領略不言中。一曲絲桐忍聽終。好夢未醒長恨客。美人已定可憐蟲。從前枉受情癡累。

此後都歸色相空。無限傷心成獨想。餘音任付月溟濛。

鴛鴦殉主全貞

芳心遲早固難勝。待得人歸付幅綾。爲日之多豈所願。此身以外更何憑。休憐碎玉銷香恨。應愧沽名釣譽稱。竟可夢中先醒夢。金釵十二有誰能。

以香豔纏綿之筆作銷魂動魄之言別開生面喚醒人情士林中皆當斂手況出之閨閣中耶想紅樓仕女定亦相顧驚奇【蔣伯生師】

以紅樓夢之實事作詩中之三昧故能胸中了了筆下超超讀此詩而人情可悟讀此詩而私慾潛消【雪香】

五 紅樓夢賦敍

除是蟲魚。不解相思紅豆。倘非木石。都知寫恨烏絲。誦王建之宮詞。未必終爲情死。效徐陵之豔體。何嘗遽作浪遊。李學士之清狂。猶詠名花傾國。屈大夫之孤憤。亦云香草美人。而況假假眞眞。喚醒紅樓噩夢。空空色色。幻成碧落奇緣。何妨借題以發揮。藉吐才人之塊壘。於是描來仙境。比宋玉之寓言。話到閨遊。寫韓憑之變相。花魂葬送。紅雨春歸。詩社聯吟。白棠秋老。品從鹿女。

陸鴻漸之茶經。嚇倒猿公。張若虛之詞格。賞雪則佳人割肉。獸炭雲烘。乞梅則公子多情。雀裘霞映。侍兒妙手。滅針迹於無痕。貧女孤身。痛衣香之已盡。眠酣藉綠。襯合羣芳。壽上怡紅。邀來衆豔。生憐薄命。懷故國以顰眉。事欲翻新。洗人間之俗耳。鬬尖叉之險韻。鶴瘦寒塘。繪閨閣之閒情。魚肥秋溆。丹維白摶。天上月共證素心。翠劚紅韜。鏡中緣只餘灰劫。無花不幻。空歸環珮之魂。有子能詩。聊繼縹緗之業。几此駢四儷六。妝成七寶之樓。是眞寡二少雙。種得三珠之樹。而乃人口之膾炙未徧。賊氛之熸灼旋來。簡汗方枯。不見標題之跡。璧完猶在。亦關文字之緣。爰付手民。重爲壽世。凡諸心賞。莫笑癡人。

光緒二年太歲在柔兆困敦清和上澣山陰何鏞桂笙氏書於申江旅次

紅樓夢賦二十首。嘉慶己巳年作。時則孩兒綳倒。綱官貢歸。退鷁不飛。縮龍誰掇。破衫如葉。枯管無花。憑驪之歌。彈有三疊。葦父之布。墜欲再登。遂乃依硯爲田。遷書就榻。屋梁落月。山頂望雲。感友朋之萍逢。負妾子之鶴望。鍾儀君子。猶操土音。莊舄鄙人。不忘鄉語。荒涼徒佇。塊獨寡偕。悄結彌深。鬱伊未釋。爰假紅樓夢閱之。以消長日。夫其鶯花叢裏。螺黛天邊。星晚露初。晴朝雨夕。平臺茗約。小院棋談。披家慶之圖。紅褌錦髻。赴仙庭之會。檀板雲璈。蓮葉嘗來。好添食譜。鸚哥喚起。都雜詩聲。不料駒隙易過。螢光如烱。殘花頻落。僵柳難扶。子夜魂銷。丁簾影寂。舞館歌臺之地日月一瓢。脂匳粉碓之場。煙塵十斛。此又盛衰之理。古今同慨矣。於焉沁愁入紙。擇雅闡題。鄉寫温柔。文成遊戲。仿冬郎之體。伸秋士之悲。顰效西施。記同北里。渾忘綺懺。聊慰蓬棲。未嘗不坦然自怡。悠然自解也。顧或謂琵琶曲苦。托恨事於趙家。蝴蝶夢酣。契寓言於莊叟。自來稗官小說。半皆佛門泡電。海市樓臺。必欲鋪藻摛文。尋聲察影。毋乃作膠柱之鼓。契船之求也乎。況復側豔不莊。牢愁益固。仲宣體弱。元子聲雌。既唐突之可嫌。亦輕俗之見誚。竊恐侍郎試罷。未必降階。傖父成時。適以覆瓿耳。然而枯魚窮鳥。寓旨遙深。翠羽明璫。選詞綺麗。借神仙眷屬。結文字因緣。氣愧凌雲。原不期乎楊意。門迎倒屣。敢相賞於李谿。弄到偏絃。握餘慚筆。因風屈體。難堪竹葉笑人。破夢吹香。卻被梅花惱我。

道光壬午中秋前十日青士沈謙自敍於京寓之留香書塾【改名錫庚】

紅樓夢賦

蕭山青士沈謙著

賈寶玉夢遊太虛境賦

有緣皆幻。無色不空。風愁月恨。都是夢中。恨不照秦皇之鏡。然温嶠之犀。早離海苦。莫問津迷。何須春怨秋怨。朝啼夜啼。淚彈珠落。眉鎖山低。則有警幻仙姑。身寄清都。職司姻籙。薄命誰憐。鍾情必錄。國號衆香。峯依羣玉。會飲瓊漿。界分金粟。登碧落兮千重。傍紅牆兮一曲。笑此地情天孽海。豈有神仙。願世間才子佳人。都成眷屬。遂令雲母屏前。水晶枕上。彀落蟬飛。香迷蝶放。境黑仍酣。雲青無障。炯引雙光。靈開十相。瓊花瑤草。翻添嫵媚之容。綠榭紅亭。別搆玲瓏之樣。於是手披舊冊。目注新圖。細摹詩讖。歷訪仙姝。玉容慘澹。墨蹟模餬。石竟頑而不轉。花未老而先癯。慧劍憑揮。好破城中煩惱。呆燈空對。終疑畫裏葫蘆。爾乃烹羊脯。剖麟脂。調赤莚。劈斑螭。酒釀羣芳。萬豔同杯之勝。茶煎宿露。千紅一窟之奇。固宜觴飛鸚鵡。巵獻玻瓈。神移玉闕。心醉珠帷。況復飛瓊鼓瑟。弄玉吹笙。江妃拊石。毛女彈箏。絳節記竿頭之舞。霓裳流花底之聲。靈香王妙想雅奏。董雙成朝雲暮雨之期。行來一度。紅粉青娥之局。話了三生。無何仙界難留。錦屏易曉。眼前好景俱空。梁上餘音猶繞。人生行樂只如此。十二金釵都杳渺。不想紅樓命名意。誤煞少年又多少。

吹大法螺。擊大法鼓。然大法炬。如來說法。眞要喚醒一切。救度一切【余霞軒】

滴翠亭撲蝶賦

楊柳陰中春色稀。餞春今日送春歸。惟有癡情蝶不知。雙雙猶傍花間飛。昔之韓憑夫婦。謝逸詩篇。藤峽一枝之翠。雲峯五色之煙。輕盈善舞。縹渺俱仙。牆高粉落。簾細鬟穿。莫不羅扇暗拂。綵衣頻牽。認爾前生。鶴子花頭之葉。添誰好樣。宮人鬢上之鈿。爰有淑女。小名寶釵。香閨舊伴。有約忘懷。欲訪不果。相思無涯。尋春玉檻。轉步苔階。飛絮和煙光欲活。落花與雲影俱埋。青描螺子黛。綠襯鳳頭鞋。則見栩栩玉腰。翩翩粉翅。顧影自憐。側身偏媚。飽咂額紅。斜撩眉翠。穿香徑而仍回。拂錦茵而若墜。君何輕薄。夢迷莊叟之癡。儂也顛狂。會結唐宮之戲。遂乃繞雕甍。穿繡閣。捲珠幃。披晶箔。袖短羅香。鬟鬆雲薄。勢怯鶯捎。魂防燕掠。徑雖仄而草肥。心未慵而腕弱。路轉峯迴之處。架掩荼蘼。水流花謝之時。欄遮芍藥。雁齒橋橫。魚鱗浪隔。香汗淋淋。春波脈脈。杏子衫輕。桃花扇窄。綠樹陰濃。蒼苔路僻。空盼仙衣。徒敲粉拍。步不穩兮難支。臉不羞兮亦赤。相逢遺帕之人。遁去竊香之客。歌曰。南園草綠任飛回。定在山隈與水隈。空闊胸襟儂本色。夢魂不唱祝英臺。又曰。滴翠亭邊四望空。花枝冉冉隱牆東。春風無意透消息。驚煞推窗林小紅。

翩旋軒虛颺曳粉拂索紙剪來未必有此栩栩欲活【周文泉】

蕋花賦

春雨春風。夢醒樓中。憑闌小立。滿地殘紅。莫不芳心若醉。凝想俱空。依徊亭榭。惆悵簾櫳。顰卿乃翻花譜。曳花裾。隨花擔。荷花鋤。薔薇花下。楊柳風初。愁誰似我。恨卻關渠。柔情脈脈。孤影蘧蘧。紅雨春歸之後。綠陰午倦之餘。與其影落芳塵。聲隨流水。幻類萍縱。香粘屐齒。高飛滴翠亭邊。低逐怡紅院裏。何如貯以金囊。築爲玉壘。黃土雲封。白楊煙起。美人句妙。都諳鸚鵡之啼。公子情癡。定撰芙蓉之誄。髏骨長埋。愁腸空繞。墓拜王嬙。墳鄰蘇小。鴛鴦塚成。酴醾事了。眼迷階畔之苔。聲斷枝頭之鳥。倩徐生而寫影。紅瘦綠肥。仿屈子以招魂。風殘月曉。徒令梅兄失侶。菊婢垂頭。蝶媒抱恨。蜂使含愁。荒涼三徑。冷落一坏。草雖生而不宿。葉先病而如秋。落月杜鵑。長啼血淚。空梁燕子。徒弔畫樓。吁嗟乎。柳絮塡詞之日。海棠結社之年。生涯詩酒。風致仙神。而乃灑相思之淚。完太虛之緣。波皆有恨。月不常圓。芳情繚繞。苦味纏緜。花容判雨。花骨埋烟。茜膩露冷。湘館雲眠。人生到此。能不淒然。詩曰。賸粉零香亦可憐。焚巾難補有情天。不知三尺孤墳影。墊得姑蘇何處邊。

紅顏一春樹流年一擲梭如聞藍采和踏歌【陳石卿】

海棠結社賦

我聞銜土避燕。燒錢噪鴉。王子評鏡。魯公鬭茶。陶令招飲。白傅放衙。粉榆路古。桑柘陰斜。晚風楊葉。清月蓮花。尋洛下之衣冠。圖留僧舍。題雲溪之名字。歌起漁家。則有劉家小妹。行列第三。荔枝雖側。杏花太憨。寄閒情於筆墨。窮眞趣於林嵐。檻下低徊。清光夜惜。齋中寂寞。爽氣秋含。留八月之餘春。屋當金貯。送一函之小啓。詞擬珠談。會有香山之勝。酒有玉井之酣。奪錦裁詩。掃花擁帚。斜捲晴簾。洞開妝牖。韻隨鉢成。心爲囊嘔。覺風雅之淋漓。喜精神之抖擻。酣驚入夢之香。妙借生春之手。莫呼姊妹贈別號於詩翁慣慕神仙。拾餘芳於名友。渺渺秋光。開偏海棠。種分西府。植向南牆。宜和梨酒。好聘梅妝。淡抹半簾之月。寒期五夜之霜。結一巢而堪臥。入三徑而非荒。此日題詞。擬借書生之柱。當年灑淚。空迴思婦之腸。倩繡閣之佳人。作騷壇之盟主。逸同竹林。名聯蘭譜。勝攬芳園。句傳樂府。花有價而能評。繭無絲而不吐。遂令楊柳平隄。鴛鴦別浦。銷夏深灣。藏春小塢。莫不十樣箋題。一枝筆禱。憑分甲乙之公。詎惜推敲之苦。律兼收乎疊韻雙聲。期不爽乎五風十雨。所以時逢落帽。節屆湔裙。華筵酒半。小憩睡餘。柳絮新塡之日。桃花再建之初。賦江梅於梵院。吟籬菊於吾廬。縱教春卉秋蒲。別開結構。爲數黃心綠葉。實記權輿。

女秀才女博士衆篇並作采麗益新洵極一時園亭之勝而清思健筆寫得逼眞【徐楳蘭】

櫳翠庵品茶賦

問前身於寶珞。尋覺路於金繩。魚山梵唄。鹿女禪燈。三空竟闢。萬應俱澄。座則蓮花朵朵。塔則螺影層層。細草長松。早結眞如之諦。晨鐘暮鼓。咸參最上之乘。當其相近莊嚴。城開煩惱。經倩馬馱。鉢和雲抱。錫飛則虎豹皆驚。塵斷則煙霞同老。臺非鏡而都空。徑有花而不掃。固已緣分香火。慧證菩提。何妨渴解旗鎗。癖呼甘草。爾迺金鑪細撥。石鼎新煎。銀絲縷縷。玉液涓涓。添總順乎活火。汲不賴乎深泉。聽來松下之濤。淸風入韻。收得梅梢之雪。凡骨都仙。經分十二門。陸羽則採傳舊譜。文有五千卷。盧仝則謝賦新牋。骨碾鳳團。根蟠龍脊。小峴雨酣。春池雷圻。鶴嶺膏流。鳩阬翠積。八餅素塵。一甌靈液。雲脚偏紅。乳頭俱碧。姓則封以甘侯。名則頌以森伯。莫不味辨六班。風生兩腋。烹來北苑之香。供爾西園之客。人如菊淡。氣似蘭馨。塵想胥滌。醉魂漸醒。筒傾巖白。盌酌瓷青。頂灌醍醐。合撫仙人之掌。香焚薝蔔。疑偷大士之瓶。笑已類於拈花。眞堪療渴。頑總同於點石。不藉談經。況復漆盤烟護。花甕雲消。靈犀堪點。斑竹誰雕。滌紅螺兮九曲。懸綠玉兮一瓢。篆紋題蘇子之名。形分蝌蚪。祕府重王郎之玩。寶勝瓊瑤。何必背敲銅鶴。葉捲金蕉。盌奪琉璃之彩。盃爭鸚鵡之嬌。歌曰。危坐金身丈六前。修行何處脫塵緣。幾聲睡後煎來熟。參透觀音水月禪。

陸漸漸茶經毛文勝茶譜蔡襄試茶錄周昉烹茶圖一時並集腕下【鍾小珊】余性嗜茶丙

予南歸讀書航塢山寺嘗攜一爐一鐺採日鑄雪芽汲山泉烹之清馥雋永雖建溪顧渚不過也今讀此作益令我綆短銜渴【施鶴浦】

秋夜製風雨詞賦

僕嘗驚秋夢。擁秋衾。悲秋笛。感秋砧。對秋燈之黯黯。數秋點之沈沈。即令秋河徹曉。秋月滿林。秋高入畫。秋爽披襟。猶然動我以秋怨。攄我以秋唫。况復細雨斜風。秋聲四起。溼落簷花。寒逼牕紙。旅館蕭條。彌嗟客子。衣無人寄。故鄉雲樹之間。被有誰溫。小榻壚烟之裏。獨坐聽之。情焉能已。何怪乎金閨淑媛。繡閣名姝。花憐骨瘦。月弔身孤。寄還類燕。啼竟如烏。愁從筆訴。病倩人扶。讀江令之別離。情牽團露。笑潘郎之吟詠。興掃催租。當其寂寂昏黄。倦倚牙牀。楊柳凝翠。梧桐送涼。石細苔潤。林搖竹香。窗破蕉展。徑寒菊荒。猿啼暗峽。鶴唳横塘。蛩吟也苦。葉落如狂。燈不挑兮繫短夢不穩兮漏長。爾乃墨染金花。硯調青石。銀管毫抽。錦箋手劈。何餘緒之纏緜。寫離情之睽隔。張衡之怨難消。宋玉之悲莫釋。淒涼團扇。姬人漢殿之歌。佛仿春江。學士陳宮之格。多情公子。風致翩翩。攜燈相訪。笠雨蓑煙。斜憑玉几。小坐花氈。當亦數行淚下。一脈愁牽。對此不堪卒讀之句。歸於無可奈何之天。被夫桃花春雨。柳絮春風。影飄檻外。香滿簾中。固宜詞傷頭白。塚泣顏紅。傳情命薄。寄恨途窮者矣。乃知人影蕭疏。天光黯黮。霧鎖烟迷。紅愁綠慘。三更寂寥。四壁澄淡。尊彝鱸膾。每縈旅客之情。斷雁溼雲。尤觸騷人之感。

多管是閣着筆兒未寫先流淚【施瘦琴】

昨宵秋雨滴階。孤燈如豆。同青士坐西窗下共語旅况寒蛩落葉。棖觸愁懷。因謂君宜賦秋窗風雨夜矣。次日卽手攜此賦出示。讀之幽香冷豔。眞敎我一想一淚零【己巳九月二日素園朱襄附筆】

檢初藁得故人之評跋數語。奈十年來一領青衫而燈影蟲聲猶是天涯作客。素園已於甲戌捐館歸葬西湖之濱矣。重撫手跡。倍覺黯然【己卯七月九日自記】

蘆雪亭賞雪賦

大地斂昏。羣山含凍。揜日韜霞。緣甍冒棟。峯頭之吟榻高眠。江面之釣船斜送。火則翡翠一爐。酒則葡萄半甕。影隨柳絮。春風謝女之魂。寒到梅花。明月逋仙之夢。花帚分攜來掃舊蹊。重重玉戲。顆顆珠啼。魚鱗屋厚。雁齒橋低。鶴何爲而守樹。鴻何事而印泥。遂乃筵開玳瑁。牕展玻璃。一簾垂地。四壁環溪。碧峯石隱。銀浦波迷。烟埋葭岸。水漲蓼隄。喚晴無鵲。辟寒有犀。路自藏乎曲折。

天不辨乎東西。則見杯浮大白。火擁層紅。覆非蕉葉。薰有瓠籠。胎還勝兔。掌亦如熊。毛眞雪聚。炭類雲烘。分玉署之三牲。仙家上品。剖金刀之一臠。名士高風。况復蓉粉銜箋。松烟潑墨。爐好同圍。燭何須刻。天連慘澹之容。字費推敲之力。寒香則秋水閒吟。佳句則灞橋獨得。添誰詩債。罰依金谷之條。助我春情。供借銅瓶之色。公子乃扶笻獨往。着屐頻探。蘼蕪幽徑。薜荔小庵。影欹竹外。香逗枝南。深山霞落。老樹烟含。一痕春盎。半面酒酣。疎夢到羅浮之界。夙緣登彌勒之龕。笑無檐而不索。禪有壁而同參。臘釀重澆。北風飄蕭。聲催銅鉢。煖護銀貂。詩眞香沁。圖豈寒消。壺貯冰而了了。山頽玉而迢迢。數闋歌來。妝想美人之淡。一枝贈後。情憐驛使之遙。賡白雲之新腔。莫翻下里。譜紅羅之豔曲。絕勝南朝。

倅色揣稱抽祕騁妍可奪梁園一席【何拙齋先生】

雪裏折紅梅賦

紅粉修來香國坐。青鬟擁向玉山行。五出梅花六出雪。美人林下立無聲。方其聯盟入社。下筆驚人。天公戲玉。世界成銀。裘因貂暖。園類兔馴。株株屋繞。步步簷巡。柳有絮而皆軟。松無皮而不皴。白羽飛時。貝闕瓊樓之地。紅霞落處。空山流水之春。則見錦被風裁。根從雲託。影瘦枝疏。妝慵粉薄。分種蒲龕。開花蘭若。非孤嶺之黃香。異仙家之綠萼。鉢常咒而生蓮。門自關而守鶴。灌須甘露。傾大士之銀瓶。沁借寒香。學道人之鉄脚。來追禪步。迷茫無路。積霞未融。斜風如故。圖披九九之寒。徑覓三三之趣。磴不掃兮全封。山雖藏兮半露。吟成東閣之詩。分得西岡之樹。類牆頭之紅杏。拖出一枝。同天上之碧桃。竊來三度。竹影交加。籠水籠沙。寒壓眉月。暈蒸臉霞。枝高手冷。步緩腰斜。小橋樹隔。老屋煙遮。橫琴何處。烹茗誰家。鬬歌於皓齒青娥。亭邊顧曲。索笑於竹牀紙帳。座下拈花。點額則壽陽妝罷。舉盃則羅浮夢醒。閑依石檻。小立苔垣。句留屋角。躑躅籬根。玉皆換骨。花欲銷魂。罨畫三面。胭脂一痕。鉄笛與銅瓶俱抱。翠裘隨縞袂同溫。淡雲曉日之餘。誰誇白戰疎影暗香之裏。又到黃昏。歌曰。姊妹江東大小喬。憐卿丰韻十分饒。前生夫壻林和靖。合住段家湖上橋。

冷香冷韻繪影繪聲。覺人面桃花之句未免多買胭脂【周文泉】

病補孔雀裘賦

斯羅之國。罽賓之路。有文禽焉。曰孔都護。尾張錦輪。屏依紅樹。聳翠角而高騫。服繡衣而先妒。壓以金線。編以彩翬。集而為裘。適合腰圍。雉頭失色。鶴氅爭輝。刷翎則翠落。振翼則鸞飛。刼奈成灰。抱此難完之璧。巧誰乞樣。補來無縫之衣。縱令訪天孫於河源。尋龍女於洛水。蘇若蘭之慧心。薛靈芸之神技。鍼借辟塵。絲穿連理。終難價重千金。春生十指。類佳人之茅屋。工費牽蘿。同太守之布絇。儉能糊紙。然而添香小婢。煎茶侍兒。靈機獨運。病骨難支。鴛鴦嬾後。蝴蝶慵時。眉何事而不黛。鬢何為而如絲。詎作嬌羞。學夫人之舉動。好將熨貼。消公子之狂癡。斜偎錦枕。小啓香奩。珠毛暗剔。翠縷輕拈。聲搖玉釧。絨唾晶簾。眼昏鍼細。燈晃毫尖。綳來新月之弓。半鈎忽滿。送出春風之剪。一線頻添。是經是緯。或橫或縱。雲霞烱烱。錦繡重重。黑貂青鳳之名。徒誇焜耀。翠尾金花之樣。絕妙彌縫。豈不疲而樂此。卻無取乎憐儂。寂寂寒宵。銀燈嬾挑。蓮漏音急。茗爐篆消。粧慵素粉。靨暈紅潮。影比梅而更瘦。聲如燕而尤嬌。能不悄然心醉。黯然魂銷。枕以玉骨。覆以金貂。他年委懷琴書。怡情筆硯。小窗捲風。幽徑積霞。見此故物。曷勝眷戀。霜高露冷。神傷翡翠之衾。玉瘞香埋。腸斷芙蓉之面。

美人細意熨貼平裁縫滅盡針線迹【熊芋香先生】

邢岫烟典衣賦

僕之窮猿長嘯。怖鴿難安。蕭條家巷。落拓征鞍。骨向誰傲。眉徒自攢。錐無地而可卓。劍有鋏而常彈葛帔相逢。要廣劉郎之論。綈袍莫贈。徒憐范叔之寒。亦嘗偏覓雲箱。頻傾竹笥。賞解芙蓉。裘拋翡翠。豪類阮孚。楸同蘇季。愛雖割而難忘。贏已操而多累。取中府而藏外府。負他一領青衫。感去年以待來年。消此數行綠字。愁添酒債。代滿瓜期。寒催雁陣。贖少羊皮。歎有室中之婦。號有牀上之兒。猶復計同補網。形似奕棋。任塗抹於東西。拙嫌鬼笑。費周章於昏暮。清畏人知。如此生涯。寒儒故態。不意金閨。亦同感慨。當其失路依人。居貧寄食。生有仙姿。容無靚飾。簪金帶玉。曾遊綾綺之場。裙布釵荊。別具煙霞之色。身如萍靡。移本無根。心與蓮同。劈誰見薏。啓篋令塵尙封。挑燈令淚徒拭。爾乃暈綠蒸黃。圈紅窄素。鏤金貫珠。裁雲織霧。纖腎並垂。單複咸具。莫不解忘貂寒。藏免蠹蠹。菊耐霜欺。蘭遭風妒。鳥篆蟲書之迹。字問元亭。皁衫角帶之形。人司質庫。適逢小姑。談及心曲。羞帶顏紅。冷侵鬢綠。情切葭莩。利權蜩蝎。辟寒無恙。還伊合浦之珠。抱璞來歸。完爾荊山之玉。自然持券以償。應藉傾囊而贖。吁嗟乎。鶴銷寒骨。鶯繞愁腸。未諳壓線。莫賦催妝。無處得送窮之筆。何人傳療貧之方。舊恨孰遷乎阿姊。餘情堪寄乎小郎。爾時碧玉投來。深感佳人之贈。他日紅綾遺去。難禁老嫗之狂。

借別人酒盃澆胸中壘塊讀竟我又當浮一大白【俞霞軒】

醉眠芍藥茵賦

簇簇金線重重絳綃。花市合煙舞。苔階帶露飄。十二闌干紅香圍錯。認垂楊廿四橋。彼之相卜廣陵。佛供東武。玉帶頻拖。舍囊如縷。鱠紫登盤。鵝黃曳組。白鬬蓮塘。紅搖柳浦。婪尾春歸。平頭香聚。本翠鬟之爭抽。亦繡纈之可撫。仙顏醉倒。李學士見而呼名。寶相迷來。劉舍人因而訂譜。爾乃繞薇軒。披蕙閣。浥蕁羹。調杏酪。蓮子新杯。蘭花故幕。薤簟風疏。蓉屏煙薄。酒濃律嚴。觴累籌錯。量何如窖。不勝大白之浮。情有所鍾。翻受小紅之謔。璆然佩環。頹然笑顏。眼迷秋水。眉暈春山。粉融素頰。絲顫青鬟。釵斜影鞾。袖溼痕斑。癡立花下。巧離席間。路緣樹迷。塵倩風掃。欄迴鳥驚。徑僻苔老。石磴蒼涼。春色更好。夢隨鶴而俱酣。眠何雲而不抱。捧出玉盤之樣。葉認琉璃。裏來羅帊之香。枕同瑪瑙。燕妬鸞慙。珠圍翠疊。狂或引蜂。慵眞化蝶。醒合遺鈿。羞如暈靨。非關血染輕飄杏子之衫。絕似香埋半露桐皮之箑。黑正甜而愈濃。紅竟軟而難捻。似此風流。千古獨絕。昔有二美。比卿最切。詩曰。鬟亂釵橫倚玉牀。侍兒扶起理殘妝。沈香亭畔承恩日。夜夜春風醉海棠。又曰。小臥簷前夢不成。暗香疎影向人迎。壽陽公主梅花額。修到今生定幾生。

余友梁花農有金陵十二釵詞最愛其詠湘雲闋云是佳人是名士才調如卿洗盡鉛華氣

讀此作乃覺一時瑜亮【周文泉】

草藉花眠紅鬆翠徧牡丹亭是夢境此乃眞境【蔡笛椽】

怡紅院開夜宴賦

金屋人閒。晶簾日暮落花開筵。啼鳥宿樹。令懸詩牌。籌錯酒數。漏滴將殘。曲終誰顧。陽春召我。同太白之夜遊。皇覽揆予。適靈均之初度。香浮銀甕。錦簇珠盤。猿眞獻果鶴不分餐。梨正開而早釀。桃非竊而如蟠。春觴勸祝。倚榻盤桓。無須白鳳青鸞。王母長生之藥。元霜絳雪。麻姑不老之丹。則見春草嬌婢。朝雲小鬟。歌喉珠貫。舞袖弓彎。帳因霧鎖。門倩風關。銀屏燭冷。翠幕鉤閒。深情若揭。俗例都刪。碧籠鴉髻。紅褪鳳環。香淋額角。黛掃眉間。酒泛鵝兒色。曲吟雉子斑。遂乃珠圍翠合。雲亘星聯。籤籌一握。骰彩三宣桃垂溪畔。杏倚日邊。送春花了。繞瑞枝連。紅瘦綠肥。錦障鎖佳人之夢影。疎香暗。孤山留處士之天。卻宜春館笙歌。羨他富貴。最好秋江風露。修到神仙。彼夫器陳。握槊物取藏彄。鶴形箭飾。豹尾壺投。格五致險。象六誰優。呼梟得梟。彩非雉犢。打馬刻馬。圖有騂騮。洵閨房之遊戲。爲飲博之風流。何如拋紅豆之玲瓏。相思入骨誦碧雲之清麗不盡飛籌。乃有梨園舞女。名列煎茶。簫吹碧玉。板拍紅牙。顰眉偃月。暈臉蒸霞。夜深則海棠欲睡。風高則燕子先斜。瑪瑙枕邊。夢斷合歡之榻。芙蓉帳裏。香飄並蒂之花。

柳嚲花欹鶯嬌燕嬾是一幅醉楊妃圖【陸晴廉】

見土物思鄉賦

客有自吳門來者。遺以石鼠之筆。金花之箋。硯則雪浪。墨則松煙。粉有龍涓之美。黛有螺子之鮮。傀儡則摶以黃土。胭脂則和以丹鉛。感姊妹之多情。頻勞投贈。傷耶娘之永訣。莫訴迍邅。當其寄食母家。棲身旅境。鄉關路遙。孤館日永。聽翠竹兮聲清。望白雲兮氣冷。雖曰我之自出。脈脈關心。其如窮無所歸。煢煢弔影。愁緒亂兮秋漏長。客夢醒兮春院靜。猶憶夫鱸鄉風透。鶴澗雲棲。寒山鐘斷。樂圃花迷。橋邊虹臥。臺上鵑啼。夕陽烏巷。芳草白隄。墩飛彩鳳。陂畜仙雞。點頭石古。響屧廊低。一帶玉山。桐樹護仲瑛之宅。半彎香水。蓮花通西子之溪。似此風光。不堪睽隔。放眼兮山斷煙橫。舉頭兮天空月白。有三千雲外之程。無十二風前之翮。路迢迢兮界彌寬。魂怳怳兮心倍窘。倘令客中遇舊。情益相親。即教夢裏還家。愁猶莫釋。况復故鄉珍物。彌深愴懷。荔同貢蜀。橘類踰淮。能不悄然腸斷。潸然淚揩。心比蓮而尤苦。境非蔗而何佳。愁惟眠而可對。悶無酒而堪排。儂有誰憐。煩侍兒之慰藉。命如斯薄。勞公子之詼諧。僕亦羈人。自傷鞅掌。他千佛之經。遺我三春之榜。名場則魚竟曝腮。生涯則蛛聊補網。計拙令客難歸。家貧令親誰養。所冀塞鴻江鯉。憑傳尺素之書。何當鱸膾蓴羹。殊結秋風之想。

一萬聲長吁短歎五千遍搗枕槌牀心事俱活活寫出【何掘齋先生】

中秋夜品笛桂花陰賦

木落秋高。天空夕朗。星浮客槎。露裛仙掌。四壁蟲聲。萬戶嘒響。寒影月來。孤情雲上。梯非石而貫繩。橋如銀而擲杖。玉樓徧倚。遂成騷客之名。金粟斜飄。殊結蟾宮之想。維時仙友聯盟。薌林競秀。花開成逑。子落如豆。霄放綵鵬。路分靈鷲。八公依劉。五枝贈竇。四出瓣圓。重臺香透。莫不越層巖。登遠岫。採瓊英。探璇宿。攀喜天高。培驚山瘦。白好盈簪。碧還唾袖。桂魄團欒。萱堂縱歡。篆裊香炧。風搖燭殘。杏子衫薄。蓮花漏乾。關山欲曉。星斗自寒。紅牙未按。銀甲休彈。恍登黃鶴之樓。江城如舊。宜奏紫雲之曲。世界都寬。折柳成腔。落梅應拍。流水飛鴻。穿雲裂石。紫玉聲偷。綠珠影隔。魚龍跳噴。霄漢軒闢。蟬冷兎寒。煙空露白。猿啼峯青。烏啼樹碧。三更潮反。擕來玳瑁之枝。十斛香飛。驚落嫦娥之魄。獻疑東海。奏叶西涼。鈿裁江左。斡取衡陽。韻皆合管。音猶繞梁。隔深林兮縹緲。穿曲徑兮悠揚。逢被謫之仙人。響連月斧。感同遊之道士。調製霓裳。郭超吹而流涕。阮咸聞而斷腸。急管淒愴。幽情悲咽。彌深舊懷。莫翻新闋。故園無金谷之遊。客子有玉關之別。鷓鴣啼後。霜露俱晞。烏鵲飛來。風煙頓絶。夜涼兮酒醒。夢斷兮愁結。不獨李生鏡水。湖中之匳影平分。老父君山。江上之嵐光盡裂。

迴隔斷紅塵荏苒直寫出瑤臺情豔【熊芋香先生】

凹晶館月夜聯句賦

横天河漢。近水樓臺。一角青嶂。半弓綠苔。風生木末。月滿池隈。浪翻紋起。簾捲影來。花濃香聚。石細路迴。身皆仙骨。秋是愁媒。夢如雲懶。詩不雨催。西園侍宴。觸景辛酸。迢迢夜永。落落形單。山不高而色淨。樹不老而聲寒。桐何爲而蘸碧。桂何事而流丹。露横水冷。雲斂天寬。彩分貝闕。圓捧晶盤。遂乃緩蹴鳳鞋。輕攜雀扇。羅袖拖紅。練裙皺茜。步展弓弓。波開面面。風約萍根。雪堆荻片。觴不驚飛。喉疑鶯囀。囊提骨董。有句同探。鼎返消摩。無丹不鍊。玉臂雲鬟之飾。香霧迷來。紅吟綠賦之聲。石欄數遍。絳仙雅調。白蠟新詞。泥同落燕。珠必探驪。才逾鮑妹。慧勝班姬。刻憐燭短。催怕鐘遲。思抽來而乙乙。語貫去而纍纍。敵遇勍而鬬捷。韻因險而生奇。秋色平分。明月三更之夢。偏師難破。長城五字之詩。維時鵲繞枝頭。猿啼峽裏。筆點花魂。香噴石髓。雲氣鋪青。嵐光聳紫。槎貫如期。鏡磨無滓。笛聲嫋嫋。遠飄秋樹之陰。鶴影珊珊。横渡寒塘之水。南樓則逸興遄飛。北院則狂歌驚起。既而蘭若同遊。松龕並坐。硯匣閒隨。釵鬟斜嚲。綠茗一甌。青蓮千朵。頂依薝蔔之香。燈撥琉璃之火。苦海不乏慈航。迷津豈無法舸。詩夢醒兮草生。禪關冷兮煙鎖。直欲剪紅刻翠。頻敲銅鉢之音。何妨扣寂探機。共證蒲團之果。

晴斜盼手背抄繞徑尋詩蓮步小笠翁樂府可謂描摹盡態矣聯青儷黃洵堪配偶【徐穉蘭】

四美釣魚賦

紅飛岸蓼。綠捲汀蘋。水清石露。浪小珠勻。鴛鴦浴浦。翡翠投綸。鏡有霜而皆曉。壺無玉而不春。何須蓮葉溪邊。放來短艇。卻好桃花潭上。寄此閒身。閨中仙隊。翠繞珠圍。勾留石磴。拂拭苔磯。雨平水滿。秋老魚肥。遠岸鷗宿。芳田鷺飛。草香裛袖。嵐氣侵衣。照面盈盈。豔比浣紗之女。凌波冉冉。嬌同解佩之妃。爾乃斜放芒鈎。輕拋瓊粒。眼徹波澄。心隨流急。雲彌鏡而鬟寒。浪潑花而腮溼。聯蟫嘯合。聲疑楊柳之藏。獨繭絲垂。影許蜻蜓之立。不羨乎海上罾罶。江干簑笠。綠渚煙横。碧瀾風漾。香沫徐噴。錦鱗直上。鵜鶘驚飛。蒹葭激響。飽呷萍根。潛通藕蕩。穴向丙探。頭如丁仰。纖斷編籬。擘三牽兩腰折神疲。睛迴目晃喃喃吶吶。流花下之嬌音。策策堂堂。結濠間之遐想。怡紅公子。緣溪前行。身藏路僻。步展衣輕。攜來片石。衝破澄泓。空山鶴嘯。老樹猿驚。相與臨曲澗。坐疎林。投翠竹。鍛黃金。直本如繩。借得美人之綫。沉原有羽。敲殘稚子之鍼。宜收萬匠之筴。鸕鶿港淺。漫引百囊之網。蘆荻洲深。用以參珞珠之書。究波羅之術。探景純之囊。入君平之室。李虛中空演支干。桑道茂徒推月日。瓦雖擊而無靈。棋果排而莫悉。不必著者龜久。細課虛元。便教餌重緡隆。預徵安吉。

皮襲美云吟陸魯望詩江風海雨摵摵生齒牙間此則如披王齊翰垂綸圖潭月溪烟令人臨淵起羨【俞霞軒】

瀟湘館聽琴賦

梅花三疊。月滿闌干。幽徑聲寂。小牕影單。新愁誰訴。古調獨彈。落落塵世。知音最難。維時竹下美人。橫琴小坐。葉葉淚斑。枝枝烟妥。影倩魂移。香和夢鎖。碧檻縈紆。青帷潭沱。卓磨郭公之磚。爐撥謝仙之火。感花前之姊妹。社結當年。披篋裏之篇章。愁深似我。爾乃細按玉徽。輕調珠柱。白博音清。丹維製古。絃拂鴛鴦。語傳鸚鵡。桐尾先焦。蓮心最苦。索來妙句。淒風冷雨之情。翻入新腔。

流水高山之譜則有洛陽阿潘路歸蘭若。同公子之纏綿。得仙人之瀟灑。引我津迷。問誰心寫。賞音怪石之間。擊節高梧之下。或斷或續。若仰若揚。曲塡鳳嘯。聲繞鶯腸。鶴歸露冷。猿嘯雲荒。雉飛秋隴。蟬咽寒塘。石上松老。谷口蘭香。調翻積雪。操寄履霜。韻帶愁而倍窄。絲牽恨而彌長。宜其流泉皺碧。曉岫含青。鳬鷁迭奏。魚龍暗聽。幽思娟娟。逸韻冷冷。鸞膠欲續。花夢都醒。吁嗟蒲柳。望秋忽零。絃絕先知。慧似中郎之女。曲終不見。憂同帝子之靈。美人有言。知己者少。顧曲不逢。因心自了。曷若對草木之芬芳。感禽魚之縹緲。懷風月之淒清。觸雲烟之繚繞。移情指間。結想塵表。何期逍遥大覺。嗟歎餘音。頓消俗慮。別悟禪心。他年玉碎與珠沉。箇裏仙機漸漸深。秋漢閒雲歸去也。一聲清磬滿叢林。

歸家且覓千斛水洗淨從前箏笛耳爲之誦大蘇詩不置【蔡苗椽】

焚稿斷癡情賦

嗚呼。海溢情波。穴纏鬼市。居在膏肓。攻非腠理。醫誰換心。方無續髓。宜其藥竈空支。妝臺嬾起。翠劚靈根。紅鞈瘦蕌。水自清而萍枯。香不改而蘭死。蒼鸝語滑。倍添春女之悲。扁鵲經殘。莫試秋夫之技。況復李代桃僵。味嘗荼苦。理鏡有臺。伐柯無斧。漠漠愁雲。紛紛覆雨。影怯蛇杯。名銷鴛譜。聲斷啼鵑。覺成讒虎。海可冤塡。天須恨補。何必詩播吟箋。句傳樂府。手縛麒麟。舌調鸚鵡。抱來白璧。飛作青蝶。珠璣十斛。錦繡一堆。燒瘢滿地。火篆聞雷。奏燔煙捲。楚炬風催。看紅燭之已[illegible]。適青囊之被災。收爨下之琴材。尾聲應律。臯爐中之香炷。心字成灰。爾乃桃紋炭熾。蓮朵燈昏。香羅誰贈。枯墨猶存。劈采牋於學士。裂玉璽於天孫。多少相思。都藏韻句。纏綿此恨。請驗啼痕。點點則湘妃灑淚。亭亭則謝女離魂。時則階靜月移。牕虛風顫。斑竹數竿。曇花一現。絲盡春蠶。梁歸秋燕。慘結幽房。歡騰隔院。人間之色相俱空。天上之炎涼已變。無多離別。傷心聽蒿里之歌。如脫塵凡攜手赴蓬山之宴。斷粉零脂之迹。枉泣紅顏。香蘭醉草之章。誰題黃絹。儂本情深。郎何緣薄。鏡破團圞。扇悲零落。迎或乘鸞。去歸化鶴。金不貯嬌。鐵能鑄錯。渺渺兮莫慰愁懷。忽忽乎未知生樂。憶昔詩壇賡唱。曾編一卷光陰。從今仙界分離。休問五雲樓閣。

　畫就了這一幅慘慘悽悽絕代佳人絕命圖【孟砥齋】

砥齋孝廉余舊居停也三千小令四十大曲無不成誦在胸初見時卽向余索觀賦稿此篇其所最擊節者今孝廉已歸道山而六轉貨郎兒便成讖語鍾期千古當爲之破絕琴絃【辛巳七月五日自記】

月夜感幽魂賦

昔聞崔博陵之女子眷戀荒墳。賈秋壑之侍兒褒裹故宅。江陵傷紅袖之歌。古館記青楓之迹。魂依沙內。李邨埋骨之人。寃訴渠中。洛浦彈琴之客。玆皆鬼籙名登。莫信夜臺路隔。况夫寂寞園亭。景物飄零。雲影封路。風聲掃庭。芙蓉花冷。蘅蕪草腥。荼蘼欹架。芍藥鎖廳。扉文捲簟。猩色收屛。簾不垂而字綠。屐不到而苔青。爲訪小姑。來尋暝途。心同鴿怖。身似鸞臞。錦里將返。愛河已枯。當頭幾見失脚。誰扶。海清鏡滿。天闊輪孤。則見光射闌干。彩分霄漢。千竿竹疎。萬里烟斷。枝枝鵲飛。點點螢亂。蛩鳴菊籬。霜落楓岸。佛菴閉而燈寒。湘館啼而夢散。燭何須秉。閒行白石之間。依倩誰添。小立紅牆之畔。轉步山椒。玉人遠邀。芳蹤寂寂。孤影飄飄。媚同柳嚲。輕類松搖。玲瓏素佩。綽約仙標。非孫娘而亦笑。比盧女而尤嬌。豈徙半面之緣。似曾相識。忽憶九泉之路。益復無聊。將疑將信。若夢若癡。柔情欲斷。病骨難支。紅暈桃花之臉。綠顰桂葉之眉。心虛乃爾。命薄如斯。寒逼三更。環珮歸魂之夜。醒持半偈。醍醐灌頂之時。流果急而難退。石雖轉而已遲。嗟乎。巾幗英雄。爲才所累。錢則權蜩蠋之飛。虎則觸胭脂之忌。妒傳臨濟。津欲生波。悍似延平。鬼偏作祟。縱令雲翻雨覆。徒驚夜幕之聲。可憐月悴花憔。同灑秋風之淚。

裂帶留題解囊贈別情之所鍾死猶不泯安得千手千眼菩薩普度九幽世界耶【周文泉】

稻香邨課子賦

緊藏春之芳圃。同負郭之農家。半畝蒲葉。一棚豆花。掛禾架滿。亞樹帘斜。貫繩小戽。護藥新笆。圓排穗擔。尖壓苗叉。掃徑則元卿趣逸。歸田則太傅情賒。錦屏繡幄之中。別開天地。茅舍竹籬之外。閑話桑麻。則有巴婦懷情。梁媛守寂。形管成編。素帷掛壁。燕子絲纏。鮫人淚滴。塡石銜冤。倚楹生感。歌有離鸞。服宜繡翟。傷破鏡之孤分。傍殘燈而獨績。望夫則首類飛蓬。訓子則書傳畫荻。膝下嬌兒。風神可愛。毬能使浮。鞢何須佩。巧聯鸚鵡之詩。新製楊梅之對。昔呱呱於枕畔。頻傷背面之啼。今朗朗於懷中。猶作牽裾之態。墨妙琴清。秋幌寒更。甲夜乙夜。長檠短檠。金題列軸。縹帶分明。寫羅四部。擁勝百城。檢書有鶴。學語如鶯。弗絕吾種。最佳此聲。若鬪頭銜。點去毛君之筆。尙存手澤。鑿來晏子之楹。時則漠漠平田。翠光接天。麥收黑穬。稻插紅蓮。守戶尨吠。隔溪鷺眠。秧馬分種。水輪引泉。一犂雨漲。十耜雲連。小橋淡月。芳陌晴烟。芸牕晝永。花嶼春牽。猶復慈萲竟折。祕篋同傳。紗幔垂授。藜牀坐穿。欲對古人。香披黃卷。好呼小婢。寒展青氈。秀骨則亭亭玉立。嬌喉則顆顆珠圓。所以踏遍槐花。折來桂子。窟竟依蟾。門還登鯉。雕鶚薦秋。烏鵲占喜。攄奪錦之仙才。振嗚珂之戚里。回憶碧鵰件讀。十年挑風雨之燈。允宜紫誥分榮。五色煥鳳鸞之紙。一部紅樓夢幾於曲終人杳矣讀此作乃覺溪壑爲我回春姿【俞霞】

六　紅樓夢問答

或問。紅樓夢伊誰之作。曰。即我作之。何以言之。曰。語語自我心中爬剔而出。

或問。子能作寶玉乎。曰。能。何以痛詆襲人也。笑曰。我止不能作襲人之寶玉。

或問。寶釵似在所無譏矣。子時有微詞何也。曰。寶釵深心人也。人貴坦適而故深之。此所不許也。

或問。寶釵深心。於何見之。曰。在交歡襲人。

或問。寶釵與襲人交。豈有意耶。曰。古來奸人進身。未有不納交左右者。以此窺之。吾不識寶釵何心也。

或問。寶釵與黛玉。襲人與晴雯。優劣。曰。釵襲善柔。黛雯善剛。釵襲用屈。黛雯用直。釵襲徇情。黛雯任性。釵襲做面子。黛雯絕塵埃，釵襲收人心。黛雯信天命。不知其他。

或問。紅樓寫寶釵如此。寫襲人亦如此。寫黛玉如彼。寫晴雯亦如彼。則何也。曰。襲人。寶釵之影子也寫襲人卽所以寫寶釵。晴雯黛玉之影子也。寫晴雯卽所以寫黛玉。

或問。寶玉與黛玉有影子乎。曰。有鳳姐地藏菴拆散之姻緣。則遠影也。賈薔之於齡官。則近影也。潘又安之於司棋。則有情影也。柳湘蓮之於尤三姐。則無情影也。

或問。王夫人逐晴雯芳官等。乃家法應爾。子何痛詆之深也。曰。紅樓夢只可言情。不可言法。若言法。則紅樓夢可不作也。且卽以法論。寶玉不置之書房而置之花園。法乎否耶。不付之阿保。而付之丫鬟。法乎否耶。不近之師友。而近之姊妹。法乎否耶。卽謂一誤不堪再誤。而用襲人則非其人。逐晴雯則非其罪。徒使僉人倖進。方正流亡。顚顚倒倒。畫出千古庸流之禍。作書者有危心也。貶之不亦宜乎。

或問。黛玉之死。鳳姐似乎利之。則何也。曰。不獨鳳姐利之。卽老太太亦利之。何言乎利之也。林黛玉葬父來歸。數百萬家資。盡歸賈氏。鳳實領之。脫爲賈氏婦。則鳳姐應算還也。至爲他姓婦。則賈氏應算還也。而得不死之耶。然則黛玉之死。死於其才。亦死於其財也。

或問。黛玉數百萬家資。盡歸賈氏。有明徵與。曰。有。當賈璉發急時。自言何處再發二三百萬銀子財。一再字知之。

或問。林黛玉聰明絕世。何以如許家資。而乃一無所知也。曰。此其所以爲名貴也。此其所以爲寶玉之知心也。若常將數百萬家資橫據胸中。便全身烟火氣矣。尚得爲黛玉哉。然使在寶釵。必有以處此。

七　紅樓夢存疑

紅樓夢結構細密。變換錯綜。固是盡善盡美。然詳細翻閱。間有脫漏紕繆。及未愜人意處。予所批書。爲坊肆翻板。是否作者原本。抑係鈔刻漏誤。無從考正。姑就所見。摘出數條。以質高明。非敢雌黃先輩。亦執經問難之意爾。

一回云生元春後次年。卽生銜玉公子。後復云元春長寶玉二十六歲。又言在家時曾訓詁寶玉。豈三十以後人。尚能入選耶。惜春屢言小。巧姐不肯長。嗣後又長得太快。李嬤嬤曾乳寶玉。復謂李嬤嬤過於龍鍾。此等處似欠妥。

第二回冷子興口述賈赦有二子。次子賈璉。其長子何名。是否早故。並未敘明。似屬漏筆。

十二回內。說是年冬底。林如海病重。寫書接黛玉。賈母命賈璉送去。至十四回中。又說賈璉遣昭兒回來報信。林如海於九月初三日病故。二爺同林姑娘送靈到蘇州。年底趕回。要大毛衣服等語若林如海於九月身故。則接黛玉應在七八月間。不應遲至冬底。況賈璉冬底自京起身。大毛衣服應當時帶去。何必又着人來取。再年底纔自京起程到揚。又送靈至蘇。年底亦豈能趕回。先後所說。似有矛盾。

史湘雲同列十二釵中。後來又久住大觀園。結社聯吟。其豪邁爽直。別有一種風調。則初到榮甯二府時。亦當敍明來歷態度。乃十二回以前。並未提及。至十三回秦氏喪中。敍忠靖侯史鼎夫人來弔。忽有史湘雲出迎。突如其來。未免無根。或翻刻之誤。非原本耶。

十八回。元妃見山環佛寺。即進寺焚香拜佛。自然即是櫳翠菴。時妙玉何以不出迎。抑係尚未進菴。或暫時迴避。似宜敍明。

三十四回。襲人赴寶釵處借書。等至二更。寶釵方回來。曾否借書。一字不提。似有漏句。

三十六回。襲人替寶玉繡兜肚。寶釵走來。愛其生活新鮮。於襲人出去時。無意中代繡兩三花瓣。文情固嫵媚有致。但女工刺繡。大者上繃。小者手刺。均須繡完配裏。方不露反面針脚。今兜肚是白綾紅裏。則正裏兩面已經做成。斷無連裏刺繡之理。似於女紅欠體貼。

三十五回。寶玉聽見黛玉在院內說話。忙叫快請。究竟曾否去請。抑黛玉已經回去。與三十六回情事不接。似有脫漏。

五十三回賈母慶賞元宵。將上年囑做燈謎一節。竟未提起。似欠照應。

五十八回。將梨園女子。分派各房。畫薔之齡官。是死是生。作何着落。並未提及。似漏。

六十三回。平兒還席。尤氏帶佩鳳偕鸞同來。正在園中打鞦韆時。忽報賈敬暴亡。尤氏即忙坐車。帶賴升一干老家人媳婦出城。鳳鸞並未先遣回家。似覺疏漏。

尤三姐自刎。尤老娘送葬後。並未回家。自應仍與尤二姐同住。乃六十八回。鳳姐到尤二姐處。並未見尤老娘。尤二姐進園時。母女亦未一見。殊屬疏漏。

六十九回。尤二姐吞金。既云人不知鬼不覺。何以知其死於吞金。不於賈璉見屍時。吞金將痕迹敍明一筆。亦欠密。

七十七回。晴雯被逐。寶玉私自探望。晴雯贈寶玉指甲及換着小襖。是夜寶玉回園。臨睡時。襲人斷無不見紅襖之理。寶玉必向說明。囑令收藏。乃竟未敍明。於情似不合。

一百十二回。賈母所留送終銀兩。尚在上房收存。以致被盜。則鴛鴦生前豈有不知。乃一百十一回中。鴛鴦反問鳳姐。銀子曾否發出。此處似不甚鬥筍。

一百十九回。寶玉不見。次日薛姨媽薛蝌史湘雲寶琴李嬸娘等。俱來慰問。惟李綺邢岫煙二人未到。李綺或是已經出閣。岫煙與寶釵爲一家姑嫂。且寶釵素日待之甚厚。獨未見來。終覺欠細。

黛玉雖是仙草降凡。但心窄情癡。以致自促其年。卽返眞還元。應仍爲仙草。與寶玉之石頭無異。纔是本來面目。其生前情欲。不應卽超凡入聖。遂爲上界神女。至瀟湘妃子。不過因其所居之館。又善悲哭。借作詩社別號。且妃子二字。亦與閨媛不稱。何必坐實其事。寶玉神遊太虛幻境。似宜同尤三姐等。恍恍惚惚。似見非見。引至仙草處。仙女說出因緣。便可了結。末後絳殿請回侍者一段。轉覺畫蛇添足。應否删節。請質高明。

八 石頭記論贊

賈寶玉贊

寶玉之情。人情也。爲天地古今男女共有之情。爲天地古今男女所不能盡之情。天地古今男女所不能盡之情。而適見寶玉爲黛玉心中目中。意中念中。談笑中。哭泣中。幽思夢魂中。生生死死中。悱惻纏綿固結莫解之情。此爲天地古今男女之至情。惟聖人爲能盡性。惟寶玉爲能盡情。負情者多矣。微寶玉其誰與歸。孟子曰。伯夷聖之清者也。伊尹聖之任者也。柳下惠聖之和者也。讀花人曰。寶玉聖之情者也。

林黛玉贊

人而不爲時輩所推。其人可知也。黛玉人品才情。爲紅樓夢最。物色有在矣。乃不得於姊妹。不得於舅母。並不得於外祖母。所謂曲高和寡者。是耶非耶。語云。木秀於林。風必摧之。堆出於岸。流必湍之。行高於人。衆必非之。其勢然也。於是乎黛玉死矣。

薛寶釵贊

觀人者必於其微。寶釵靜愼安詳。從容大雅。望之如春。以熙鳳之黠。黛玉之慧。湘雲之豪邁。襲人之柔姦。皆在所容。其所蓄未可量也。然斬寶玉之癡。形忘忌器。促雪兒之配。情斷故人。熱面冷心。殆春行秋令者歟。至若規夫而甫聽讀書。謀侍而旋聞潑醋。所爲大方家者。竟何如也。寶玉觀其微矣。

賈母贊

人情所不能已者。聖人弗禁。况在所溺愛哉。寶玉於黛玉。其生生死死之情。見之數矣。賈母卽不爲黛玉計。獨不爲寶玉計乎。而乃掩耳盜鈴。爲目前苟且之安。是殺黛玉者賈母也。非襲人也。促寶玉出家者賈母也。非黛玉也。嗚呼。我雖不殺伯仁。伯仁由我而死。是誰之過歟。

賈政贊

賈政迂踈膺闊。直逼宋襄。是殆中書毒者。然題園偶興。搜索枯腸。髭幾斷矣。曾無一字之得。何其乾也。儻亦食古不化者歟。訓子雖嚴。亦未得其道焉。

王夫人贊

人不可以有才。有才而自恃其才。則殺人必多。尤不可以無才。無才而妄用其才。則殺人愈多。王夫人是也。夫人情偏性執。信讒任姦。一怒而死金釧。再怒而死晴雯。死司棋。出芳官等於家。爲稽其罪。蓋浮於鳳焉。是殺人多矣。顧安得有後哉。蘭兒之興。李紈之福。非夫人之福也。

賈赦邢夫人贊

賈赦似剛非剛。乃剛愎之剛。邢夫人似柔非柔。乃柔邪之柔。剛愎之剛。非理之剛也。故有小泥鰍之禍。柔邪之柔。非理之柔也。故有金鴛鴦之毒竊謂賈赦之剛。有似乎楚子玉。刑夫人之柔。殊類乎魯哀姜。

賈敬贊

天下豈有神仙。然但能盡我性。怡我情。傀儡場中。何莫非洞天福地也。故有富貴之神仙。有忠孝之神仙。有詩酒花月之神仙。有托鉢叫化之神仙。而乘雲跨鶴者不與焉。彼煉丹燒汞。導引胎息者。直自討苦喫耳。然伊古以來。輕萬乘而速禍敗者。史不絕書。豎儒何知焉。

賈珍贊

十惡之條。一曰內亂。犯此者在家必喪。在國必亡。賈珍席祖父餘業。恣其下流。即比房婬婧。列屋柔靡。亦何不可。乃爲不鮮不殄之求。作大蛇小蛇之弄。西府中無完人矣。借非獅子介石之堅。其能免乎。然吾聞方山子賢者。生平得獅子力居多。賈珍胡不幸焉。

尤氏贊

人之美者曰尤。然不曰美人而曰尤物。其爲不祥可知。尤氏見於書。已在徐娘半老之會。然風情固不薄也。設雞皮未皺。更復何如。氏之曰尤。蓋比於夏姬也。

賈璉贊

賈璉燒琴煮鶴。大煞風景。何樓市中物也。以配鳳姐。且在所辱。況平兒哉。然負荊一節。頗能自降。拔其幟而樹娘子幟。亦腹負將軍解風雅者也。收入色界中。置風流壇外。作金剛尊者。

王熙鳳贊

鳳姐治世之能臣。亂世之奸雄也。向使賈母不老。必能駕馭其才。如高祖之於韓彭。安知不爲賈氏福。無如王夫人李紈昏柔庸懦。有如漢獻。適以啓奸人窺伺之心。英雄之不貞。亦時勢使然也。騎虎難下。豈欺人語哉。然亦太自喜矣。

平兒贊

求全人於紅樓夢。其惟平兒乎。平兒者有色有才。而又有德者也。然以色與才德而處於鳳姐下。豈不危哉。乃人見其美。鳳姐忘其美。人見其能。鳳姐忘其能。人見其恩且惠。鳳姐忘其恩且惠。夫鳳姐固以色市。以才市。而不欲人以德市者也。而相忘若是。鳳姐之忘平兒歟。抑平兒之能使鳳姐忘也。嗚呼。可以處忌主矣。

尤二姐贊

尤二姐容貌性情。兩無所惡。置身大觀園中。在在爲花柳生色。而顧不齒於羣芳者。徒以爲路柳牆花耳。嗚呼。一失足爲千古恨。再回頭已百年身。若是乎解之無可解也。然揚雄服事新莽。

荀彧輔弼曹瞞。其所失與二姐未識如何。使一旦蕭漢來歸。其蹂躪踐踏之形。正復何如也。嗚呼。失身而不爲長樂老人。其悔豈可及哉。

賈元春贊【政出】

元春品貌才情。在公等碌碌之間。宜其多厚福也。然猶不永所壽。似庸才亦遭折者。說者謂其歉於壽。全於福矣。使天假之年。歷見母家不祥之事。傷心孰甚焉。天不欲傷其心。庸之也。越於史氏多矣。

迎春贊【赦庶出】

才者造物之所忌也。則德尚矣。然女子無才。謂之有德。若迎春者。非其人耶。何所遇之慘也。說者以爲非賈赦遺孽不至此。由是言之。婚姻之故。雖曰天命。非人事哉。

探春贊【政庶出】

可愛者不必可敬。可畏者不復可親。非致之難。兼之實難也。探春品界林薛之間。才在鳳平之後。欲以出人頭地。難矣。然秋實春華。既温且肅。玉節金和。能潤而堅。殆端莊雜以流麗。剛健含以婀娜者也。其光之吉歟。其氣之淑歟。吾愛之旋復敬之。畏之亦復親之。

惜春贊【敬出】

人不奇則不清。不僻則不淨。以知清淨法門。皆奇僻性人也。惜春雅負此情。與妙玉交最厚。出塵之想。端自隗始矣。然玉不去則志終不決。恐投鼠者傷器也。非大有根器。而能爲若是乎。彼夫柳怒而花嗔。鶯讒而燕妬者。眞塵且俗耳。奇僻何負於人哉。或云妙玉之去。惜春與知之。

李紈贊

李紈幽閒貞靜。和雍肅穆。德有餘矣。而不足於才。然正惟無才。故能闇淡以終。雖無奇功。亦無厚禍。淵淵穆穆。宰相風度也。可與共太平矣。

賈蘭贊

賈蘭習於寶玉。而不溺其志。習於賈環。而不亂其行。可謂出汙泥而不染矣。然臭乳未脫。即諄諄然以八股爲務。是於下下乘中覓立足地也。其陷溺似比甄寶玉猶深。嗣是而仕途中多一熱人矣。嗣是而性靈中少一韻人矣。可以救庸。而不可以醫俗。惜哉。然而李紈有子矣。

賈環贊

賈環純秉母氣。蠢目而豺聲。忍人也。獨赦老賞鑒之。氣味有在矣。然政老御之。亦卒較恕於寶玉。豈以公子州吁。固嬖人之子也耶。賢如賈政。尙莫知其子之惡。又何怪乎衞莊哉。

賈巧姐贊

鳳姐一生權力。適足爲後人歛怨媒禍之報。人嫌其後矣。而卒之臨危有救。豈以毒攻毒。以火攻火。法有靈歟。抑敬老憐貧。善足以敵之也。乃明珠欲墮。援來陌路之人。白璧無傷。謀作田家之婦。倘所謂絢爛歸於平淡者。宥如是耶。爲之詠曰。聽罷笙歌樵唱好。看完花卉稻芒香。何悲乎巧姐。

賈蓉贊

賈蓉絕好皮囊。而性情嗜好。每每與寶玉相反。寶玉憐香。賈蓉專能蹂香。寶玉惜玉。賈蓉專能碎玉。花柳之蟊賊也。鳳姐錯識人矣。然小意動人。頗能忘恨。故鳳姐終愛之。啜茗傳神。良有以也。

秦可卿贊

可卿香國之桃花也。以柔媚勝。愛牡丹者愛之。愛蓮者愛之。愛菊者愛之。然賦命羣芳爲至薄。女子忌之。故談星相者。以命帶桃花。面似桃花爲病。可卿獲于人而不獲於天。命帶之乎。亦面似之也。愛可卿者並怨桃花。

薛姨媽贊

優柔寡斷。足以貽數世之憂。家與國無二理也。薛姨媽進旅退旅。有李東陽伴食之風。顧黛玉終身業已心及之矣。而卒未聞一言之薦。豈非姑待之說中之與。卒之黛玉死矣。寶玉出家。而寶釵亦因之以寡。伊戚之貽。誰之咎也。孟子曰。是亦羿有罪焉。

史湘雲贊

處林薛之間。而能以才品見長。可謂難矣。湘雲出而顰兒失其辨。寶姐失其奸。非韻勝人。氣爽人也。惟是遭際早厄。與黛玉共不辰之憾。宜乎同病相憐矣。而乃佐襲人詆寶玉經濟酸論。厥人聽聞。不免墮於窠臼。然青絲拖於枕畔。白臂擱於牀沿。夢態蕭散。豪睡可人。至燒鹿大嚼。裀藥酣眠。尤有千仞振衣。萬里濯足之概。更覺豪之豪也。不可以千古歟。

尤三姐贊

士爲知己者死。尤三姐之死。死於不知己矣。不知己而何以死。然而三姐則固以湘蓮爲知己也。湘蓮知己而適不知己。仍不失爲知己。則舍知己而適不知己。仍不失爲知己之湘蓮。天下斷無有不知己而能知己如湘蓮者。天下而無不知己而能知己如湘蓮矣。而竟有知己。而適不知己。仍不失爲知己之湘蓮。是知己。而適不知己。仍不失爲知己者。乃眞知己也。而竟不知己。則安得而不死哉。然而湘蓮去矣。是知己而適不知己。仍不失爲知己而竟不知己者。究未嘗不知己也。三姐何嘗死哉。

薛寶琴贊

薛寶琴爲色相之花。可供可嗅可畫可簪。而卒不可得而種。以人間無此種也。何物小子梅。得而享諸。雖然蘆雪亭之雪。非卽薛寶琴之雪乎。櫳翠菴之梅。非卽梅翰林之小子梅乎。則白雪紅梅。天然配偶矣。惜乎園中姊妹。修不到此也。爰醒其意曰。玉京仙子本無瑕。總爲塵緣一念差。姊妹是誰修得到。生來只許嫁梅花。

邢岫烟贊

歛才就範。抑氣歸神。此詣非十年讀書。十年養氣。不到也。邢岫烟。在親較寶釵近。在遇比黛玉難。然厚寶釵如彼。薄黛玉如此。人情概可知矣。秋水菱花。能無顧影自憐耶。乃漠然其遇。淡然其衷。不忮不求。與人世毫無爭患。則超超元箸也。謂非學養兼到之作歟。攬其風度。如對矜平躁。

釋之佳構。

香菱贊

香菱以一憨直。造到無眼耳鼻舌心意。無色聲香味觸法。故所處無不可意之境。無不可意之事。無不可意之人。嬉嬉然蓮花世界也。其殆袁寶兒後身乎。何遇之奇也。然一爲煬帝妃。一爲猷霸王妾。帝之與王。其號雖殊。其名實一也。且安知今之王不卽古之帝歟。嘻。

李紋李綺贊

李紋李綺行事。無所見其大致。只於一二詩句仿彿之。倘亦南康公主。所謂我見猶憐者也。想其丰韻。在明月梅花之間。良欲得爲友焉。

妙玉贊

妙玉之刦也。其去也。去而何以言刦。混也。何混乎爾。所以卸當事之責。而重刦盜之罪也。何言乎卸當事之責而重刦盜之罪也。妙玉壁立萬仞。有天子不臣。諸侯不友之概。而爲包勇所窘辱矣。其去也有恨之不早者矣。而適芸林當權。刦盜鬧事之日。以情論。失物爲輕。失人爲重。以案論。刦財爲重。刦人爲輕。相與就輕而避重。則莫若混諸刦。此賈芸林之孝。妝點成文。而記事者故作疑陣也。不然。其師神於數者。豈有覩之在京。以待強盜爲結果乎。且云以脅死矣。而幻境重游。獨不得見一面。抑又何也。然則其去也。非刼也。讀花人曰。殆易所謂見幾而作。不俟終日者歟。其來也吾占諸鳳。其去也吾象諸龍。

鴛鴦贊

司馬子長有言。死或重於泰山。或輕於鴻毛。若是乎死之必得其所也。鴛鴦一婢耳。當赦老垂涎之日。已懷一致死之心。設使竟死。何莫非眞氣節。然古今來以此自裁卒湮沒而不彰者。何可勝道。彼鴛鴦何以稱焉。則泰山鴻毛之辨也。死而有知。不當偕母入賈氏之祠乎。他年赦老來歸。將何以爲情也。

晴雯贊

有過人之節。而不能以自藏。此自禍之媒也。晴雯人品心術。都無可議。惟性情卞急。語言犀利。爲稍薄耳。使善自藏。當不致遂死。然紅顏絕世。易啓青蠅。公子多情。竟能白璧。是又女子不字。十年乃字者也。非自愛而能若是乎。

紫鵑贊

忠臣之事君也。不以羈旅引嫌。孝子之事親也。不以螟蛉自外。紫鵑於黛玉。在臣爲羈旅在子爲螟蛉。似乎宜與安樂。不與患難矣。乃痛心疾首。直與三閭七子同其隱憂。其事可傷。其心可悲也。至新交情重。不忍效襲人之生。故主深恩。不敢作鴛鴦之死。尤爲仁至義盡焉。嗚呼。其可及哉。

侍書贊

以詞令見長者。除熙鳳俚俗外。如黛玉之新穎。湘雲之豪爽。探春之壯麗。平兒之端詳。類皆一時選。然總不若侍書對黃善保家數語。尤爲珠圓玉潤。味腴韻辣。使人受不得。辭不得。竊謂黛玉近於騷。湘雲近於策。探春平兒近於史。若侍書寢食於盲左者乎。可與康成婢抗衡矣。

秋紋贊

國士衆人之說。可以施之常人。不可施之君父。以臣子但知感恩戴德。不知其他也。秋紋丫鬟中衆人耳。借他人之餘光。爲自己之福澤。亦可悲矣。而乃感恩戴德。言不足而長言。長言不足而反覆言。任他人譏笑訕罵。已惟頌德謳仁。何其誠也。使易處襲人之位。其晚節必有可觀。誰爲遏抑者。而竟以衆人終也。悲夫。

繡橘贊

已無才而能用人之才。不失其爲才也。已無智而能用人之智。不失其爲智也。惟不能自用。又不能用人。斯眞無用耳。繡橘才智。以輔探春則不足。以相迎春則有餘。莫謂秦無人也。乃教歌者不能教喉嚨。教哭者不能教眼淚。此卻正所以屢窘於安樂公。木從繩則正。其如朽者何。【迎春有二木頭之稱故云】

琥珀贊

古來孤臣孽子。往往以遭際迍邅。遂成不朽之事業。從知盤根錯節。乃以別利器也。琥珀言談舉動肖鴛鴦。然烈烈者如彼。庸庸者如此。豈才有不逮歟。亦遇之無奇也。則所謂士窮見節義。世亂識忠臣。非不窮不亂。無節義忠臣也。特不見不識耳。由是言之。鴛鴦之不幸。乃其幸。琥珀之幸。乃其不幸也夫。

玉釧贊

玉釧於寶玉。有不反兵之義。徒以主僕之故。敢怒而不敢言。然眉睫間餘憾未平也。胡賴顏公子。又欲賣癡憨作息夫人之蠱哉。則使心機費盡。強博一笑於紅顏。而詞色不親。終帶三分之白眼。於義有足多焉。

麝月贊

小人甘爲小人。又定不樂人爲君子。故必多方束縛之。挾持之。其不從者必掘之使去。其從者則暫借爲黨援。事成之後。亦必掘之盡去。如襲人之於麝月是也。麝月有爲善之資。不自振拔。往往爲所制伏。至不敢以眞面目對寶玉。此亦少年銳進。苟且以就功名之誤也。豈知事尚未成。而秋宵伴讀。已不獲與差遣。其後悔何及哉。然寶玉出家。猶及見襲人抱琵琶上別船去。或亦忠厚之報歟。

柳五兒贊

繼晴雯而興者。有柳五兒。然已在平王東遷。康王南渡之後矣。雖曰英雄。其如無用武地何。况臥榻之側。眈眈者已有人也。吁嗟乎。當年渡口桃花作意引來。此日門中人面不知何處。五兒得毋有撫景神傷者乎。爰有眼淚別灑旃。

鶯兒贊

鶯兒憨態。直欲登香菱之堂。而嚌其胾。亦臥榻之側。所不容妌足者也。而襲人首薦之。毋亦以寶釵之故。然而鄭靈之鼎。已無異味矣。雖欲染指。何可得哉。其後與秋紋麝月。不知所終。以意度之。大約比襲人修潔。

翠縷贊

翠縷陰陽究論。如村童覆書。愈詰愈亂。如竈嫗說鬼。愈出愈奇。然其妙。妙在通而不通。若使鑿鑿言之。便老生常談矣。安得爲詩瘋子婢哉。

小鵲贊

鵲報喜者也。然鵲之小者。自忘其爲鵲。人亦共忘其爲鵲。不特忘之也。或且疑爲鴉。己亦自疑爲鴉。由是杯弓蛇影。總屬眞情。鶴唳風聲。盡成實相。無以爲計。只得將大千世界佛脚。歷歷抱徧。而佛菩薩。乃在極樂國中吃吃笑不休。眞堪統倒也。然究之所爲。不失爲喜也。謂之爲鵲。誰曰不宜。

小紅贊

杯弓蛇影之疑。有致死不悟者。起禍者不知也。受禍者不知也。卽嫁禍者亦不知也。然而禍自此始矣。則莫如小紅失帕。寶釵聞之。而故爲覓黛玉一事。夫以黛玉之招忌也。有無端而訾議者矣。況中其心病哉。則異日衆人之前。未有不力爲排擠者。黛玉厄而寶釵亨矣。若小紅者。其應刦之魔歟。秦漢間發難之陳涉也。

入畫贊

小題大做。在作文則見才思。在科罪則爲深文。入畫之事。若以之命題。則私下傳送四字。可以大發議論。包舉全史。若以之科罪。直應輕律薄責之而已矣。而何遽逐之也。良禽擇木。良臣擇主。有以也夫。

蕙香贊

同生爲夫婦之語。不聞諸奶奶經也。度亦小兒胡謅。聊以相戲云爾。而搆釁乃直以爲莫須有證據。池魚之殃。未見無辜如此者。而卒不聞一語自辯。豈以寶玉雞肋。固已食之無味。棄之良得耶。蕙香眞晦氣也。

傻大姐贊

傻大姐無知無識。蠢然一物。而實爲紅樓夢一大關鍵。大觀園中落之故。實始於此。其宋之逐狗者與楚之獻黿者歟。抑周之賣檿弧箕服者也。人耶妖耶。吾不得而知之。則以爲傻大姐而已矣。

金釧贊

金釧金簪落井之對。與漢高祖對楚霸王龍駒龍馭之喻相彷彿。顧霸王不殺高祖。而王夫人已殺金釧。是喑啞叱咤之雄。尙慈於持齋念佛之婦也。於是乎殺機動矣大觀園之禍亟矣。讀紅樓夢者且不暇爲金釧惜也。

彩雲贊

人各有一知己。不得謂君子是而小人非。特慮其不終耳。彩雲之於賈環。其相與可無究至甘心爲此作賊。亦何淫且賤也。然平兒詰盜。慨然挺身。寶玉認贓。豪無輸色。落落乎石乞子風也。而不可以對賈環耶。然而環且貳矣。古今來陷身於賊而卒爲所疑者。豈少人哉。君子是以知小人之必無知己也。

雪雁贊

春秋責備賢者。然當君父之際。亦不容以庸愚之故。稍寬悖逆之責者。良以臣子所許在心耳。雪雁與黛玉。有更相爲命之形。所謂生死而肉骨者也。卽萬不容已。甯不可以死辭。而乃靦然人面含瀕危之故主。伴他人作姑娘。豈復有人心哉。人將不食其餘矣。速作之配。絕之也。

芳官贊

芳官品貌似寶玉。豪爽似湘雲。刁鑽似晴雯。穎異似黛玉。而其一往直前。悍然不顧之概。則又似鴛鴦。似尤三姐。合衆美而爲人。是絕人而爲美也。人間那得有此。然不有鷹鸇之王夫人。其墮落亦未可究竟。夫人之狂暴。夫人之慈悲也。不識佛如來。其毋能容否。

藕官贊

以眞爲戲。無往而非戲也。以戲爲眞。無往而非眞也。惟在有情與無情耳。藕官多情。故以戲情爲眞情。因是由戲入眞。由眞入魔。由魔入惡。而患且不測。非遇多情公子。其能已於禍耶。夫人不幸而多情。又不幸不獲多情相與。言情則寧無情而已矣。然豈我輩之所爲情哉。

蕊官荳官葵官贊

兎死狐悲。物傷其類。此義氣也。然末俗偷漓。往往有視沈溺不救。又從而下石者。未嘗不在讀書談道之儒。此無他。利害分明之過也。蕊官等惟不知利害。故不避死生。一時義氣激發。直與顔佩韋楊念如馬杰沈揚周文元同其梗概。以小喻大。不難執干戈以衛社稷也。禮失而守在夷。

典亡而求諸野。蕊官諸人。顧可少乎哉。

劉老老贊

劉老老深觀世務。歷練人情。一切揣摩求合。思之至深。出其餘技。作游戲法。如登傀儡場。忽而星娥月姊。忽而牛鬼蛇神。忽而癡人說夢。忽而老吏斷獄。喜笑怒罵。無不動中窾竅。會如人意。因發諸金帛以歸。視鳳姐輩眞兒戲也。而卒能脫巧姐於難。是又非無眞肝膽眞血氣眞性情者。殆黠而俠者。其諸彈鋏之傑者歟。

板兒贊

蝶。吾知其戀花也。蜂。吾知其采花也。非蜂非蝶。不知戀。亦不知采。而能與花爲緣者。其花之虱乎。板兒何竟似此。然而蝶有怨矣。蜂有嗔矣。惟虱飽飲花露。倦臥花心。不識不知。眞花花世界也。蜂蝶羨虱。吾羨板兒矣。幾生修得到此。

李嬷嬷贊

李嬷嬷龍鍾潦倒。度其年紀在賈母之上。不足爲寶玉乳也。至其老而不死。尤當叩脛者耳。然襲人一生隱惡。從無發其覆者。獨此老借題發揮。一洩無餘。比陳琳討操檄。尤爲淋漓痛快。亦兪頭風之良劑也。昔蘇子美讀漢文至博浪沙一椎。擊節叫快。浮一大白。當以此賞之。

黃善保家贊

叚秀實之擊朱泚也。吾聞其聲矣。若拊朽然。其雋不足稱也。淮南王之擊辟陽侯也。吾聞其聲矣。若築腐然。其快不足稱也。若夫積之愈厚。煆之愈堅。礮焉而不能攻。鑽焉而莫可入。有佛菩薩焉。運五指之峯。作巨靈之擘。香風蓋去。春雷與新筍齊生。翠袖翻來。鴻爪共烏泥並現。噫。此何聲也。其殆博浪椎之嗣響乎。贊曰。探春之掌。是震是響。老嫗之喙。惟腯惟脆。蛾眉吐氣。爲大白浮者三。老魅煞風。爲舞劍起者再。

焦大贊

賈家法於乳母頗厚。重於酬庸矣。然而人盡母也。惟其乳而已。焦大以身捍患。似什伯乎乳之勞。即祔賈廟以血食。非倖也。而乃混於輿臺。儕於隸僕。致僕婦奴子皆得牛馬走之。宜其無限塊壘。借杯酒以澆之也。然而馬糞之塡。未始非努力勸加餐之意。不可謂不厚者。特恐醉漢飽不知德耳。

焙茗贊

寶玉栽培脂粉。作養蛾眉。為花國之靖臣。作香林之戒行。宜其深仁厚澤。罔不淪肌浹髓矣。乃除黛玉外。別無一知己。至能如人意不看如人意。莊也而出之以詼。諧也而規之以正。順其性而利導之。如大禹之治水。適行其所無事。而卒也無不行之言。嗚乎。其為焙茗乎。東方曼倩之儔也。

賈薔贊

賈薔市井小人耳。烏足以言風雅。然其於齡官。意柔柔而斐亹情款款而紆縈。似非不知道者。意衣鉢眞傳。必有所自祖也。其寶玉大弟子乎。可與言情矣。

齡官贊

齡官憂思焦勞。抑鬱憤懣。直於林黛玉脫其影形。所少者眼淚一副耳。然烏知非責之過卑。而負之過深乎。是安得有放來生債者。預借一副眼淚。為今日揮灑地也。但世之灑淚者亦多假矣。賈薔何修而得此。

潘又安贊

人無當可如何之際。計無所出。惟以一死自絕。此以死塞責者耳。非以為樂也。若夫當死之時。無感慨。無憤激。無張皇卻顧。心平氣和。意靜神恬。其死也歟哉。其歸也眞疊山所謂從容就義者。潘又安其知道乎。有死以來。未有暇豫如斯者也。

司棋贊

從古以過而叛爲奇節者。君子悲其志。未嘗不諒其人。司棋失身潘又安。過已乃竟一其心相待。以死繼之。非節非烈。何莫非節非烈也。蓋其志已定於搜贓時矣。觀過知仁。諒哉。

蔣玉函贊

寶玉動謂男子爲濁物。度一面目黧黑于思于思者耳。使溫潤如好女。未嘗不以脂粉蓄之。然未有纏綿如蔣玉函者。豈從來寃家。大抵由歡喜結來耶。巾之持贈也。玉實主之矣。襲人之嫁玉函之娶。或無憾焉。

襲人贊

蘇老泉辨王安石姦。全在不近人情。嗟乎。姦而不近人情。此不難辨也。所難辨者近人情耳。襲人姦之近人情者也。以近人情者制人。人忘其制。以近人情者讒人。人忘其讒。約計平生死黛玉。死晴雯。逐芳官蕙香。間秋紋麝月。其虐肆矣。而王夫人且視之爲顧命。寶釵倚之爲元臣。向非寶玉出家。或及身先寶玉死。豈不以賢名相終始哉。惜乎天之後其死也。詠史詩曰。周公恐懼流言日。王莽謙恭下士時。若使當年身便死。一生眞僞有誰知。襲人有焉。

柳湘蓮贊

湘蓮一風流蕩子耳。尤三姐遽引爲知己。豈曰知人。然紈袴中無雅人。文墨中無確人。道學中無達人。仕宦中無骨人。則與其爲俗子狂生腐儒祿蠹之婦也。毋甯風流浪子。不然。三姐死矣。幾見紈袴之儔。文墨之儔。道學仕宦之儔。能與道人俱去者哉。湘蓮遠矣。

賈瑞贊

賈瑞雅負癡情。不以草茅自廢。願觀光於上國。亦有志之士也。特未免不自量耳。鳳姐遽置之死。無乃過甚。雖然溺糞何物也。而敬以持贈。是欲以曾經妙處之餘相餉也。可不謂多情哉。獨不識所贈物。果鳳姐親遺否。

秦鍾贊

秦鍾者。情鍾也。爲種情於人之種耶。爲人鍾情之鍾耶。爲鍾情於人之鍾。斯爲風流種。爲人鍾情之種。則爲下流種。然爲鍾情於人。固不得不爲人鍾情之人。則合風流下流二種。而爲種。斯爲眞情眞種其於智能也。莫爲之前。雖美弗彰。其於寶玉也。莫爲之後。雖盛不傳。然顧前不顧後。其象爲天。故不永所壽云。

薛蟠贊

薛蟠粗枝大葉。風流自喜。而實花柳之門外漢。風月之假斯文。眞堪絕倒也。然天眞爛熳。純任自然。倫類中復時時有可歌可泣處。血性中人也。或亦世之所希者歟。晉其爵曰王。假之威曰霸。美以謚曰獃。譏之乎。予之也。

北靜王贊

北靜王表表高標。有天際眞人之概。嫦娥思嫁之矣。何論乎談文章。說經濟者也。而林黛玉直以臭男人薔之。嗟乎。王也而乃臭乎哉。是天下更無不臭者矣。天下而更有不臭者也。舍寶玉其誰與哉。死矣。

甄寶玉贊

太上忘情。其次多情。其次任情。其下矯情。矯情不可問矣。甄寶玉不能爲太上之忘情。不失爲其次之多情也。自經濟文竟之說中之。而情矯矣。則甄寶玉者。世俗之偉人。而實賈寶玉之罪人也。罪人則黜之而已矣。故終之以甄寶玉云。

九 石頭記總評

紅樓夢一百二十回。分作二十一段看。方知結構層次。第一回爲一段。說作書之緣起。如制藝之起講。傳奇之楔子。第二回爲二段。敘甯榮二府家世。及林甄王史各親戚。如制藝點清題字。方可發揮意義。三四回爲三段。敘黛玉寶釵。與寶玉聚會之由。五回爲四段。是一部紅樓夢之綱領。六回至十六回爲五段。結秦氏誨淫喪身之公案。王熙鳳作威造孽之開端。按第六回。劉老老一進榮國府。後應卽敘榮府情事。乃轉詳於甯者。緣賈氏之敗。肇釁開端。實起於甯。秦氏爲甯府淫亂之魁。熙鳳雖在榮府而弄權。則始於甯。將來榮府之獲罪。皆其所致。所以首先細敘。十七回至二十四回。爲六段。敘元妃沐恩省親。寶玉姊妹等移住大觀園。爲榮府正盛之時。二十五回至三十二回。爲七段。是寶玉第一次受魔幾死。雖遇雙眞持誦通靈。而色孽情迷。惹出無限是非。三十三回至三十八回。爲八段。是寶玉第二次受責幾死。雖有嚴父痛責。而癡情益甚。又値賈政出差。更無拘束。三十九回至四十四回。爲九段。敘劉老老王鳳姐。得賈母歡心。四十五回至五十二回。爲十段。於詩酒賞心時。忽敘秋窗風雨。積雪冰寒。又於情深情濫中。忽寫無情。絕情。變幻不測。

隱寓泰極必否。盛極必衰之意。五十三回至五十六回。爲十一段。敍甯榮祭祠家宴。探春整頓大觀園。氣象一新。是極盛之時。五十七回至六十三上半回。爲十二段。寫園中人多。又生出許多唇舌事件。所謂興一利即有一弊也。六十三下半回至六十九回。爲十三段。敍賈敬物故。賈璉縱慾。鳳姐陰毒。了結尤二姐尤三姐公案。七十回至七十八回。爲十四段。敍大觀園中風波疊起。賈氏宗祠。先靈悲歎。甯榮二府將衰之兆。七十九回至八十五回。爲十五段。敍薛蟠悔娶。迎春誤嫁。一娶一嫁。均受其殃。及寶玉再入家塾。賈環又結仇怨。伏後文中舉串賣等事。八十六回至九十三回。爲十六段。寫薛家悍婦。賈府匪人。俱召敗家之禍。九十四回至九十八回。爲十七段。寫花妖異兆。通靈走失。元妃薨逝。黛玉夭亡。爲榮府氣運將終之象。九十九回至一百三回。爲十八段。敍大觀園離散一空。賈存周官箴敗壞。並了結夏金桂公案。一百四回至一百十二回。爲十九段。寫甯榮二府。一敗塗地。不可收拾。及妙玉結局。一百十三回至一百十九回。爲二十段。了結鳳姐寶玉惜春巧姐諸人。及甯榮二府事。一百二十回。爲二十一段。總結紅樓因緣始末。此一部書中之大段落也。至於各大段中。尚有小段落。或夾敍別事。或補敍舊事。或埋伏後文。或照應前文。禍福倚伏。吉凶互兆。錯綜變化。如線穿珠。如珠走盤。不板不亂。總評中不能臚列。均於各回中逐細批明。

十 石頭記分評

第一回

開卷第一回是一段。而一段之中又分三小段。自第一句起。至提醒閱者之意句止。爲第一段。說親見盛衰。因而作書之意。自看官你道句起。至看官請聽句止。爲第二段。是代石頭說一生親歷境界。實敍其事。並非捏造。以見空即是色。色即是空之意。故借空空道人。抄寫得來。自按那石上書云句起。至末爲第三段。提出眞假二字。以甄士隱之夢境出家。引起寶玉。以英蓮引起十二金釵。以賈雨村引起全部敍述。

情僧者。情生也。情僧緣者。因情生緣也。風月寶鑑者。即因色悟空也。金陵十二釵。情緣所由生也。

石頭記者。緣甯榮二府。在石頭城內也。悼紅軒似即怡紅院故址。當是曹雪芹先生。昔年目擊怡紅院之繁華。乃十年之後。重游舊地。風景宛然。而物換星移。園非故主。院亦改觀。不禁有滿目河山之感。故書其軒曰悼紅。以見鳥啼花落。無在不悼。此一把酸辛淚。不由人不落也。

賈雨村口吟玉在櫝中一聯。伏黛玉寶釵二人。

跛足道人歌及甄士隱注解。是一部紅樓夢影子。

甄士隱向跛足道人說。走罷。卽不回家直伏一百十九回寶玉之一走。

第二回

嬌杏者。徼幸也。賈雨村之罷官得館。因館而復官。如嬌杏之由婢而妾。由妾而正。皆徼幸也。

智通寺者。言惟智者能通此書之義也。

冷子興者。喻榮甯二府極熱鬧後必歸冷落也。

甯榮二府。頭緒紛繁。若於後文補敘家世。竟不知該於何時補敘。勢必冗雜。若不分晰敘明。東西兩府。又牽混不清。妙在借冷子興在村肆中閒談敘及。且將林甄王史各親戚。參差點出。既有根蒂。又毫無痕迹。眞善於點題者。

邪正二氣。夾雜而生。所論最有意思。

情癡情種。是寶玉黛玉品題。

第二回一段之中。應分兩小段。自起句起至不曾上學句止。爲一段。敘賈雨村得官娶嬌杏。及罷官處館。是補敘前事。引出林黛玉。自雨村閒居無聊句起。至末爲二段。敘甯榮家世。寶玉性情。趁勢逗出甄寶玉。

第三回

賈雨村至京。得缺到任。幾句撇開。卽細敍黛玉正文。得隨起隨落之法。

黛玉開口說病。說癩和尚說。不要見哭聲。說不要見外親等語。已逗明一生因緣結果。

王熙鳳出來。另用一幅筆墨。細細描畫其風流能幹權詐陰薄氣象。已活跳紙上。眞是寫生妙手。

王夫人對黛玉說寶玉嬌養瘋傻樣子。已將日後同黛玉情況。隱隱伏出。

黛玉初見寶玉。便吃一驚。想着像那裏見過。寶玉亦如此說。宿緣已見。鋪敍寶玉裝束面貌。更覺動人。却是心中想道。不知是怎樣憊賴人物。反挑一句。文筆曲折生動。

西江月一詞。罵煞紈袴公子。

描寫黛玉形容。可憐可愛。的是癡情人。

寶玉一見黛玉。便摔玉哭泣。黛玉亦因摔玉。夜間淌淚。此時之兩淚。是一生眼淚根源。且伏後來寶玉失玉情事。

第三回。專寫黛玉形貌神情。是此回之主。中間帶寫王熙鳳迎春探春惜春。因主及賓。故亦寫及裝束儀容。又帶出王夫人邢夫人李紈及甯榮二府房屋家人小使丫鬟。卽點出襲人嬰哥王嬤李嬤等人。末後帶起薛寶釵家看他不慌不忙。出落次序有極力描寫者。有淡描本色者。有略言大段者。有賓有主。有賓中之主。賓中之賓。筆墨籠罩全部。

第四回

寶玉黛玉寶釵。是一部之主。寶黛已經聚會。此回必當敍及寶釵。但一住應天。一住都中。如何合併一處。因借人命一案。牽合相聚。卽將英蓮帶出。以爲引線。後來許多事件。俱於此回埋根。且將賈王史薛四家親戚。均卽帶敍。省却後文許多補筆。眞是匠心獨苦。亦是天衣無縫。

蓮花命名。大概用青香玉翠等字。今取英字與人獨異。英者落英也。蓮落則菱生矣。

葫蘆菴沙彌斷案。說盡仕路趨炎情態。

沙彌勸結寃案。自己仍被雨村充發。不但報應不爽。可爲小人炯戒。且了結沙彌。省後來閒筆。

梨花如雪。梨香院正好住薛寶釵。

王子騰若不出京。薛蟠一家自應相依王宅。不便卽住梨香院。如此安頓。是文章善渡法。

寶釵是主。英蓮是賓。却先敍英蓮。後敍寶釵。是因賓及主法。

篇中說寶釵舉止品度。又是一樣。已隱隱中賈母之選。且爲衆人欽服。

三四回一大段中。又分四小段。三回首句起。至不在話下止。爲一段。敍賈雨村送黛玉進京。復得官到任。且說黛玉句起。至三回末。爲一段。敍黛玉進榮府。與諸人相見。及初見寶玉情事。四回首句起。至充發小沙彌止。爲一段。了結薛蟠命案。自且說買了英蓮句起。至四回末。爲一段。敍寶釵同母兄往賈府梨香院緣由。

第五回

一回至四回。已將賈母史薛親戚家世。大略敍明。黛玉寶釵。已與寶釵合並一處。入後可細敍居恆情事。然十二金釵。尚未點明。若逐人另敍。文章便平蕪瑣碎。故以畫册歌曲。將各人一生因果。逐一暗暗點出。後來便都有根蒂。但又不便如賈氏宗支。可借冷子興口中細說。所以擬出一夢。在虛無縹緲之境。夢是幻仙。筆亦幻仙。

甯府賞梅。爲入夢之由。梅者媒也。蓉者容也。秦者情也。命名取氏。俱有深意。

寶玉先到上房內間。一見畫對。即不肯安歇。描出一不願讀書孩子。然後秦氏引入自己臥房。是由淺入深法。

叔叔不應在姪媳婦房裏睡。略借嬷嬷口中說一句。秦氏即順口掃開。用筆有深意。又引起秦鍾。

秦氏房中畫聯陳設。俱着意描寫其人。可知非專侈華麗也。

秦氏說。神仙也可以住得。引起警幻仙來。

衆奶姆散去。襲人等四丫環。賈氏吩咐在簷下看貓兒。此時秦氏理應出去陪侍賈母及邢王夫人。書中並不敘及者。正是深筆。不是漏筆。

警幻仙一賦。不亞於巫女洛神。

又副册第一幅。是晴雯金釧等。二幅是襲人。

副册第一幅是香菱。【卽英蓮】

正册一幅。是黛玉寶釵。二幅。是元春。

三幅。是探春。四幅。是湘雲。

五幅。是妙玉。六幅。是迎春。

七幅。是惜春。八幅。是熙鳳。

九幅。是巧姐。十幅。是李紈。

十一幅。秦氏。鴛鴦其替身也。

十二金釵正册。畫止十一幅。黛玉是寶玉意中人。寶釵是寶玉鏡中人。故同爲一幅。文法亦不板。

寶玉入夢。因在秦氏房中。然無端入夢。便覺無因。故託甯榮二公。囑警幻仙點化之說。既爲後半埋根。夢亦有因而起。

茶名千紅一窟。酒名萬豔同杯。言目前雖有千紅萬豔。日後總歸抔土一穴。同是點化語。不是贊仙家茶酒。

紅樓夢第一曲。是總領。

第二曲終身誤。指薛寶釵。

第三曲枉凝眉。指林黛玉。

第四曲恨無常。指元春。
第五曲分骨肉。指賈探春。
第六曲樂中悲。指湘雲。
第七曲世難容。指妙玉。
第八曲喜寃家。指迎春。
第九曲虛花悟。指惜春。
第十曲聰明累。指熙鳳。
十一曲留餘慶。指巧姐。
十二曲晚韶華。指李紈。
十三曲好事終。指秦氏。
十四曲飛鳥各投林。是總結。
金釵十二人。畫止十一幅。曲則十四拍。亦是變動法。意淫二字甚新。
迷津難渡。只有心如槁木死灰。方免沈溺。

第五回自為一段。是寶玉初次幻夢。將正冊十二金釵。及副冊又副冊。二三妾婢點明。既全部情事。俱已籠罩在內，而寶玉之情竇。亦從此而開。是一部書之大綱領。

第六回

文章有暗寫。有明寫。不便明寫者。當暗寫。寶玉於秦氏房中。夢教雲雨是也。不必暗寫者。即明寫。寶玉與襲人初試雲雨是也。

秦氏房中。如果夢中云云。寶玉何必含羞。又何必央求別告訴人。寶玉說一言難盡。又細說與襲人。其情其事。躍然紙上。

秦氏房中。是寶玉初試雲雨。與襲人偷試。却是重演。讀者勿被瞞過。

按着秦氏房中之夢。便寫與襲人試演。可見寶玉一生淫亂。皆從秦氏房中一睡而起。

頭緒萬端。眞是無從說起。借劉老老敍入。不但文情閒逸。且為巧姐結果伏線。寫劉老老在家商量。及到門上問話。周瑞家引進榮府。看見服飾陳設。見王熙鳳說話。活畫出一鄉裏老嫗。到富貴人家光景。眞是寫生之筆。

賈蓉借玻璃炕屏。何必寫眉眼身材衣服冠帶。作者自有深意。鳳姐先假不允。賈蓉屈膝跪求始允借給賈蓉出去又喚轉來鳳姐出神半日笑說罷了晚飯後你來再說這會子有人等語。神情烱爍飄蕩慧眼人必當看破。

第七回

寶釵冷香丸。經歷春夏秋冬雨露霜雪。臨服用黃柏煎湯。備嘗盛衰滋味。終於一苦。俱以十二爲數。眞是香固香到十二分。冷亦冷到十二分也。又埋在梨花樹下。不免於先合終離矣。

迎春探春在一處。惜春獨同小姑子頑笑。戲說剃頭。伏後來出家根苗。且爲十五回鳳姐弄權。秦鍾得趣伏筆。

鳳姐夫婦白晝宣淫。其不端可知。

宮花小物。黛玉亦有妬意。器量眞福淺。

周家女兒爲壻求情。周瑞家全不在意。鳳姐平日之弄權。於斯可見。

鳳姐宮花。分送秦氏。明日秦氏婆媳。又單請鳳姐。其中藏筆甚多。須以意會。

熙鳳帶寶玉同赴甯府。引出秦鍾。惹起焦大。卽借焦大醉駡。露出諸醜。讀者勿以醉後胡駡。視爲無關緊要。

秦鍾與寶玉。一見便彼此胡思亂想。治容富貴。俱易動人如此。紈袴公子。愼之思之。

第七回。專寫鳳姐與甯府往來親熱。爲後來治喪埋根。中間帶出秦鍾寶玉相聚。而先寫鳳姐夫婦白晝宣淫。以作陪襯。又埋伏惜春出家。寶釵結局。香菱可傷等事。至於焦大醉罵。黛玉妒花。皆文人深筆。、

第八回

王鳳姐贏來戲席。賈母王夫人先回。鳳姐然後盡歡至晚。此半日中有許多事情。在筆墨之外。

寶玉繞路至梨香院。偏遇見淸客家人。兩番問安索字。固是文章曲折。亦寫盡趨奉公子情態。

第八回。專敍金玉配合之緣。故將寶釵面貌衣飾及寶玉之裝束。又極力描寫一番。

寶玉之玉。是寶釵要看。寶玉遞送。寶釵之金鎖。却從丫頭鶯兒口中露出。大方得體。不着痕迹。

黛玉驀地走來。妙極。若黛玉不來。寶玉與寶釵兩人說話。一時便難截住。

黛玉開口尖酸。寶釵落落大方。便使黛玉不得不遁辭解說。

黛玉借手鑪。隱刺寶玉平日不聽他勸。好吃冷酒。今日寶釵一說便聽。妙在寶玉心中曉得。寶釵似曉不曉。薛姨媽眞是不懂。四人各有不同。黛玉又遁辭掩飾。靈變含蓄。文如鬼工。

寶釵說黛玉。一張嘴叫人恨又不是。喜歡又不是。眞是一個極靈極妬的女孩。活現紙上。

寫黛玉替寶玉戴斗笠。實是痛愛寶玉。若是寶釵如此。又不知惹出黛玉多少話來。今默無一語。眞是大方女子。兩相形容。文章細活。

晴雯貼字。寶玉握手。兩情從此而起。

寶玉摔杯。是專惱李嬷。乃寫及襲人粧睡。聞氣起勸。含餬答應。賈母捨己。攔住寶玉。覺有一個特愛靈婢。跳躍紙上。

秦鍾入塾。伊父望其學成名立。是跌後反文。秦氏來歷。於此回補出。

第九回

賈政申飭李貴。嗔說寶玉。是反襯後文大鬧。又爲李貴調停之伏筆。

寶玉於女色。自幼親近。且自秦氏房中一睡。襲人演試一番。已深知之。而於男色。尚未沈溺。

又有秦鍾同學。從此皆迷入骨髓矣。

學堂大鬧。言聚徒爲塾。魚龍混雜。其弊有不可勝言者。

第九回。專寫寶玉與秦鍾相厚是主。其餘俱是賓。寶玉兩途色障。皆由秦起。此秦氏爲罪魁也。

第十回

金榮大鬧書房一節。若竟不再提。則第九回書直可删却半回。若從賈璜之妻告訴發覺。便難於收拾。今借秦氏病中。秦鍾訴知。秦氏氣惱。轉從尤氏口中告知金氏。令金氏不敢聲言。隨卽掃開。眞是指揮如意。張友士細說病源。莫只作病看。須知是描寫出一幅色慾虛怯情狀。

第十回。將完結秦氏公案。故細說病源。以見是不起之症。又帶出賈敬生日。引起下回。

十一回

第十一回。專寫秦氏病重。賈瑞心邪。是正文。

賈敬生日。是借作引線。若非慶壽。寶玉何由再至秦氏房中。鳳姐何由同秦氏細談衷曲。賈瑞何由撞見鳳姐。

寶玉看見畫聯。觸起前夢。一聞秦氏絮語。不覺淚下。回環照應。妙手深筆。

單寫寶玉淚下。秦氏默無一言。因賈蓉鳳姐在坐也。讀者思之。

衷曲話必須低低說。藏蓄入妙。

賈瑞見色蔑倫。因邪喪命。亦從甯府而起。可見一切皆由甯府。謂之首罪。誰曰不宜。

尤氏笑說。你娘兒兩個。見面總舍不得。你明日搬來和他同住罷。雖是戲言。作者却有深意。

鳳姐哄誘賈瑞。以致殞命。只算替秦鐘報仇。

十二回

第十二回。寫賈瑞之癡邪。鳳姐之險詐。眞有張璪雙管畫松。一爲生枿。一爲枯枝之妙。

賈瑞因屬邪淫。然使鳳姐初時。一聞邪言。卽正色呵斥。亦何至心迷神感。至於殞命。乃熙鳳不但不正言拒斥。反以情話挑引。且兩次詭約。毒施凌辱。竟是誘人犯法。置之死地而後已。不惟極寫鳳姐之刁險。且以描其平日鍾情之處。亦必如是引盜入室。

第二次賈瑞說。死也要來。說出一個死字。是讖語。又是伏筆。

鳳姐點兵派將。不叫別人。獨叫賈蓉賈薔。此何等事。而合此二人做圈套。是作者深文刻筆。

蠟燭忽來。紙筆現成。又引至院外。想見熙鳳設謀定計時光景。

跛足道人。忽然而來。取給風月寶鑑。回照第一回內所敍書名。賈瑞因此喪生。好色者當發深省。

背面是骷髏。正面是鳳姐。美人卽骷髏。骷髏卽美人。所謂色卽是空。空卽是色也。使賈瑞悟得道人指示。病自可愈。

借賈瑞停柩。逗出鐵檻寺。伏筆自然。

賈瑞死於淫。秦氏亦死於淫。賈瑞是賓。秦氏是主。所以下回卽寫秦氏病故。

十三回

秦氏托夢。籠罩全部盛衰。且見一衰便難再盛。須早爲後日活計。是作者借以規勸賈府。

寶玉一聞秦氏凶信。便心如刀戳。吐出血來。夢中雲雨。如此迷人。其然豈其然乎。

秦氏一死。合族俱到。男女姻親。亦皆齊集。固見秦氏平日頗得人心。亦見賈珍素日愛憐其媳之至。

秦氏死後。不寫賈蓉悼亡。單寫賈珍痛媳。又必覓好棺木。必欲封誥。僧道薦懺。開弔送柩。盛無以加。皆是作者深文。

鳳姐協理喪事。既見其才。又見其權。若非尤氏患病賈珍亦難相請。脫卸處不露痕迹。

鳳姐協理秦氏之喪。固顯其有才有權。然幸是盛時。呼應俱靈。反照一百十回賈母喪事。

十四回

第十四回。極寫鳳姐之勤能。喪儀之華麗。及弔祭之熱鬧。皆係反襯後來賈母之喪。潦草雜亂。

鳳姐靈前哭。是眞哭。不是假哭。秦氏靈動聰明。是鳳姐知心。其性情亦大略相似。惺惺惜惺惺。安得不慟。在甯府辦事。夾寫榮府巨細諸事。足見鳳姐部署裕如。不慌不忙。皆是有餘氣象。

寫秦氏喪事是正文。中間夾敘林如海捐館。爲黛玉將來久住大觀園之根。又夾敘北靜王要見寶玉。是賓。而林黛玉是賓中主。北靜王是賓中賓。

十五回

寫鄉村女子紡紗等事。直伏巧姐終身。

鐵檻寺化作水月。已由堅固而變虛浮。水月而變饅頭。愈變愈下矣。所謂縱有千年鐵門檻。

終須一個土饅頭也。

淨虛說倒像府裏沒手段。深得激將法。三姑六婆。眞可畏哉。

來旺是鳳姐鷹犬。於此回點明。

鳳姐一生無弊作舞。不可勝言。若逐事細說。嫌於雜冗瑣煩。若一概不敍。又似虛枉。故就鐵檻寺弄權及後文尤二姐事。最惡最險者。細寫原委。以包括諸惡孽。

秦鍾與智能及寶玉苟且事。是夭亡根據。妙在一是明寫。一是暗寫。

十六回

張金哥自縊。守備子投河。此二人亦死於情。而孽則歸於鳳姐。乃欲安享三千金。豈可得哉。於慶壽日。忽得封妃恩旨。熱如錦上添花。於大喜時。獨爲寶玉悶悶。冷如炭裏藏冰。

情爲業因。業爲情果。可卿已死。鯨卿將故。情已消滅。業亦隨化。秦業安得獨存。此業所以先秦鍾而逝矣。北靜王香串。人皆視同至寶。黛玉獨嗔爲臭物。其品高情深。固不待言。亦可想見其過於自矜處。

鳳姐備酒接風。戲謔趣話。描盡美俊口吻。其自謙處。正是自伐才能。善用反挑筆法。

薛蟠收香菱爲妾。借平兒說謊。帶筆敘明。既不須另起頭緒。又帶出鳳姐放債。平兒知心情事。可謂八面玲瓏。

趙奶姆閒話。雖是爲他的兒子之事。而借此老嫗口中。細說省親原委。便不費氣力。且逗出甄家豪富。則賴大說存銀五萬兩。便有根蒂。並與第四回護官符內所說遙遙照應。

賈薔聽見賈璉說賈薔可能在行。卽悄拉鳳姐衣襟。鳳姐亦卽會意幫襯。三人情況何如。讀者當自思之。省親園規模宏大。寫來却不費力。若窘才俗筆。非兩三卷不能盡。

第六回至十六回。一大段中。應分六小段。六回是一段。敘劉老老進榮府之始。七回是一段。敘寶玉見秦鍾之初。八回是一段。敘金玉之緣。九十兩回是一段。敘秦鍾與寶玉相厚。爲衆人所妬。及秦氏病中加氣。病勢愈增。十一十二兩回敘賈瑞以淫喪命。鳳姐毒設圈套公案。十三至十六回。了結秦氏姊弟。俱以色殞命。及鳳姐之弄權造孽。中間帶敘黛玉回京。北靜王等事。爲後文引線。

十七回

大觀園工程告竣。若祇請賈政一看。毫無意味。今以聯扁爲題。則此一看。爲最要緊之事。不徒爲游玩起見。而各處亭臺樓榭殿閣山水。卽可挨次細敘。不覺瑣煩。非善於敘景者。不能有此也。

寶玉試才。爲下文做詩引線。若此時不預先一試。則下回做詩。豈不突如其來。寶玉不待賈政傳喚。而適相撞見。省却多少閒筆。

寶玉游園。已經多日。其各處景致。自己熟悉。且云衆清客心中。早知賈政要試寶玉之才。寶玉亦知此意等語。則賈政之欲令寶玉擬題聯匾。已早露消息。並非臨時起念。其處處議論。安知不有宿搆。

於游歷時。忽想起帳簾陳設等事。趁勢補入。簡淨便利。

鋪寫各種奇花異卉。用賈政喝住。變筆極妙。

清客引古詩泣斜陽。於無意中露盛極必衰之意。

玉石碑坊。寶玉忽若見過。直射第五回所見太虛幻境牌坊。省親不過是一時熱鬧。與幻境何殊。前後照應。在有意無意之間。

游覽園景。只到了十之五六。含蓄不盡。妙極。

衆小廝分解佩物事甚無謂。而借此描寫黛玉褊妬多疑。煞有意思。

第十四五回。寫甯府秦氏喪事之盛。此回同下回寫榮府元妃歸省之榮。一凶一吉。皆是反襯後來冷落光景。

十八回

第十八回。省親是第一曠典第一大事。故全用正筆細寫。

補敍寶玉三四歲時。曾經元妃敎讀。以見上回擬題聯匾。是有意。不是無意。

元妃初見賈母王夫人。三人執手一句話說不出。只是嗚咽對泣。情景眞切。下文臨別時。賈母等別無一言。更妙。

寶釵改綠玉爲綠蠟。是聰明。不是憐愛。黛玉代做杏帘詩。是憐愛。不是聰明，各有分別。

元妃點戲四齣。末點離魂。是讖兆。亦是伏筆。

十九回

甯府演劇。倏爾神鬼亂出。忽又妖魔畢露。及揚旛過會。號佛行香。一派邪亂。空虛。暗照甯府行爲結局。

茗煙與萬兒乘間私約。可見甯府家政之疎。

寶玉若非厭看熱鬧戲。何由一人走至小書房。若非撞茗煙。何由尋至襲人家。文章善於引線。

襲人不肯出賈府心事。後文補寫。却先於寶玉眼中看見他兩眼圈紅。問他哭什麽爲伏筆。則補寫一層便不鶻突。

茜雪被攆。雖是細事。亦補出不漏。

襲人說。前日吃酥酪肚痛嘔吐。善於排解。

襲人試探寶玉。規勸寶玉。是解語花。

寶玉說等我化成輕烟被風吹散。憑你們去。直伏後來出家走散。

花解語。玉有香。自然巧對。

此回寫襲人。一心跟定寶玉。反照後來改嫁蔣伶。寫黛玉自然有香。正照寶釵藥丸生香。

二十回

元妃省親後。正月未過。無事可寫。故敍婢女等賭錢。以見富貴之家新正熱鬧景象。

借李嬷之吵駡。寫襲人之能忍。即借襲人之病睡。逕起麝月晴雯。爲後文伏筆。借賈環之稚蠢。寫趙姨娘之妬忌。亦是伏筆。

鳳姐於李嬷吵駡。用好言勸解。於趙姨之妬忌。則用正言彈壓。一是愛憐襲人。一是憎嫌趙姨。而趙姨之敢怒不敢言。其結怨已始於此。

借史湘雲之來。寫黛玉賭氣。說出不如死了等語。亦是伏筆。

第二十回。敘新正瑣碎細事。因十八十九回敘過元妃省親大事。甯府演戲熱鬧。必當敘及細事。是文章巨細濃淡相間法。

此回全用借筆作伏筆。有手揮五絃目送飛鴻之妙。

二十一回

天色纔明。寶玉即披衣靸鞋。往黛玉房中。描出寶玉夜間。雖睡在自己房中。却一心只在黛玉處。與西廂梵王宮殿月輪高一樣筆法。

湘雲剩水殘香。寶玉以爲鮮潔非常。描盡意淫二字。湘雲替寶玉梳頭。查看失珠一顆。暗補從前梳洗。已非一次。

寶釵聽襲人說話。有心賞識。留神探問。爲後文伏筆。且暗寫寶釵。與湘雲黛玉不同。

四兒纔伺候寶玉。便想設法籠絡。已伏後來被攆之由。

寶玉讀南華經。雖是一時興趣。却是後來勘破根苗。但此時寶玉在忽迷忽悟之時。且欲釵玉花月自己焚散泯滅。並非自能解脫。故隨卽斷簪立誓。仍纏綿於色魔也。

黛玉題詩譏誚。說不悔自家無見識。駁得極是。此卽作者之意。

平兒搜得頭髮。旣壓服王人。又卽以示恩。眞是可人。賈璉說不論小叔小姪兒說說笑笑。却也看出破綻。平兒說別教我說出好話來。是皮裏陽秋。

二十二回

寶釵生日。賈母獨捐貲辦戲。已見賈母屬意寶釵。

黛玉悶睡房中。必待寶玉拉起。然後出來。是暗寫醋意。

寶釵點醉鬧五台山。念出寄生草一曲。分明是寶玉後來遁入空門影子。

史湘雲心直口快。說出小旦像黛玉。當下並不提黛玉着惱。直至人散後方說破。而黛玉惱湘雲光景。已活現紙上。妙極。若於席間露出。則與賈母特辦戲酒面上不好收拾。此文章於事後追神法。

寶玉一偈一詞。却已入悟境。不過尚有人我相。若後文六祖之偈。眞是離一切諸相。

黛玉續偈之無立足境。方是乾淨。固爲超脫。而其不壽於此可見。

賈釵引語錄。是不要寶玉談禪。但以冰阻水。冰消水長。恐寶玉禪心因此更深。不特寄生草一曲誤寶玉也。是文章暗深一層法。

各人燈謎。就是各人的小照。與紅樓夢曲遙遙照應。寶釵燈謎是竹夫人。

第二十二回。於慶壽賞燈熱鬧中。插入禪機讖謎。如夏至炎熱。一陰已生。直與造化同功。

二十三回

芹兒管事在芸兒之先。足見鳳姐之權。勝於賈璉。賈璉於說芹芸管事時。忽帶說昨晚褻語。描寫少年夫婦情景逼肖。

寶玉同諸姊妹。不住園中。不能有許多事情。但賈政古板。必不肯允。有元妃傳諭。方好遵依。是大觀園聚集之始。

金釧戲言。可見寶玉喫渠胭脂。已非一次。不但爲後事伏筆。且爲前事伏筆。

寶玉一見小說傳奇。便視同珍寶。黛玉一見西廂。便情意纏緜。淫詞豔曲。移人如此。可畏可畏。此處直伏四十二回情事。

花塚埋花。雖是雅事。却是黛玉結果影子。

黛玉聽曲至如花美眷。似水流年二句。想起多少古詩。傷心落淚。短命人往往如此。

於聚集大觀園之始。獨敘黛玉埋花傷心等事。此黛玉之所以終於園中也。

二十四回

鴛鴦絕無憐愛寶玉意。與衆不同。其結果亦與衆不同。賈芸未得鳳姐歡心。先爲寶玉所愛。是爲小紅引線。鳳姐向芸兒賣情。芸兒卽將賈璉撇開。眞是善於逢迎者。

小紅不見手帕。於秋紋碧痕查問時說出。不露芸兒拾得痕迹。善用藏筆法。

小紅之屬意賈芸。是秋紋等譏誚奚落逼之使然。否則必專心希寵寶玉矣。

小紅一夢。是一小紅樓。妙在入夢時不說破。讀者幾疑窗外眞是芸兒叫他。化工之筆。

第十七回至二十四回。一大段應分三小段。十七八回爲一段。敘大觀園告竣元妃省親大事。十九二十二十一回爲一段。寫寶玉黛玉深情。及襲人平兒之靈慧。二十二三四回爲一段。寫寶玉禪機發動。各人燈謎讖語。黛玉之因曲傷情。及初聚園中。裁種花果之盛。

二十五回

抄金剛經。引出馬道婆。惹出五鬼。雙眞由道入魔。祛魔成道。卽是仙佛工夫。

二十回中。寶玉嗔說賈環。鳳姐正斥趙姨。及此回中寶玉戲彩霞。鳳姐提醒王夫人。俱爲趙姨咒詛根由。怨毒之於人甚矣哉。

鳳姐鐵檻寺弄權。是淨虛尼說合。趙姨娘之給衣物魘魔。是馬道婆作法。三姑六婆。爲害不淺。

五鬼將作祟前。夾寫鳳姐戲謔一段文字。雙眞解釋邪祟後。夾寫寶釵譏笑黛玉一番說話。便覺精彩陸離。

寫趙姨勸賈母。暗描小人以爲得計。反跌出空中木魚聲來。

此回寫馬道婆趙姨之惡迹。爲後來報應證據。且見寶玉之塵緣未斷。熙鳳之惡貫未盈。故雙眞特來解救。爲一部書結上起下關鍵。

二十六回

小紅說千里長棚沒有不散的筵席。又說不過三年五載。各人幹各人的去。雖非實在看透。卻是後來讖語。

佳蕙說寶玉說怎麽收拾房屋。怎麽做衣裳。小紅冷笑。正要說話。卻被小丫頭打斷。妙極。若再議論短長。不但與上文重複。筆亦不靈活。

西廂元微之同雙文。原是中表姊妹。不終所願。與寶黛相似。引用曲文。似非無意。

馮紫英來而即去。正是爲蔣伶伏線。

黛玉聽見晴雯不肯開門。已是氣怔。又聽見寶釵在裏面說笑。其妬其惱。眞有不可言語形容者。付之一哭。安得不鳥飛花落。

寫薛蟠認別字。活畫一個獃霸王。

二十七回

寶釵見寶玉進瀟湘館。即抽身走回。聽小紅同墜兒私語。便假裝尋人。善於避嫌。是寶釵一生得力處。

小紅傳平兒說話。瑣碎而明白。活寫出伶俐小丫頭口吻。

探春做鞋一段話。是描寫趙姨妬鄙。

黛玉哭花詞極歎紅顏薄命。是黛玉一生因果。與紅樓夢曲。遙相關照。

第二十七回寫小紅與賈芸情事。是賓。寫寶玉兩人心事。是主。

二十八回

黛玉之哭。只哭得自己。寶玉之慟。直慟到一家。深淺不同。是兩人分別處關鍵。寫黛玉之不睬寶玉。越顯其鍾情。寶玉文筆反襯得勢。則一筆兜轉。正面已透。黛玉處處不放寶釵。寶釵處處留心黛玉。二人一般心事。兩樣做人。

寶釵冷香丸。是自己細說。黛玉丸方。是寶玉謊說。遙遙關照。

寶玉說。理他呢。過一會子就好了。却被黛玉聽見。借端譏誚。可見黛玉先走。並未徑走。原有心等寶玉同行。作者於後文描出前情。既省筆墨。更爲得神。

順手敘出鳳姐要小紅。細密不漏。

酒令各曲。俱有情關照。惟薛蟠所說所唱。村俗可笑。酒底亦不說。描盡獃霸王粗蠢。文筆亦變換不板。

將玉函於酒令中無意說出襲人二字。松花汗巾。玉函先已束腰間。大紅汗巾。夜間寶玉又繫襲人腰裏。姻緣固有前定。伏筆搆思甚巧。

元妃節禮寶玉與寶釵一樣。不但賈母屬意寶釵。卽元妃亦同有此心。

寶玉見寶釵肌容。發獃呆看。是鍾情。亦是意淫。黛玉咬帕暗笑。想見已在門檻上偷看多時。

二十九回

清虛觀打醮。極力鋪張熱鬧。反照異日凄涼。

寫鳳姐打道士。賈母安慰小道士。恃勢厚道。兩相對照。

寫張道士說話舉動。的是一個有體面的老道。又是榮國公之替身。最妙處是說寶玉形容舉動。同國公一樣。流下淚來一段。此老道世情周旋。圓活可人。

張道士用盤送符。請寶玉通靈玉給衆道看。中間夾寫鳳姐戲言。不但前後靈活。且卽借伏熙鳳不壽。

神前拈戲。第一本白蛇記。漢高祖斬蛇起事。是初封國公已往之事。第二本滿床笏。是現在情形。第三本南柯夢。是後來結局。所以賈母默然。只演第二本。

寶釵金鎖。已惹黛玉妬忌。偏又弄出金麒麟。及張道士說親。黛玉安得不更妬。眞是多心人偏遇刺心事。黛玉說寶釵專留心人帶的東西。有意尖刻。寶釵粧沒聽見。亦非無意。只是能渾而不露。

寶玉砸玉。黛玉吐藥。寶黛等四人。無言對泣。描寫吵鬧情形。旣眞切又有孩子氣。玉可砸。則穗亦當剪。寶黛姻緣中斷。已兆於此。

三十回

寶玉向黛玉說。你死了我做和尚。是以讖語作伏筆。黛玉一面哭。一面又將手帕摔給寶玉拭淚。描畫妬愈極。而情愈深。

寶釵怒而能忍。借靚兒尋扇發話。又借戲文譏誚寶黛。其涵養靈巧。固高於黛玉。而其尖利處亦復不讓。金釧說金簪落在井裏。亦以讖語作伏筆。

女伶齡官。於薔薇架邊畫薔字。眞是睹物懷人。又爲三十六回伏筆。

寶玉淋雨。襲人被踢。俱是意外事。引出後文金釧投井。寶玉受責意外事來。

襲人忍痛不怨。眞是可人。

三十一回

晴雯奚落襲人。反襯後來晴雯被攆。襲人送衣錢等事。

寶玉要打發晴雯出去。亦是反跌後文。

寶玉襲人哭。黛玉走來冲散。黛玉去後。薛蟠請酒醉歸。隨起隨落。緊凑超脫。

寶玉又說做和尚。回顧前文。黛玉笑記遭數。哭化爲笑。靈活非常。

借晴雯口中。補寫寶玉與碧痕洗澡。借寶玉口中。補寫湘雲假扮寶玉。及撲雪人兒情事。覺有善戲美女。跳躍紙上。

寫湘雲分送襲人等戒指。必須親自帶來。甚有情理。但金釧此時應已逐出。不知渠戒指如何着落。

黛玉說湘雲配帶金麒麟。引起後文湘雲拾得金麒麟。

湘雲說陰陽二字。頗有意味。且暗藏消長之理。末後以翠縷主僕分陰陽。截住上文。不致說破男女。尤爲得體。

薔薇架下金麒麟。必是寶玉遇雨時遺失。可想見昨日淋雨。倉皇走來。誤踢襲人。一夜心慌意亂。不暇檢尋光景。是暗暗補寫法。

翠縷拾得麒麟。笑說分出陰陽來了。先拏湘雲的麒麟瞧。不說明誰陰誰陽。含蓄得妙。

湘雲所說無數人物陰陽。俱是賓。只有翠縷拾起金麒麟笑說分出陰陽句是主。

三十二回

借襲人向湘雲道喜。補敘十年前情事。想見小女孩在一處。無話不說。靈活可愛。

借襲人央湘雲做鞋。補寫黛玉剪扇袋。不露痕迹。史湘雲勸寶玉留心經濟學問。卽順手借襲人口中說寶釵亦曾勸過。又贊寶釵有涵養。既補前事。又遠伏後來寶釵諫勸一節。

黛玉竊聽湘雲等話。若竟進門相見。便費唇舌。妙在暗自驚喜悲歎。抽身走回。既省煩筆。又引出彼此訴說一番。

寶玉因黛玉竟去。出神呆想。引起下回感歎金釧。撞見賈政。

湘雲搖扇。襲人送扇。是撕扇餘波。

湘雲心事委曲。借寶釵口中敘出。卽將做鞋一層脫卸。簡淨靈動。

黛玉不要寶玉拭淚。卻自己與寶玉拭汗。先是假撇清。後是眞癡愛。

寶玉發獃誤認襲人爲黛玉。襲人恐難免不端之事。暗想如何處治伏三十四回向王夫人一番說話。

寶釵將自己衣服給金釧裝裹。深得王夫人之心。已隱然是賢德媳婦。

寶釵見寶玉垂淚王夫人欲說不說便知覺七八分。人固聰慧文亦靈活。

寫黛玉戔戔小器。必帶敘寶釵落落大方。寫寶釵事事寬厚。必敘黛玉處處猜忌。兩相形容。賈母與王夫人等俱屬意寶釵。不言自顯。

第二十五回至三十二回。爲一大段。應分三小段。二十五回爲一段。敘趙姨咒魔通靈蒙蔽。爲寶玉第一次災難。二十六七八回爲一段。敘黛玉寶釵性情舉動迥然各別。是主中間帶敘小紅私情。蔣伶夙緣。是賓。二十九回至三十二回爲一段。借元妃醮事描寫黛玉妬忌。寶玉獃迷。中間夾敘晴雯金釵作陪。

三十三回

寶玉情迷出神。無心接待雨村。於賈政口中補出。妙妙。

蔣琪置買莊房。已伏後來娶襲人事。

蔣琪在東郊二十里紫檀堡地方。置買田房。王府中尚且不知。寶玉何以獨知其細。暗寫寶玉與琪官情好甚密。不時往來。甚至紫檀堡莊上。寶玉亦曾到過。亦未可知。

賈政大怒。是聽賈環之言。金釧之死是主。蔣琪之事是賓。

夾敍聾媼一段。文情曲折可愛。

馬婆魘魔。衅起生彩霞。寶玉幾死於鬼。賈環撥舌。禍由死金釧。寶玉幾死於打。其實皆趙姨所致。是後來結果案據。

寶玉抬回賈母房中。人人俱到。獨黛玉不來。是在瀟湘館中痛心暗哭。不好意思走來。所以下回說眼睛腫得桃兒一般。其痛更甚於別人。是暗描。不是漏筆。焙茗向襲人所說賈環是實。薛蟠是虛。故作猜疑之筆。爲下回薛蟠剖辯地步。

三十四回

寶釵說得半句。便咽住不說。寶玉已心感神移。痛亦不覺。此雙眞之所以說塵緣未斷。無可奈何。通靈之玉。不蔽於鬼。仍蔽於情矣。

寶釵已認定蔣琪一節。是薛蟠播揚。引秦鍾舊事爲證。既勸寶玉改過。又爲乃兄排解。眞是光明正大。

寶釵探望送藥。堂皇明正。黛玉進房。無人看見。又從後院出去。其鍾情固深於寶釵。而行蹤詭密。殊有涇渭之分。

寶釵勸寶玉說。早聽人一句話。也不至有今。又說你這樣細心。何不在大事上做工夫。理正而言直。黛玉勸寶玉。只說你從此可都改了罷。言婉而情深。迥然各別。

借王夫人問賈環話。引出襲人一番說話。襲人固善於乘機。文筆亦不鶻突。

賈環搬舌。襲人諱而不言。省卻無數是非。

襲人說黛玉寶玉。在山色有無中。妙極。

黛玉與寶玉。斷斷不避嫌疑。密語私言。寶釵與寶玉。往往正言相勸。毫無狎褻。二人舉動不同。鍾情無異。襲人雖心欽寶釵。而於防閑之處。仍相提並及。不分重輕。立言得體。

黛玉題詩潛泣。寶釵勸兄氣哭。一是情不自禁。一是情由激生。然總因寶玉一人而起。

黛玉笑寶釵之哭。卻忘自己眼腫。可謂恕己責人。

三十五回

寶釵因晚間受薛蟠委曲又記掛母親。所以早起。黛玉起得更早。是專憐寶玉。又不好進院。獨立花陰之下。千思萬想。一夜無眠。如畫紙上。

嬰哥念詩。獨念哭花二句。可見黛玉無日不哭。無日不念哭花詩。又先引西廂二句。以襯哭花詩。文章既前後照應。黛玉癡情亦見透澈。

寶玉想讚黛玉。賈母偏只讚寶釵。可見賈母久已屬意寶釵。

夾寫傅秋芳一段。形容寶玉癡獃。

鶯兒正要說寶釵好處。卻被寶釵走來冲斷。藏蓄大有意味。

鶯兒正打梅花絡。寶釵忽叫打玉絡。又用金絲配搭。金與玉已相貼不離。

黛玉線穗已經剪斷。寶釵線絡從此結成。

自寶釵來至家中至薛蟠方出去句止。一段文字。是補寫寶釵早起回家情事。以結昨晚薛蟠胡鬧一節。

三十六回

賈母若不吩咐小使過了八月。方許寶玉出二門。則此四五月中。寶玉在園中諸事。無從細敍此文章開展法。

寶釵輩時常見機勸導。惟黛玉自幼不勸寶玉立身揚名。作者只用閒筆一寫。以省絮煩。而黛玉之一味情癡。已顯然可見。

借衆人想要金釧月錢。引出王夫人厚待襲人。與周趙二姨一樣。接筍自然。

鳳姐說環兄弟該添一個丫頭。是反挑筆。

寶釵刺繡尚可。刷蠅實在可疑。不但黛玉疑。湘雲亦不免於疑。

借寶玉夢中說出木石姻緣。直伏後來出走情事。寶釵告訴襲人的話。是於同出怡紅院。一面走一面說的。書中藏而不露。妙極。

寶玉議論忠臣良將皆非正死。又說到自己卽死於此時。一派獃話。總因通靈玉爲情之蔽故。

寶玉要得衆人眼淚。漂化其身。又因齡官鍾情賈薔。說不能全得衆人眼淚。是總結三十三回寶玉受責後衆多眼淚。

寶玉悟人生情緣。各有定分。其悟雖眞。其迷愈甚。齡官一層。固是宣明三十回中畫字之意。

實是爲寶玉陪襯。雀兒串戲。是嬰哥念詩陪襯。

湘雲忽然回去。引起不入海棠社。臨行悄囑寶玉。引起同擬菊花題。兩番詩社。便不合掌。

第三十七回

八月將終。賈母所限寶玉出門之期已近。乃値賈政又奉差遠出。寶玉更可任意游蕩。以便敘及結社等事。文章生波再展法。

探春纔起意結社。賈芸適送白海棠。借此立名。便不着迹。

探春札甚雅。芸兒書極俗。映襯好看。

未見白海棠。先擬詩社題。與後文菊花題。不用實字用虛字。俱是文章避實法。

李紈評詩以寶釵詩含蓄渾厚取爲第一。眼力見識甚高。

各人海棠詩俱暗寫各人性情遭際。而黛玉更覺顯露。

借送果品引出史湘雲。又借尋瑪瑙引出送桂花。爲下文賞桂花筆。

王夫人給襲人碗菜月錢。是明寫給衣服在衆丫頭口中說出。是暗寫筆法方不雷同。

湘雲補詩二首。第一首是寶釵影子。第二首是黛玉影子。

海棠是初起小社。連湘雲所補只有六首。菊花是續起大社。故有十二首。

寶釵想出賞桂吃蟹。代湘雲作東。徧請一家。文章開拓變換。既照應寶玉送桂花。又引起下回借蟹譏諷。

三十八回

湘雲無別號。若俟題詩時增起。未免生砌。於賈母口中說出枕霞閣。後文即取爲號。便覺自然。眞一筆不苟。

敍吃蟹情事。細密周到。又活動不板。

鳳姐與鴛鴦戲言。璉二爺要討你做小老婆。暗伏四十六回事。

合歡酒惟黛釵二人各飲一口。映照有情。

菊詩十二首。與紅樓夢曲遙遙相應。俱肖各人身分。寶釵蟹詩。雖是譏刺世人。即謂專誚寶玉黛玉亦可。詠蟹三首。黛玉獨焚。似兆不壽。寶玉說我的也該燒了。又兆將來只賸寶釵一人。

第三十三回至三十八回。一大段應分三小段。三十三回爲一段。敍寶玉受打幾死。是第二次災難。三十四回及三十五六回爲一段。寫寶玉雖受痛責。而情迷如故。中間夾敍釵黛襲人玉釧金鶯傳秋芳及夢兆情悟等事俱寫寶玉癡獃。三十七八回爲一段。敍園中結社之始。感反照將來之難散也。

三十九回

襲人。鴛鴦。平兒實爲丫頭中出類拔萃之人。於此回中借李紈總寫一番。彩霞是陪襯。

寶玉提起徐霞老實。探春說他心裏有數。卽用李紈說那也罷了。撇開接入讚襲人。褒貶意在言外。

借平兒口中。夾敍鳳姐假公濟私放債取利。不是閒筆。是暗暗補筆。

劉老老纔說女兒抽柴。卽用馬棚火起截住。妙極。若向賈母細說。萬一賈母亦信以爲眞。遣人尋廟。其事難於收拾。今將賈母撇開。却入寶玉細問。方易於了結謊話。

寶玉說。等下頭場雪請老太太賞雪。伏五十回事。黛玉說不知弄捆柴雪下去抽。旣揣知劉老老胡謅。且已知寶玉心事。寫出聰慧過人處。

劉老老說若玉小姐十七歲病故。雖是謊言。是林黛玉一襯。

焙茗尋美女廟。偏遇見瘟神像。暗中點醒癡人。是先後紅樓夢中美人。俱變爲夜叉海鬼。牛頭馬面陪襯。劉老老於此回投機入局。爲後來巧姐避難根由。

第四十回

兩宴大觀園。三宣牙牌令。是園中極盛之時。特特將鋪設戲玩。侈說一番。反襯日後零落衰頹之况。

惜春畫圖。於劉老老閑話中逗起。在有意無意之間。極有斟酌。

劉老老走路一跌。可見說話不可太滿。行事須防失足。雖係閑文。却是借景醒人。

瀟湘館精雅華麗。不如蘅蕪樸實素淨。秋爽軒闊大疎落。恰配探春身分。

鳳姐與鴛鴦戲弄劉老老。賈母笑駡促狹鬼。雖是戲言。卻是讖語。

分送餘肴給平兒襲人。並不送趙周二姨娘。於周到中形容出愛憎來。

黛玉喜殘荷雨聲句。總是好哭。

黛玉說牡丹西廂曲句。可見平日喜看情詞。且可見其結果處。

寶釵聽黛玉說出牡丹亭曲。回頭一看。妙在黛玉不留意。又說出西廂一句。伏四十二回規勸。

黛玉說牡丹亭西廂。固見其鍾情處。寶釵說處處風波處處愁。亦見其遭際處。

迎春錯韻受罰。其餘俱故意說錯。惟王夫人鴛鴦代說。卻不明說牌色。即接劉老老之笑話。既省筆墨。又變動不板。

劉老老說令。固是發笑。卻暗與巧姐結局關照。

四十一回

竹根杯。引出黃楊杯。文情曲折。

若無黃楊大套杯。劉老老何至醉臥寶玉床。若非劉老老之腹瀉。何由走入怡紅院。一路敘來。有情有景。劉老老極村俗。妙玉極僻潔。兩兩相形。覺村俗卻在人情之內。僻潔反在人情之外。寧爲老老。毋爲妙玉。妙玉拉寶釵黛玉衣襟。心中非無寶玉。只是不好拉耳。若心中無寶玉。因何劉老老吃得茶杯。便嫌腌臢不要。自己常吃得綠玉斗。便斟茶與寶玉。又尋出竹根大海來。且肯將成窰茶杯。給與寶玉。聽他轉給劉老老。是作者皮裏陽秋。不可不知。

妙玉向寶玉說。你獨來我不肯給你。是假撇清語。轉覺欲蓋彌彰。

妙玉出家人。何以有許多古玩茶器。五年前在玄墓住。形迹殊屬可疑。

劉老老誤入怡紅院一段文章。有疑鬼疑神之筆。又照應鳳姐代插滿頭花。想見席中醉態。眞可發笑。

大姐來園中引出後文送祟取名情事。

四十二回

劉老老取名巧姐。既補巧姐生日。又說逢凶化吉遇難成祥。直伏一百十八回中事。

平兒要鄉間乾菜。不是閒話。是爲劉老老好時常來往地步。

劉老老此次進榮府衣物銀兩滿載而歸。是伏後來老老家中藉此寬裕。可以藏留巧姐地步。不僅寫榮府樂施。

寶釵規勸黛玉。是極愛黛玉。所論亦極正大光明。並寶玉亦隱在內。

商量畫大觀園。開出許多需用之物。及尋宗圖樣。央人起稿。且告假一年。竟像此圖必要畫成。是反照後來並未完局。又便稽遲日月。是文章躲閃法。

四十三回

攢金祝壽。一則見賈母寵愛。一則見鳳姐之權壓衆人。不獨變換故套。

寫衆人分金多少。及尤氏給還各人公分。俱有分寸。鳳姐生日。偏值金釧生忌。賈母攢金取樂。偏有寶玉撮土焚香。壽筵未設。寶玉先着素衣。戲席未終。賈璉忽持利劍。且尤氏口中說出錢帶棺裏去。玉釧歎氣。暗中拭淚。種種不祥。俱於極熱鬧時見兆。

焙茗代祝。是用旁筆。寫出寶玉癡獃。婉勸寶玉回家。亦是旁面寫寶玉竟忘鳳姐生日。

四十四回

荆釵男祭。必到江邊。與寶玉焚香。尋至井上。暗相關照。黛玉說出。寶釵不答。想見兩人意中俱默曉寶玉心事。

尤氏說。好容易今兒這一遭過後。知道還得不得。是以讖語作伏筆。

賈璉拔劍要殺鳳姐。與二十二回對平兒說。將來都死在我手裏句。遙遙相應。鮑二妻自縊。與金釧投井。一是氣忿。一是羞忿。身分各別。

平兒理妝一節。於極氣惱時寫極憐愛。有忽然狂風暴雨。忽然風和花媚之景。賈璉與鳳姐反目。必得賈母作主。賈璉方好服禮賠罪。此一定之法。人人想得到。至寫得委婉曲折。情景宛然，非俗手可及。

鮑二依舊奉承賈璉。伏後來伺候尤二姐。及分贓情事。第三十九回至四十四回一大段。應分三小段。三十九四十四十一爲一段。敍劉老老得賈母歡心。可以不時走動。及王夫人等各想佽助。從此家中漸漸寬裕。爲後來巧姐避難地步。四十二回爲一段。是上三回餘波。旣寫黛玉心服寶釵。又帶敍畫圖等事。四十三四回爲一段。寫鳳姐慶壽盛時。卽伏日後失時之兆。

四十五回

畫圖需用物件。應接四十二回。寫因鳳姐生日鬧事。擱起多日。今借和事之後。夾帶敍入。替平兒抱不平等語。前後文章。仍打成一片。無斷續痕迹。又帶說監社一層作襯。更不單弱。

鳳姐口中帶出邢夫人來叫。引起下回賈赦要鴛鴦情事。

敍賴大得官請酒。不但引出薛蟠被柳湘蓮痛打。及伏探春整頓大觀園。且見榮府聲勢。奴子俱爲正印。又反照後來賈政借銀、借賴嬤嬤口中訓說寶玉一番。暗補榮甯兩府昔日家敎之嚴。以形此時放縱。

補寫周瑞之子。於鳳姐生日。酒醉無禮一層。爲是日鬧事餘波。且見鳳姐生辰。內外上下。俱不安靜。黛玉心事向寶釵實說。不但寫黛玉平日多心。且見寶釵賢德。並暗寫出衆人背後議論。

黛玉悶製風雨詞。已難爲情。又見寶玉冒雨探望。寶釵送來燕窩。更撩撥起無限感慨。宜乎直到四更睡也。

直宿人等開場聚賭。爲惹事根由。妙在於無意中帶出

四十六回

此回寫賈赦要鴛鴦爲一百十一回鴛鴦自縊之根由。雖是單寫一件事。又夾寫邢夫人愚懦。熙鳳使乖。鴛鴦向平兒襲人說。做姑子還有一死的話。姑子是賓。一死是主。伏殉主事。

鴛鴦正生氣時。又閒敍平兒襲人互相取笑。不但文有生趣。且見鴛鴦胸中早有定計。

賈赦向金文翔所說。全是倚勢霸道。俱在鴛鴦逆料之中。此賈母一故。鴛鴦卽死也。

探春勸賈母。開脫王夫人。鳳姐派賈母不是。一個勸得有理。一個派得有趣。

四十七回

賈母若不鬥牌。邢夫人如何回去。衆人如何又來。是文章借景脫卻法。又借鳳姐戲謔。了結鴛鴦一案。

賴大家一席。不但探春異日興利除弊。派人管園。於此起念。且薛蟠受打。及湘蓮救薛蟠。尤

三姐自刎等事。皆因此席而起。

柳湘蓮同秦鍾相好。寶玉蓮蓬。借景補寫。

寶玉因在馮子英家。私同蔣琪互換腰巾。致受痛責。薛蟠亦因在賴大家誤認湘蓮。致遭毒毆。遙遙相映。湘蓮向寶玉說。眼前就要出門。想見此時。湘蓮心中早有算計薛蟠之念。

四十八回

薛蟠出門。寫得行李輝煌。是遇盜之由。所謂慢藏誨盜也。

香菱是薛蟠之妾。未便住大觀園。然是甄士隱之女。十二金釵之副。必須聚集一處。今因薛蟠出門。搬進行李。與寶釵作伴。絕無牽強痕迹。卽順寫學詩。以便拉入詩社。

賈璉受責。原其根由。已在賈赦要鴛鴦時。

晴雯撕扇。是恃寵撒嬌。雨村訛扇。是倚勢害良。而晴雯之被逐。賈赦之獲罪。皆萌於此扇。雖小。扇風扇焰。其禍莫測。

賈赦打賈璉。在平兒口中補出。固省筆墨。但若特地來說。殊不得體。故以要捧瘡藥爲由。

香菱學詩。實費苦心苦功。是作者自言做詩工夫。月詩三首。及黛玉等講究諸詩。是作者敎人作詩法則。

第三首月詩固好。然一片砧聲。五更殘月。及秋江獨夜。團圝不永等語。不但爲香菱影子。且是黛玉寶釵小照。

四十九回

香菱會做詩。引出多少能詩閨秀來。若不於此時敘入。則香菱講得幾無了結之時。撇上起下。靈動順利。薛李邢王四家親戚。路遇齊來。省卻許多筆墨。是文章併疊剪裁法。

詩社是探春興起。要留衆姊妹。必得探春提唱。一絲不走。

香菱得湘雲同住。詩學自然日進。借寶釵厭煩語。敘出不用正寫。妙極。

寶琴可以入畫。卽於此時伏筆。

琥珀戲頑。反挑寶琴已有壻家。又借此寫出黛玉與寶釵相得情況。

寶玉借西廂問黛玉。又借西廂解悟。靈巧恰合。又照應前文。

各人裝束。各有好看。惟邢岫烟猶是家常衣服。更爲好看。又伏下文鳳姐送衣。寶釵贖當等事。

寶玉吃飯慌忙。賈母已知有事。下回冒雪而來。便不突兀。

平兒失鐲。伏晴雯攆墜兒事。

第五十回

蘆雪亭聯句。暖香塢製謎。為詩社極盛時。從此以後。漸有雪消香散之況。

上回先寫寶玉看見紅梅。此回接敍乞梅。聯絡自然。白海棠詩。湘雲一人補題二首。為餘波。紅梅詩。邢岫烟等三人各吟一首。又寶玉另作乞梅一首。為聯句餘波。遙遙關照。而文法復變化不同。

李紈厭妙玉為人。是正經襟懷。黛玉攔住寶玉不要跟人。是靈慧心竅。

四十一回中。妙玉說寶玉若獨自一個來。不給茶吃。何以梅花寶玉一人去。偏能折來。且又去第二次。分送各人一枝。可見妙玉心中愛寶玉殊深。前說不給茶。是掩飾語。此番分送紅梅。亦是掩飾。愈掩飾愈假。愈眞。神情可想。

妙玉送寶釵黛玉梅花。兩人不謝妙玉。轉謝寶玉費心。文人深筆。

賈母至園中。不但引出注意寶琴。添入畫圖。及薛姨媽說破寶琴已許字梅家等語。且為做燈謎接筍。薛姨媽說寶琴天下十停走了五六停。伏下回懷古十首燈謎。

寶釵燈謎。似是樹上松毬。寶玉似是風箏。琴俗名鷂鞭。黛玉似是走馬燈。

各燈謎。或猜着或猜不着。變換不板。

五十一回

交趾懷古。似是馬上招軍。俗名喇叭。廣陵懷古。似是柳絮。青塚懷古。似是匠人墨斗。蒲東寺懷古。似是紅天燈。梅花觀懷古。似是紈扇。

寶釵前因黛玉行令說西廂牡丹曲。曾規勸過一番。今寶琴燈謎。亦用西廂牡丹。若不說另做。未免偏袒。此駁必不可少。隨借李紈口中說。不是看詞曲邪書。爲之剖白。前後不相干礙。針線細密。

寫鳳姐厚待襲人。包給衣服。是體貼王夫人之意。即順借平兒送給邢岫烟雪褂。正合鳳姐之意。眞是一對有心人。

襲人母死。引起後文許多喪事。又爲晴雯麝月親近寶玉之由。及晴雯得病之根。

太醫診脈。看見晴雯手上兩根指甲長二三寸。預爲七十七回晴雯臨危時。咬下贈寶玉伏線。

麝月取銀給醫生一節。純描寫褲公子。不知物力。及平日一切。俱是襲人料理。亦是補寫法。

五十二回

賈母說鳳姐太伶俐了。不是好事。正是照鳳姐說。我活一千歲。是反照。

平兒遮蓋墜兒偷鐲。又私囑麝月等襲人回來設法遣去。勿告訴晴雯。居心行事。明白仁厚。宜其結果勝人。

鼻煙壺是西洋琺瑯的黃髮女子。引起後文西洋詩女。一筆不肯鶻突。

藥氣花香。黛玉寶玉房中亦復相同。眞是兩人同志。映襯有意。不是閒筆。

外國女兒詩。隱隱是一部紅樓夢。

寶黛兩人。各有說不出的話。含蓄有味。寶玉纔說寶姐姐送燕窩一句。便被趙姨娘來打斷。更妙。

鴛鴦發誓絕婚後。卽不合寶玉說話。貞烈之性。實不可及。

寫寶玉出門。僕從簇擁。衆人請安。反襯後來衰敗出家光景。

墜兒被攆、引出後來晴雯司棋被攆事

偷鐲激晴雯之氣。補裘增晴雯之病。其死已定。卽不被逐。恐亦難活。

描寫寶玉疼愛晴雯。反照後來不能照看。

第四十五回至五十二回一大段。應分五小段。四十五回是一段。寫黛玉多病。寶釵多情。四十六回爲一段。寫賈赦漁色。鴛鴦烈性。四十七八回爲一段。敍薛蟠出門。香菱進園。四十九至五十一回之上半回爲一段。寫園中閨秀之多。詩社之盛。五十一回下半回至五十二回爲一段。寫晴雯生氣勞動。因之病重。

五十三回

晴雯力疾補裘。爲鍾情寶玉之第一事。此異日芙蓉誄之所以作。及不忍再披此裘也。

寶玉說。倘有好歹。是正照其將來之死。晴雯說那裏就得癆病。是反襯其將來之死。

甯榮二國公名諱。借恩賞祭祀銀補點。恰好莊頭送年物銀兩。是反照將來查抄。

借莊頭問答。寫出榮府用費浩繁。入不敷出。伏起後來虧乏。

賈珍嗔說賈芹。伏九十三回事。

宗祠聯匾殿宇及行禮等事。若竟直敘。則作者不在與祭之列。何由得知其細。便爲識者所笑。今借寶琴留神細看。一一補敘文筆極有根柢。

極寫祭祠之盛。賞燈之樂。反照後來之蕭索。

五十四回

於極熱鬧時。插入寶玉出席赴園。並襲人鴛鴦閒話。旣寫寶玉疼愛襲人。且補出鴛鴦父母俱故。心中更無牽掛。

鳳姐借照應園中。及預備寶玉回房等事。開脫襲人不來伺候。又引出鴛鴦母死不來伺候。靈變可愛。

寫寶玉小解及洗手等事。雖是閒文。卻見平日寶玉嬌養已極。

黛玉偏不飲酒。拿杯放寶玉唇邊。寶玉卽一氣飲乾。未免太露。鳳姐說莫吃冷酒。尖刺殊妙。

賈母說編書一則。固是作者深詆唱本小說。亦是暗照寶玉黛玉兩人心事。

女先兒說王熙鳳故事。直伏一百一回散花寺神籤。尋夢下書偏是西廂牡丹。一是黛寶病死之由。一是黛玉阻婚之樣。聽琴。琴挑。胡笳十八拍。俱與黛玉有關照。

鳳姐不說完笑話。那知道底下的事。接着便散。雖是文章變換法。卽伏以後喪敗諸事。

宴罷打蓮花落。亦非吉兆。

五十五回

要寫探春才能。必須令其管事。若非鳳姐久病。雖有正事。探春無因可管。故借鳳姐之病。徐徐寫起。若單令探春代管。斷無如此大家叫未出閣之閨女料理一切。因又託李紈寶釵。公同照應。穩細周到。

借趙國基死後給賞。補出趙姨娘出身。不露痕迹。探春查舊例。先寫李紈照襲人例賞銀四十兩作襯。旣見探春之能。又挑起趙姨娘之忿。

舊帳內分別內外多寡。文章錯綜細密。

寫探春才能見識。超出諸姊妹之上。已暗伏將來遠嫁。絕無依戀。必能相夫理家。

中間夾寫平兒靈細。及鳳姐心事。不但引起下回興利除弊等事。且暗描鳳姐平日之苛刻利害。

此回雖專寫探春之才。而家人之先欺後畏。李紈之忠厚老實。寶釵之不肯多言。平兒之乖巧恃愛。及鳳姐之深心籌度。衆丫頭之見怒小心。無不一一如畫。

五十六回

探春有才。寶釵有識。中間夾敍學問一段。是作者指示經濟必須根柢學問中來。方能興利除弊。不失大體。

寶釵要瞧平兒齒舌。是什麽做的。探春說一肚子氣。看見他站了半日。說了些話。不但沒氣。轉自愧傷心。烘染平兒。伶俐如畫。

未曾派人分管。先說衆人議論竹子稻地。年年可以交錢糧。隨借醫生看史湘雲病。剪斷。然後派人。文情曲折。

寶釵不用鶯兒之母。煞有深心。仍借鶯兒提起焙茗之母。可謂公私兼盡。

鶯兒葉媽爲五十九回嗔鶯叱燕伏筆。

年終算帳。不歸帳房。借寫帳房積弊。

寶釵令管園者。年終各出錢文。分給衆人。施恩之後。卽吩咐循規蹈矩。不可任意吃酒賭博。可謂恩威兼濟。且伏後文鬧賭等事。

甄夫人進京。遣人問安。說起家中亦有寶玉。面貌性情。與賈寶玉無異。接寫湘雲戲言。好逃往南京。又接寫寶玉一夢。與甄寶玉夢中彼此拉住。讀者試想兩個寶玉。是一是二。僅作後文甄府被抄及甄寶玉入都看。未免爲作者暗笑。

此回下半段。專寫兩個寶玉。與上半探春興利。寶釵得體。絕不相屬。而一回標題。卻止說探春寶釵。此作者因下半段頗有關係。不便標題。另有一片深心。不可不知。

第五十三回至五十六回一大段。應分二小段。五十三四回爲一段。極言甯榮二府。祭祠賞燈之盛。反照後來之衰敗。五十五六回爲一段。寫探春寶釵之才識。整理大觀園。又引起後文園中生事。而五十六回之下半。夾敘甄賈兩寶玉。暗藏後事。是一小段中之另一段。

五十七回

紫鵑拒斥寶玉。暗伏黛玉死後。不睬寶玉情事。

紫鵑正言拒寶玉。使寶玉發獃。謊言試寶玉。致寶玉痰迷。由淺入深。文有層次。借紫鵑問話。補出賈母每日送燕窩。了結前文。一絲不漏。又卽借吃燕窩。說起明年回去。絕無有心痕迹。眞是天衣無縫。

寶玉發獃。若非雪雁看見。告知紫鵑。則紫鵑無由尋試寶玉。門箚處自然無迹。不許別人姓林。掖住自行船。寫痰迷人如畫。

寶玉向紫鵑說。活則都活。死則都死。亦是反襯後來一死一生。

紫鵑自言自語。恰是黛玉心事。不便自己說。故借紫鵑代說。如畫正午牡丹。無從落筆。借貓眼一線畫出。

夾敍邢岫烟事。旁襯黛玉之婚嫁無就。

寶釵替邢岫烟贖當。不但寫寶釵之賢。且見迎春之愚呆。衆人之勢利。邢夫人之薄情。探春之明細。及富貴不知窮苦。一件極沒要緊事。寫出無數人情物理。黛玉與寶玉。是月下老人未拴紅線者。寶釵與寶玉。是已拴紅線者。故卽於薛姨媽口中。接入姊妹兩個。隨後又插入紫鵑。是紅線不曾牽帶者。

寶釵先說薛蟠。引出薛姨媽提及寶玉。便不唐突。紫鵑試寶玉。深信其必娶黛玉。薛姨媽慰黛玉。逆料其必配寶玉。皆反襯後文。

五十八回

老太妃薨。及後文周貴妃薨。皆爲元妃薨逝作影子。湘雲打出船去趣語。可謂善謔。又照應上回。

寶玉拄杖行去。纔是病後初愈光景。且卽借以隔開婆子手。並打着門檻之用。更爲細密。

鳥啼花落。最易動人傷感。作者雖寫寶玉癡獃。而文情曲折。令人無限低徊。且引出藕官焚紙火光滿面淚痕。使多情寶玉。不得不極力護庇。

藕官與藥官燒紙。是假鳳虛凰。寶玉替金釧焚香。晴雯製誄。是眞情實意。前後文遙相照應。

寶玉教芳官設爐焚香。補出寶玉平日所爲。

五十九回

賈母等送靈。一切跟隨人等。及看守門戶。寫得詳細周到。隨後卽寫園中婆子與鶯燕吵嚷。平兒又說三四日工夫。出了八九件事。所謂外寇未興。內患已萌。若認作敍事閑文。辜負作者苦心。

薔薇硝。是下回茉莉粉玫瑰露茯苓霜引子。襲人見婆子央求。卽便心軟。平兒說得饒人處且饒人。兩人慈厚存心。所以結果不同。晴雯偏說打發出去。心狠結怨。豈知後來婆子未遂。而自己卻遭攛逐。此等處俱是反伏後文。且梨園女子概行遣去。亦於此埋根。

第六十回

此回同下回。就平兒所說。三四日內出了八九件事中。補敘兩三件。因與趙姨娘探春平兒司棋彩雲等俱有干係。是以摘出補寫。此外與園內無干涉者。略而不敘。是文章剪裁法。

趙姨娘之愚惡。夏婆之挑唆。及芳官等之放縱。若非探春鎮以正靜。幾至不可收拾。而趙姨之蓄恨芳官等之禍胎。已不可解。

探春查誰人挑唆。必不可少。若竟查出來。便難處。隨手抹煞。省卻無數枝節。又偏有翠墨告知小蟾。小蟾轉手夏婆。一層。以爲積怨地步。用筆最細。

寫芳官之無知恃寵。眞畫出小孩氣象。

玫瑰露柳家若不送給伊姪。則茯苓霜亦無由而得。茯苓霜五兒若不送給芳官。則玫瑰瓶亦無由搜出。眞是禍福互相倚伏。

六十回。當與六十一回併作一氣看。纔事事俱有根。

六十一回

假薔薇硝。趙姨娘甘動眞氣。眞玫瑰露。賈寶玉甘冒假贓

暗換茉莉粉。芳官賺兩下嘴巴。私送茯苓霜。五兒賠一宵眼淚。

指鹿爲馬。芳官調換粉硝。以李代桃。寶玉認偷霜露。司棋若不因雞蛋吵鬧。叫小丫頭亂翻亂摸。玫瑰露瓶何由看見。敍司棋吵鬧一層。此回之根線。

司棋逞性。不但伏後文敗事之根。且見迎春平日不能約束下人。

柳五兒若李紈辦理。必不能明白。若探春究問。又多有干礙。非平兒不可。但平兒何能作主。故借鳳姐已睡。吩咐發落。五兒纔得跪訴寃枉。平兒始訪問襲人。寶玉方肯代認。層層卸落。不着痕迹。

層層卸落。到寶玉認偷。事已可完。但竟就完結。索然無味。又寫平兒慮後。喚到玉釧彩雲。隱隱約約。說出原委。彩雲挺身認罪一節。然後平兒說出干礙三姑娘。彩雲依允。不但波瀾忽起忽落。情事亦周匝細密。鳳姐要細細追求。平兒勸解。是此回餘波。然不寫此一層。便不像鳳姐平日爲人。如此方無缺漏。

六十二回

一部書中慶壽不少。寶玉生日。自不可缺。但一例鋪敘。便是印板文字。今夾敘平兒寶琴岫烟同日誕生。文法既變換不板。又省卻另敘三人生辰。

寶琴岫烟平兒生日。是實補太祖冥壽王夫人賈璉襲人。是虛補。筆法不同。

寫寶釵鎖門細心。眞是當家人舉動。又虛補所失物件。不止茯苓霜玫瑰露。且暗描寶玉不管事。寶釵有涵養。一筆寫出幾層深意。

上中下三等家人。送平兒禮。尤見周到。

寶玉旣鎖角門。薛姨媽不能回家。但許多幼少與老人同坐。實多不便。廳上獨坐。安頓極妙。如此衆人方好猜拳行令。毫無拘束。令女先兒到廳上相陪。薛姨媽亦見周到。

黛玉湘雲所說酒令。俱是兩人小照。莫作閒文看過。寶釵寶玉對點射覆。似以名互戲。有心有緣。意在言外。又借香菱口中補出命名典故。玲瓏細密。

插敘林之孝家查看一層。周匝無遺。

湘雲醉眠。是香菱解裙陪襯。

插釵攆逐媳婦一層。是描寫奕棋神情。又探春作事得體。且以見惜春素日。亦不知約束嫗

婢

黛玉獨和寶玉在花下密語。只寫不知說些什麽。藏筆最爲蘊藉。

襲人送茶兩杯。黛玉偏先走開。若襲人單送黛玉。豈不得罪寶釵。乃說那位先喝。我再倒去。眞是伶俐口齒。然必要再添一杯。文章便笨。隨以寶釵漱口。只剩半杯。黛玉不多吃茶。半杯已足。文人巧思。不可揣摹。黛玉說給桂花油。恐打竊盜官司。是暗刺彩雲。襲人說補翠裘。是明誚晴雯。

芍藥裀引出石榴裙。觀音柳羅漢松君子竹姊妹花等。引出夫妻蕙並蒂菱。

荳官駁夫妻蕙口齒甚利。

衆人都散。寶玉獨攜並蒂菱而來。可稱巧合。

香菱石榴裙因爭夫妻蕙而汚。因遇並蒂菱而解。妙有意味。

寶玉埋夫妻蕙並蒂菱。又看平兒鴛鴦梳粧。描寫意淫二字。

香菱叫住寶玉。紅了臉。欲說不說。只囑裙子事別告訴薛蟠。臉又一紅。情深意厚。言外畢露。

此回有變換。有補綴。有明寫。有暗寫。有伏線。有映照。文情最爲靈細。

六十三回

寶玉生日有夜宴。平兒生日有答席。與別人生日不同。變換不板。

敍林家查夜一層。與日間查看一層。兩兩對照。筆法周密。

寶釵探春李紈湘雲香菱麝月黛玉襲人等所製花名。俱與本人身分貼切。而香菱之並蒂花。湘雲之睡海棠。更關照得妙。

別人生日。妙玉不賀。獨賀寶玉芳辰。其意何居。其情可見。是文章暗描法。

鳳姐生日。鬧出鮑妻自縊。平兒答席。忽有賈敬暴亡。且尤二姐尤三姐。亦於是時引出甯府不祥。種種已兆。

第五十七回至六十三回上半回一大段。應分四小段。五十七回爲一段。寫寶黛兩人之癡情。五十八九回爲一段。敍園中人多漸生口舌是非。六十回六十一回爲一段。爲趙姨女伶等不安分。乘間生事。六十二六十三上半回爲一段。寫賈母王夫人出門。寶玉平兒生日。放膽宴會。

六十四回

上半回寫幽淑女悲吟。下半回寫浮蕩子調情。是兩扇反對文字。

襲人獨留心扇縧。與晴雯等迥異。寶釵獨說貞靜爲主。與黛玉等不同。眞是賢妻好妾。

黛玉五美吟惟虞姬一首頗有意味。

私娶尤二姐。說合籌畫。俱是賈蓉主見。眞是禍首罪魁。寫尤二姐善於偷情。是暗補聚麀情事。

尤三姐憤烈性情。已於上回及此回伏筆。

六十五回

二姐偷娶。三姐思嫁。細味偷字思字。便知不能始終兩全。

寫尤三姐倜儻不羈。英氣逼人。爲後來剛烈飲劍描神。敍王鳳姐陰險刁刻。人多懷怨。爲異時尤二姐受騙吞金伏筆。

尤二姐尤三姐之死於非命。禍胎皆種於珍璉二人。甯府淫惡造孽無窮。

尤三姐剛僻。是正筆寫鳳姐陰妬。是旁寫筆。文法變化。

尤三姐心許柳湘蓮。若一問便說。率直無味。今止說五年前想。又即截止。留爲下回尤二姐夜間盤問。如正要探勝尋幽。忽被白雲遮斷。文勢曲折紆徐。

氣兒大。吹倒林姑娘。氣兒暖。吹化薛姑娘。妙語解頤。恰是童兒口吻。

六十六回

興兒說寶玉糊塗。是反襯尤三姐說寶玉不糊塗。尤三姐冷眼看寶玉。是旁襯熱心嫁湘蓮。

尤二姐說三姐。與寶玉已情投意合。興兒說寶玉一定配林姑娘。俱是反挑筆。

尤三姐思嫁柳湘蓮。若自己向賈璉說。到底不成體統。今從尤二姐口中說出。便不着迹。又暗補夜間姊妹密談心話。詳略明暗。文筆細緻。

劍雖至寶。畢竟是凶器。以此定親。殊非吉兆。

甄士隱柳湘蓮出家。俱是寶玉出家引子。

柳湘蓮掣出雄雌劍。揮斷萬根煩惱絲。此三句大有意思。煩惱絲無影無形。與頭髮絕不相干。劍鋒雖利。豈能一揮而斷。試者試掩卷細思。柳二郎是否歸眞出家。抑或別樣結局。自有妙文在內。

六十七回

上回尤三姐公案已經了結。尤二姐如何結局。自當接敘。但竟接連直寫。文情便少波折。此回却先敍薛蟠酬客。次寫寶釵送物。及黛玉思鄉。徐徐接入鳳姐聞風。紆回曲折。引人入勝。

敘薛蟠酬客。寶釵送物。不但文情曲折。且借薛姨媽口中、逗起薛蟠娶親、借鶯兒口中、引起鳳姐。聞風遠針近線。絲絲入扣、

酬客送物。並非閒筆、正是事事周到處。

寫鳳姐怒詰興兒。先後回話。將一幅兇惡面孔。一幅畏懼形狀。描畫入神。丹青不及。

六十八回

此回專寫王鳳姐陰毒險惡。為尤二姐吞金自盡之由。

寫鳳姐向尤二姐一番說話。婉曲動聽。尤二姐雖亦伶俐。不由不落其陷阱。

丫頭善姐。嗔說尤二姐之話。須知是鳳姐暗中囑咐。鳳姐對尤二姐說。倘有下人不到之處。只管告訴我。是先發制人。使尤二姐不得不替丫頭遮掩。惡極。

借鳳姐口中。說就告我家謀反也沒事。又敘王信打點察院得贓。見榮府此時財勢薰天。反跌衰落。鳳姐大鬧甯府。寫得淋漓盡致。既顯鳳姐之潑悍。又見賈蓉之庸懦。兩面俱到。

哭罵吵鬧後。忽指着賈蓉道。今日纔知道你了。臉上眼圈兒一紅。及賈蓉跪下。鳳姐扭過臉去。賈蓉說以後不眞心孝順。天打雷劈。鳳姐瞅了一眼。說誰信你。又咽住不說。隱隱約約。暗藏無

限文字。如金鼓震天。忽有鶯啼燕語。又如一片黑雲現出龍爪。文筆妙極。

六十九回

尤二姐被賺進園。已落深阱。卽無秋桐。亦斷不能久活。今又添一秋桐。其死更速。

鳳姐既暗害二姐。又欲暗害張華。陰險可怕。旺兒說謊。與平兒慈心。皆反襯鳳姐之妬惡。秋桐肆潑。是鳳姐挑唆。異時秋桐被遣。已伏根。

醫生藥誤打胎。不過了結二姐身孕。以便速死。其實墮胎亦死。不墮亦死。與醫無涉。

第六十三回下半回至六十九回一大段。應分四小段。六十三下半爲一段。敘賈敬暴亡。爲接尤老娘母女暫住甯府之由。六十四及六十五下半回爲一段。敘賈璉偷娶。六十五下半六十六回爲一段。敘三姐自刎。湘蓮出家。了結兩人因果。六十七八九回爲一段。敘鳳姐設計陰毒。尤二姐落阱吞金。了結二姐公案。中間夾敘黛玉悲吟思鄉。是借作反襯引線。

第七十回

桃花命薄。柳絮風飄。林薛二金釵。遭逢暗合。而寶釵塡詞。有如風借刀。送上青雲之句。尙不至墮溷沾泥。若黛玉歌行。杜宇春歸。簾櫳月冷。竟是不壽口吻。但青雲二字。本指仙家而言。後人因岑嘉州有青雲羡鳥飛句。遂作爲功名言。寶釵詞內青雲。應仍指仙家。則與寶玉出家。更有映照。

此社是歸結從前詩社。從此以後。漸漸風流雲散。勝會難逢。故桃花一社。有名無實。柳絮塡詞。偶然一聚。便接寫剪放風箏。飄颻星散。已有凄涼景況。

賈赦放賬。是文章展拓法。

七十一回

賈母八旬大慶。是極盛時事。而於南安王太妃請見姑娘等。賈母止傳探春。邢夫人懷怨。又因尤氏生氣。鳳姐暗哭。寶玉又說人享莫定。誰死誰活瘋話。從此以後。家運漸衰。已於極熱鬧時。生冷淡根芽。

司棋偷情。偏被鴛鴦撞見。後來兩人俱不善終。一死於多情。一死於絶情。其實兩人。皆是深於情者。

司棋之私情敗露。引出繡春囊。纍金鳳。及搜大觀園。逐晴雯等事。此回敘事。爲下文幾十回伏線。

七十二回

王鳳姐之病。來旺兒之橫。於此回逗明。迎春之嫁壻失所。鳳姐之違禁放債。亦於此回引起。彩霞放出。爲司棋晴雯等被逐引子。

榮府日用不敷。賈璉支持不住。爲漸漸敗落氣象。寫賈璉畏懼鳳姐。胸中全無主意。描畫入神。

賈雨村降官。爲甯府敗事引子。

彩霞鍾情賈環。賈環無意彩霞。一則見彩霞識見。遠不如晴雯。一則見賈環輕薄。遠不如寶玉。

鳳姐夢人奪錦。是被抄先兆。

事有做不成。話有說不完者。須用意外一事剪斷。如柳絮塡詞。議論紛紛。則以風箏一響剪斷。趙姨娘求情。刺刺未休。則以窗屜一響剪斷。是文章脫卸法。

七十三回

小鵲報信。一層暗寫趙姨平日挑唆生事。及寶玉平日爲人人所愛。

寫寶玉溫理舊書無從溫起。又時時刻刻分心在丫頭身上。妙景如畫。

小丫頭打睡。撞壁上一響。引出牆上跳過人來。不肯一筆骨突。且與前兩回風箏窗屜響聲。隱隱關照。

晴雯教寶玉裝病。故意亂鬧。因此惹出金鳳香囊等事。以致司棋及迎春之乳母等人。或死或逐。均受其害。而晴雯亦即被逐殞命。害人即以自害。報施甚速。寫迎春懦弱可憐。異時之受壻折磨。已先為描出。寫探春鋒利可畏。下回不肯受檢搜。亦先為伏筆。

七十四回

搜檢大觀園。於抄家預兆。杜絕甯國府。是出家根由。迎春一味懦弱。探春主意老辣。惜春孤介性癖。三人身分不同。即卜結果亦異。

鳳姐向王善保家說要搜只搜偺們家的人。薛大姑娘屋裏。斷乎抄檢不得的。王善保亦云。豈有抄親戚的。試問林姑娘獨非親戚乎。則黛玉之受欺不止不給月銀一端。宜乎其日以淚痕洗面也。

侍書之說話鋒利。晴雯之性情躁急。及入畫之哭訴實情。司棋之並無慚懼。各人肚裏各有主意。而司棋之視死如歸。已有定念。

鴛鴦偷賈母箱子。於此回補出。又帶寫邢夫人之見小貪利。鳳姐善於安頓。三面俱到。

七十五回

甯府荒淫作惡。不但人言可畏。甚至先靈悲歎。其一敗塗地。自當不遠。

甄家抄沒。是賈家抄沒引子。上回於探春口中微露一句。若不補寫明白。便有疎漏。若竟細敍原委。難免冗煩。今借老嬷說。不露痕迹。

寶釵不可不去。不得不去。是寶釵身分。且爲園中離散之象。又借探春口中說破。妙妙。

敍賈珍堂中飲博及邢薛二人浮蕩模樣。全是敗家所爲。

賈珍夜宴。鬼爲悲歎。與賈母賞月。大不相同。一敗一復。於斯已見。

寶玉賈環詩不明寫出。得體。文法亦見變換。

七十六回

賈赦回家絆跌。亦是將敗之兆。

賈珍夜宴。鬼聲悲歎。賈母賞月。笛聲淒楚。深淺不同。其不吉之徵無異。

尤氏說笑話。因賈母打盹中止。亦變化筆法。

借不見茶杯。引起林史二人往凹晶館看月聯句。可見賈母打盹。姊妹先散情形。

聯句一節。是詩社結局餘波。

寒塘鶴影。引出妙玉來。

妙玉足成三十五韻。是仿昌黎怪道士傳文法。

借妙玉口中說出氣數使然。文已躍躍筆端。

七十七回

敍王夫人處有人參。賈母所藏之參。又不適用。已見消乏氣像。

借周瑞家口中。補出邢夫人嗔王善保家多事。愛責裝病。以便王夫人遣逐司棋。省却無數筆墨。

姦與盜俱在迎春房中敗露。可見一味忠厚。不能正率下人。所謂忠厚者。無用之別名也。

寫寶釵換參一節。顯出寶釵精細。非比富貴家閨閣中。不諳世務。寫襲人勸解一層。描出襲人涵養迥異輕浮婦女。全無斟酌。

遣司棋。逐晴雯。是此回正主。其餘四兒芳官等。俱是陪襯。

海棠偶死。不是凶徵。海棠復生。却非吉兆。與九十四回。遙相關照。

晴雯來歷。於此時補出。而姓氏籍貫。仍無着實。伏下回芙蓉誄中句。

芳官等出家。是將來惜春紫鵑出家引子。

王夫人持家嚴正。固爲正理。但未免性急偏聽。金釧之投井。晴雯之屈死。司棋之殞命。及芳官等之出家。皆王夫人所作之孽。是一味嚴峻。亦非和氣致祥之道。

七十八回

補敘王夫人將辦理園內之事。回明賈母。極其周匝。寶釵告辭回家。不但聞知搜檢各房。理應避嫌。且爲將來說親出閣地步。

姽嫿詞。是芙蓉誄陪襯。而姽嫿將軍。是實事實寫。芙蓉花神。是虛言虛擬。賓主虛實。錯綜變化。

林四娘死得慷慨激烈。晴雯死得抑鬱氣悶。一則重於泰山。一則輕於鴻毛。逈不相同。而於一回書中並寫。有羯鼓催花之妙。

輗姽嫿將軍。有衆客讚揚誄芙蓉花神。有黛玉竊聽。文法方不單弱。

第七十回至八十八回一大段。應分六小段。七十回爲一段。寫詩社之不能再盛。人將散離之機。七十一二回爲一段。敘鳳姐之招怨多病。司棋之私情敗露。七十三四回爲一段。敘園中姦盜。有查抄之兆。七十五六回爲一段。寫甯府之夜宴鬼歎。榮府之賞月淒清。爲將衰之象。七十七回爲一段。了結晴雯芳官等終身。七十八回爲一段。寫寶玉癡情。爲詩社聯句餘音。

七十九回

於一篇誄詞中。摘出紅綃帳裏四句。再三改易。忽然映到黛玉身上。一是無心。一偏有意。眞有宜僚弄丸之妙。紫菱洲口吟。是上回誄詞餘波。

寶玉替香菱躭憂。是正射後文。香菱盼新人進門。是反跌後文。

薛蟠娶夏金桂。是娶妻不賢。迎春嫁孫紹祖。是嫁夫失所。正宜作一回寫。而金桂之不賢。已敘一二分。迎春之失所。尚未敘及。仍有次序先後。

第八十回

香菱改秋菱。秋字遠不如香字。可見夏金桂之不通。且一改秋字。香菱便遭屈棒。亦是秋老菱枯之兆。

王熙鳳之挑唆秋桐。是借劍殺人。夏金桂之甘捨寶蟾。是以新間舊。一樣行爲兩樣心事。

紙人鎮壓香菱受屈。爲後文砒霜毒人。金桂自害引子。

婦人諸病可醫惟妬之一字。不死不休。王道士療妬方。不是胡謅。是作者借此詼諧說透妬病。

金桂之潑悍。已寫得淋漓盡致。迎春之受折磨。必當明敘。故即於此回敘入。

八十一回

敘寶玉想出主意。要接迎春來家。不放回去。描寫獃公子說話入神。

敘寶玉到黛玉處大哭。提起海棠社及寶玉香菱俱去。再過幾年。園中不知作何光景。不如早死等語。觸起黛玉心事。與前後文遙遙照應。通篇皆血脈貫通。借釣魚占兆。獨寶玉落空釣竿折斷。爲將來出家預兆。

馬道婆事敗。伏趙姨娘將來鬼附自責事。

寶玉再入家塾。學八股。爲中舉地步。

八十二回

寶玉厭薄八股。却有意思博取功名。不得不借作梯階。作者借寶黛兩人口中。俱爲道破。

代儒講書。直是對症下藥。善於教子弟者。

寶玉是夜發熱。先爲心痛引子。如此小事。亦有先後伏應。文章細而且活。

寫黛玉夢境。恍恍惚惚。迷迷離離的是夢中境象。眞傳神入妙之筆。

以寶玉剖心跌倒。爲哭醒出夢。尤爲妙絕。而寶玉是夜心痛。又暗與夢符。夢與神通。神與夢合。是耶非耶。眞疑鬼疑神之筆。

惜春畫大觀圖。久不提起。故用簡筆略描。又於探春湘雲口中。評論多少疎密。見圖尚未定局。

惜春說黛玉。總是看不破。天下事那裏有多少眞的。已是出家人口氣。

八十三回

寫黛玉病中所見所聞。無不觸心刺耳。眞有風聲鶴唳。草木皆兵境況。

王大夫藥案。黛玉已是不起之症。臨行向賈璉說。寶玉二爺到沒有什麼大病。意在言外。

外人說甯榮二府富豪氣象實在謠言可怕。王鳳姐頗有見識。惜其貪利忘害不能思患預防。遂至合着謠言算來總是一場空。可見富貴人均須於極盛時。仔細留心。爲持盈保泰之道。作者借此警人。莫作閒話看。

以黛玉患病。引出元妃有恙。

寫金桂撒潑。越顯出寶釵涵養。有枯枝生幹雙管齊下之妙。

八十四回

寶玉詩詞聯對燈謎俱已做過。惟八股未曾講究。若不一試。將來中舉便無根脚。故於再入家塾後專寫制藝一層。

試過文藝後。即接說親一事。引起寶釵金鎖。賈母求親。是寶玉黛玉三人結果之因。以張家親事。襯出寶釵。文情曲折紆徐。

寶釵親事。於巧姐病中說起。是以成親。亦在寶玉病中。作者暗以伏筆作讖兆。賈環因巧姐而結怨。爲將來串賣之根由。

八十五回

敍北靜王生日。先向寶玉說吳巡撫保舉一節。則陞任郎中。原是因由。文章便不鶻突。

玉放紅光。是精華外露。爲走失之象。不是喜兆。寫寶玉疑心襲人。有意偏在黛玉一邊。是反跌後文賈芸報信。一實一虛。卽此一段閒事。文法亦不雷同。

鳳姐出言冒失。寶玉忽提芸兒。也是冒失。妙在一暗一明。俱與黛玉心事相關照。而鳳姐之言。黛玉明知。寶玉之話。黛玉與衆人俱不懂。雖都是反照黛玉之姻事不諧。却是兩樣文法。

蕊珠記冥升一齣。是黛玉夭亡影子。吃糠是寶玉暗苦影字。達摩帶徒弟過江。是寶玉出家影子。

於極熱鬧時。忽接薛蟠打死人命。有風雲不測之象。第七十九回至八十五回一大段。應分三小段。七十九八十回爲一段。敍薛蟠娶妻不賢。迎春遇人不淑。爲犯案磨死之由。八十一二回爲一段。敍寶玉再入家塾。伏中舉之根。八十三四五回爲一段。敍賈環又結仇怨。薛蟠復遭人命。伏將來串賣巧姐。金桂淫毒自害等事。中間夾敍黛玉惡夢。元妃染恙。及寶玉提親。釣魚占兆。賈政陞官。均係現在事迹。伏後文根線。

八十六回

蔣玉函久不提起。今雖聘娶襲人。爲時不遠。因借薛蟠途遇。邀同飲酒。且卽以當槽張三。注視玉函。爲次日薛蟠生氣。碰死張三根由。並寶玉聞知。查問紅汗巾。襲人嗔說。反挑將來聘娶情事。靈活關照。雕龍手筆。

先敍桃駁初呈。後敍覆審翻案。財可通神。寫盡貪官情狀。

賈母夢元妃。說榮華易盡。不是夢境。是預兆。

牛不牛。寶玉自說。妙極。

送蘭花引出猗蘭操。又因猗蘭操。引出下回寶釵歌詞。黛玉和韻。血脈一氣貫注。

八十七回

寶釵與黛玉。原是寶玉鏡中意中人。且寶玉亦獨與黛玉親厚。實是閨閣知音。久不相見。若無詩札往來。殊不近情。此回必不可少。

探春笑說寶釵。橫豎要來。無心却似有心。

香風是蘭花。但竟說蘭。不但文情徑直。且探春等又須看花。殊費筆墨。今以像桂花漾開。卽借桂花說起南北各方。人有定數。爲探春南嫁伏筆。玲瓏不可思議。

補柳五兒不進園緣故。周匝。

妙玉一見寶玉。臉便一紅。又看一眼。臉即漸漸紅暈。可見平日鍾情不淺。此時妙玉已經入魔。夜間安得甯靜。寶玉疑妙玉是機鋒。不覺臉紅。妙玉見寶玉臉紅。亦自臉紅。一樣臉紅。兩樣心事。妙極。

園中路徑。妙玉若不慣熟。豈能獨至惜春處下棋。不過要寶玉引路。爲同行之計。且可共聽琴音。講究一番。文心何靈妙如此。

八十八回

上回敍妙玉走魔。此卽接寫惜春寫心經。以揭心定自靜。心明自慧。妙諦。

惜春觀音龍女之譬。鴛鴦說除了老太太別的也伏侍不來。俱與將來殉主關照。

寶玉說師父讚賈蘭。一定有大出息。爲中舉伏筆。

賈芸謀薦匠人。描盡工部情弊。

巧姐一見賈芸便哭。伏後來串賣情事。

水月庵老尼見鬼。自是東窗事發。鳳姐安得不動心。此心一動。諸邪俱入。空屋人聲。三更發慘。不獨尤二姐一人也。

八十九回

寶玉釵黛原折開不得。寶釵有歌。黛玉有操。寶玉亦須有所作。故借金裘。引出塡詞。

黛玉房中對聯。已有人琴俱亡之感。

靑女素娥。是釵黛影身。耐冷鬥寒。畢竟霜晨不久。明月長存。兩人結局。已在圖中照出。

寶玉說我不知音。黛玉說知音有幾。原都是無心。轉念一想。彼此俱似有意。寶玉尚可。黛玉已難爲情。偏又聽見雪雁一番說話。其何以堪。怨生覓死。以至不可救藥。文章一層緊一層。

九十回

黛玉夭亡。已是意中事。然竟絕粒而死。不但文情徑直無味。且覺鍾情尚未至深。死亦死得糊塗。今因聽訛言而覓死。因聽密言而復生。委曲纏綿。反跌後文竟娶寶釵。更爲緊湊。

賈母欲將寶玉移出園外。既照應前文襲人對王夫人話。又伏寶玉病後移出地步。及吩咐寶玉定親。不要叫寶玉知道。伏後文冲喜掉包。黛玉驚迷情事。

鳳姐送衣服。是敬重岫烟。金桂送果酒。是勾引薛蝌。一正一邪。互相映襯。寫岫烟涵養。亦反襯金桂淫蕩。

九十一回

寶蟾設計。教金桂勾引薛蝌。金桂纔肯安靜。因其安靜。薛姨媽纔到金桂房中去。方見夏三。因夏三時常走動。買毒藥方有人。層層相因。節節貫注。

寶玉病。黛玉病。寶釵亦當患病。纔是一路人。然寶玉多因魔壓癡獃。黛玉之病本係單弱。又因疑多情切。惟寶釵因勞所致。人品不同。病亦各異。

黛玉問時。層層剝繭。釵玉答語。頗有悟機。而黛玉則說到水止珠沈。寶玉說到有如三寶。兩人結局。於斯可見。此老鴰之所以連聲飛向東南去也。

黛玉說薛姨媽心緒不甯。如何還能應酬。纔不疑及親事。亦是反跌後文。

九十二回

賈母如一顆母珠。在則兒孫繞聚。死則家業消亡。借此一筆。暗伏後文。

巧姐以侯門之女。出嫁耕織之家。如列女傳中孟光一流人物。故借寶玉講書。爲伏筆。

賈政說甄家被抄。是正伏後文。賈赦說我家斷無其事。反跌後文。

補敘賈雨村來歷。與第二回遙遙照應。

九十三回

寶玉忖度誰家女兒。得嫁玉函。方不辜負。豈知卽是自己平日最愛最親之婢。側筆映照。妙妙。

包勇述說甄寶玉夢醒。忽然改變性情。惟知念書爲事。且能料理家務。賈政便默想一回。試思賈政因何默想。絕不再問。中間暗藏無限情事。讀者須心領神會。勿被作者瞞過。

水月庵。平兒誤說饅頭庵。以致鳳姐驚昏嘔血。不是平兒口誤。卻是暗中有鬼。第八十六回。至九十三回一大段。應分五小段。八十六七回爲一段。寫薛蟠以賄翻案。妙玉因色走魔。中夾敘黛玉撫琴。引起下文。八十八回爲一段。敘佳兒悍僕。伏異時中舉糾盜之根。八十九回爲一段。寫寶黛癡情。九十九十一回爲一段。敘金桂淫蕩。岫煙涵養。寶釵持重。九十二三回爲一段。寫巧姐幼慧。賈芹敗事。中間夾敘母珠聚散。甄家抄沒。引出賈家不祥諸事。

九十四回

水月庵一案。若待賈政回來。問出私通情事。礙難發落。今趁賈政上班。從寬完結。省卻無數累筆。且元妃將薨。留此女尼女道。甚屬無謂。遣去最妙。

紫鵑說寶玉見一個愛一個。貪多嚼不爛。是意淫註脚。

紫鵑輾轉思量。忽然醒悟。自晬後來願入空門。於此已露端倪。

李紈要搜衆人身上。探春嗔是非。見識甚高。但疑環兒又惹趙姨娘吵鬧。似屬多事。

花妖兆怪。通靈走失後。從此元妃薨逝。寶玉瘋顛。甯府抄沒。賈母鳳姐相繼病亡。種種凶事俱來。此回是賈府極盛而衰一大轉關處。

九十五回

焙茗說當鋪裏有玉。是爲假玉做引子。

請仙乩語。直射寶玉談禪。

若非王子騰進京。及元妃薨逝二事。躭延日月。賈母必早知失玉情事。無日不追尋吵嚷。寶玉亦必早移出園。文情過於急促。且襲人求黛玉勸導。黛玉避嫌不來。探春明知不祥。不肯常來。及薛姨媽寶釵一番話。各人心事。俱無從描寫。此文章開展法。

賈政因聽見招帖。方知失玉緣由。暗地着人揭去招帖。安頓得體。

做假玉圖騙。反襯後文眞玉送來。

九十六回

假玉一事。只可如此了結。必究治其人。不但又生枝節。且閒費筆墨。於正文毫無關涉。

襲人之一喜一悲。是意中應有之事。喜是爲自己有靠。悲是爲寶黛耽憂。不得不向王夫人。將兩人園中先後光景盡情吐露。

傻大姐眞是招災惹禍的種子。前拾繡囊。爲禍不淺。今漏風聲。令黛玉夭逝。恨恨。

寫黛玉兩人相見。只是傻笑。一是迷失本性。一是瘋顛有病。描畫入神。

襲人叫秋紋同送黛玉回去。爲回來報信地步。

九十七回

寶釵成禮時。卽是黛玉死日。若一回並敍。未免筆墨繁瑣。顧此失彼。描寫不盡。分作兩回。此回只寫黛玉病危。卽寫成婚光景。至黛玉身故日時。却於下回寶釵口中說出。用補筆細敍。此文章斟酌先後。變動安頓法。

賈母因知黛玉心病。疼愛之心頓減。不但道理甚正。且便辦寶釵大事。

鳳姐試寶玉。寶玉說我有一個心。交給林妹妹。與八十一回黛玉夢境及寶玉心疼。遙遙呼應。

寫薛蟠悶准誤殺。既反跌後文部駁。又順勢好完寶釵婚事。

黛玉病危。沒人看問。獨有紫鵑一刻不離。不但寫賈母心冷。衆人亦俱冷淡。可爲黛玉傷心。且見紫鵑情重。爲將來不睬寶玉埋根。

紫鵑若竟找至新房。看見寶玉。便恐生出枝節。今因墨雨口說。紫鵑即便哭回。既省筆。又緊湊。

於病勢垂危。手脚忙亂時。忽然要喚紫鵑過去。令人實不堪耐。無怪紫鵑之急不擇言。若不叫雪雁去。此事殊難排解。但雪雁之去。非平兒作主。誰敢躭承。此平兒之來。不但見鳳姐細心。且即以周全此事。並可使鳳姐等。俱知黛玉不起。文章細密。無以復加。

寫寶釵成禮時光景。令新人殊不堪耐。與黛玉遙遙相照。

九十八回

寶釵勸解寶玉。先說一番大道理話。是兵家堂皇正兵。說黛玉已故。是兵家不測奇兵。奇正相參令人捉摸不着。

寶玉離魂一夢。必不可少。若無此夢。癡想何時解悟。獃病何能漸愈。但此夢非寶釵說破黛玉已死。無由入夢。寶釵可謂神於醫病者。

黛玉臨終光景。寫得慘淡可憐。更妙在連呼寶玉。只說得你好二字。便咽住氣絕。描神之筆。

第九十四回至九十八回一大段。應分三小段。九十四上半回。為一段。敘海棠復生。為妖孽見兆。並非吉徵。九十四下半回至九十五回為一段。敘元妃薨逝。寶玉瘋顛。以見花妖之響應。九十六七八回為一段。敘釵黛二人。一婚一死。了結黛玉因果。引起寶釵後事。

九十九回

敘鳳姐演說寶玉與寶釵頑戲情形。是專為擇日圓房。釵園中冷落光景。是騰出工夫好寫賈政任所諸事。不是閒費筆墨。

寫李十兒設法慫恿情事。描寫長隨家人。串通書役。簸弄主人。使倆明透如鏡。凡做官者。安得不墮其術中。

借節度調取進省一層。為探春親事定局。薛蟠命案部駁門筍。

因薛蟠命案部駁。引出夏金桂勾引薛蝌。因勾引薛蝌。引出妬忌香菱。因妬忌香菱。引出毒人自毒。文情層層相因。

第一百回

補寫薛蟠家業消磨。周匝細密。

薛蝌東西俱託香菱收拾。又時常說話。縫洗衣服。金桂妬心已不可耐。因愛薛蝌。隱忍不發。是文章到極緊處。放寬一法。

渃非香菱無心走出。薛蝌既不可聽從金桂。又不便聲喊叫破。此時殊難擺脫。故借香菱驚散。既便薛蝌脫身。又爲積怨地步。

因探春親事。於王夫人口中。述及迎春苦况。是趁勢補筆法。且爲迎春將死根由。

開發雪雁。省費煩文。仍留紫鵑。生出後文。

襲人要探春不必辭行。寶釵要探春好爲箴諫。兩人不同。其憐愛寶玉則一。然畢竟寶釵所見。高出一層。

一百一回

鳳姐因料理探春粧奩。想去睄睄。恰在人情之內。並非無端想起。又因日間事忙。或黃昏後賈璉在家。不能分身。適値黃昏人靜。賈璉未回。遂到園中去。情事逼眞。

主婢四人同行。礙難見鬼。一箇一箇。以次遣去。止賸鳳姐一人。秦氏幽魂。纔可出現。一路寫來。令人毛髮森然。鬼魂未見。先有狗嗅一驚爲引。妙極。

鳳姐特來探望探春。乃因見鬼驚怕。託辭他們已經都睡。急忙回家。神情酷肖。若仍至秋爽齋而見探春。不但鋪敍閒談。徒費筆墨。且必不能寫出失神落膽情狀。

李嬷挫磨巧姐。鳳姐囑託平兒。及王仁爲人不端。暗伏串賣逃避情事。

寫寶玉憐愛寶釵。妙在一團孩子氣。賈璉氣寶玉恩愛。兩相對照。鳳姐安得不傷心。

散花寺求籤。忽得王熙鳳故事。籤固甚靈。又提李先兒說書。回顧前文。筆亦甚靈。

衣錦還鄉四字。獨有寶釵說另有緣故。慧心人畢竟不同。寶釵正要解籤。忽王夫人來請。不及解說。文筆善於脫卸省事。

一百二回

撥補五兒。只王夫人口中帶說。探春臨行與衆人作別。不復細敍。簡省無數閒筆。

大觀園冷落荒凉。是盛極必衰。氣數使然。其敍病祟驅妖等事。所謂妖由人興。抄沒預兆

毛半仙文王與六壬課。說得有理有象。作者亦殆半仙乎。寫道士壇場。鋪排形容。如畫。

國家將亡。必有妖孽。大觀園如此疑妖見鬼。賈政安得不被參。甯府安得不被查抄。

一百三回

薛家婆子急得說話不清。描寫入神。

賈璉說必須經官。纔了得下來。所見固是。寶釵說湯是寶蟾做的。捆起寶蟾。一面報官。一面通信與夏家。更爲老到細密。才女見識。高出賈璉幾倍。

寶釵先放寶蟾。開導實供。世間聽訟者。若能如此。何患不得實情。

金桂自害。只可息事完結。若一經官。便難了事。

見機而作。急流勇退八字。人人皆曉。而能行其事者。古今寥寥。故作者設言此地。爲戀祿者下一針砭。

葫蘆兩字。釵玉一聯。直刺人心。雨村卽非頴悟。亦當猛省。

第九十一回至一百三回爲一大段。應分三小段。九十九一百回爲一段。敍賈政受家奴簸

弄。以致被參失察。金桂被香菱撞破私情。因而謀害。一百一二回爲一段。寫大觀園無人。疑妖見鬼。爲榮甯查抄之兆。一百三回爲一段。敘毒人自毒。了結金桂。帶敘雨村遇舊。爲歸結紅樓夢地步。

一百四回

此庵不燒。賈雨村必重來尋訪。遣丁接請。不但筆墨煩冗。且亦難於了結。付之一火。脫化簡淨。

借醉金剛口中。說重起利盤剝。及張華舊事。可見人言籍籍。口碑載道。爲御史風聞題參張本。

黛玉死後。若寶玉一哭之後。絕不提起。便與生前情意。絕不關照。既然與寶釵恩愛。又不便時時刻刻哀思黛玉。故借賈政歎傷。觸動前情。想起紫鵑。但竟叫紫鵑。未必肯來。即來亦不肯細說。寶玉心事無從傾吐。因借央懇襲人。復以誄祭晴雯相比。方可描出寶玉深情。即烘雲托月文法。

一百五回

查抄家產。偏在設席請客。方是出於意外。

寫西平王處處用情。趙堂官處處挑撥。令人急煞。以爲賈母王夫人及寶玉房中。必遭荼毒。幸有北靜王來宣明惠旨。令人神魂稍定。文情如疾風暴雨時。忽然雲散風和。

抄沒甯府情形。只在賈政聽見登記上寫出。可見番役查抄時。兩府內人等俱看守嚴密。消息不通。於天翻[illegible]地覆時。忽插入焦大吵鬧。又將賈珍平日作爲及被抄情形。細說一遍。以補筆旁筆。寫出正文。方不是印板文字。

寫薛蝌獨出力探事。不但見親情之厚。薛蝌之能。且可見其餘親友之炎涼。不是單寫薛蝌。

一百六回

榮府家產。概行給還。獨抄出借券。照例入官。鳳姐一生盤剝積蓄。盡化爲烏有。所謂采得百花成蜜後。不知辛苦爲誰甜。剝削者當猛省。

夾敍孫家要銀。見孫紹祖無情無理。迎春豈能久活。於哭聲嘈亂時。插敍史家人來。一則好止哭聲。一則聲說湘雲即日出閣。不來探望之故。情事周匝。

一百七回

尤三姐一案。掩飾得毫無根迹。益見湘蓮出家之妙。賈母不問家事。賈政實難訴說。趁此一問。據實回明。賈政復職。親友都來賀喜。世態如斯。不足爲怪。獨邢夫人尤氏暗地悲傷。又不便露出。寫得周到。

賈政請將園宅入官一層。必不可少。若不摺奏。奉旨居然住着。終不放心。

賈化暗傷賈府。借旁人傳言說出。是暗補法。

包勇看園。本是受罰。豈知轉爲後來禦盜之人。若不預伏此人。惜春必遭擄刼。事出無心。却又有意。

一百八回

湘雲說到了有二字。便臉紅住口。活是新婦光景。

邢岫烟不來。自是正理。夾寫邢夫人尤氏心事周匝細密。

此番寶釵慶壽。爲通部慶筵總結。所以賈母因此得病。卽爲通部不祥之事總結。

寶玉因十二金釵。想起衆姊妹。因衆姊妹。想起黛玉。雖是癡情。却有次序。

寶玉聽見哭聲。是心疑所致。經婆子們一說。竟成實事。宜寶玉之大哭也。

寶釵慶壽。是強歡笑。寶玉悼亡。是眞痛哭。

一百九回

寶玉一生原是夢中人。夢中境。寶釵欲以夢醒之。是慧心人作用。無如兩夜無夢。白費寶釵苦心。寶玉與成親後。雖相恩愛。終非魚水。至此寶釵欲移花接木。方得兩情浹洽。不但寫寶釵是夜多情。且見平日端莊。亦爲身孕伏脈。

五兒自補入寶玉房中。並未與寶玉交言。借此一敍。必不可少。若非外面聲響。寶釵咳嗽。寶玉與五兒如何分散。文筆收縱自如。

玦者決也。爲賈母與寶玉永訣之兆。

妙玉退望賈母。卻是閑文。要緊處在問知惜春住房。爲異日遇盜埋根。

一百十回

心實吃虧四字。是修福延壽眞訣。王鳳姐與此四字相反。所以無壽無福。

賈母與寶釵。並無一言。惟有歎氣。心中疼護寶玉。又憐寶釵所嫁不偶。既說不出心事。形容入神。

鴛鴦先疑鳳姐不肯用心。嘮叨哭泣。此層文章必不可少。

百忙中夾敘賈蘭攻書。寶玉孩氣。及賈環惡狀。鴛鴦氣性。文心閒暇。文筆周密。毫無手忙脚亂。顧此失彼之病。

李紈不知車可借。偓惹人譏笑。借此時冷落。形容當日富豪。一筆兩面俱到。

寫裏頭人心不齊。外頭呼應不靈。總因銀錢不應手。鳳姐沒權柄。遂至諸事雜亂。

一百十一回

鴛鴦殉主。固是義氣。亦是怨氣。賈赦雖已遠去。邢夫人應膽虛心戰。

鳳姐睡倒。秋桐一看便去。平兒即囑豐兒回明邢王二夫人。一筆不漏。

鴛鴦自縊時。尋取所剪頭髮。揣入懷中。頓使前事刺人心目。文筆靈警異常。

寶玉寶釵。一樣行禮。兩樣心事。

妙玉是夜在惜春處住宿。以致被盜窺見。爲明日被劫之由。數固有定。文亦有意。

此時包勇進來。盜不踹門。專爲保全惜春而說。

秦氏多情而淫、何能超出癡情司、歸入仙境、慧心人須將册中題畫、及當懸梁等語、細參作者隱意深文。

一百十二回

賈家尼僧道婆往來。惹出多少惡事。以妙玉孤潔。尚不免於物議。何問其他。得包勇大嚷一場。爽人心目。賈璉問包勇。包勇也不言語。最爲得體。且省筆墨。

賈璉開失單。頗有斟酌。

鳳姐尚在。如何先在陰司告狀。亦是疑鬼疑神之筆。賈璉回話。輕聲低語。不知所言何事。乃於賈政口中喝破。描寫得情。

一百四回至一百十二回一大段。應分三小段。一百四五回爲一段。敘小人布散流言。以致甯府被抄。一百六七八九回爲一段。寫賈母禱天散財。及勉強尋歡。爲得病之由。又帶敘賈政復職。迎春物故。一百十回十一十二回爲一段。敘賈母壽終。鴛鴦殉主。趙姨冥報。妙玉被劫。此三人公案中。夾敘鳳姐患病。惜春剪髮。爲將來出家之由。

一百十三回

賈母已故。鳳姐病危。若趙姨不死。必生出無限風波。就此了結。既見果報之不爽。又免日後滋事。

鳳姐病重。邪魔悉至。雖是病昏恍忽。亦是警人。諺云時衰鬼弄人。信然。

鳳姐託劉老老帶去巧姐。願與莊家結姻。是正伏下文。劉老老說鄉間太苦。太太們也不肯與莊家結親。是反跌下文。

劉老老借鳳姐許願一層。連夜回去。亦是省筆法。

寶玉胡思亂想。觸緒紛來。歸結到尋問紫鵑。寫得實在可憐。紫鵑安得不感動柔情。

紫鵑想到不如木石無知無覺。一片酸熱心腸。頓然冰冷。正是出家根由。

百十四回

邢岫烟出閣。正值賈母新喪。不便夾雜敘入。若突然補敘。便嫌生砌。今借鳳姐病危。襲人提起夢册。寶釵提起籤兆。引出岫烟求妙玉扶乩。然後從寶釵口中略敘大概。補得毫無斧鑿痕。

寫王仁向巧姐一番說話。伏後來串賣情事。

平兒慨然取出東西。交給賈璉。且說是奶奶所給。還與不還。毫無介意。眞是不負恩義之人。

日後巧姐所以虧他保護。

賈政憶女寄書應嘉爲子託親。兩相關照。又爲下文探春回京李綺姻事伏筆。

應嘉屬意寶玉。不遑問及包勇。是匆匆作別光景。

一百十五回

賈政叫寶玉作文。不過借此截斷同寶釵說話。無甚緊要。所以不日寶玉病重。亦不復提起。

借地藏庵尼僧口中。竟說妙玉跟了人去。只怕是假惺惺。不但是文人暗筆。且見妙玉平日不滿人意。

寶玉一見甄寶玉。想起夢中光景。以爲必是同心知己。是反跌下文賈蘭。却是甄寶玉知己。是旁襯法。寶玉連自己相貌。却不願要。深合我相非相妙義。宜其一病幾死。病好便要超凡也。

惜春出家。因寶玉病重。暫時擱起。若此時卽辦。賈璉在家。殊難安頓。是文章下坡勒馬法。

寶玉於病到極危時。忽有和尚送還通靈。一見便好。喜出望外。於正要起坐時。一聞麝月碰破一言。忽然暈倒。驚出意外。文章變幻不測。

一百十六回

寶玉初次入夢是眞夢。所以畫册題詞。俱不記得。此番是神遊幻境。並不是夢。故十二首詩詞。俱牢牢記得。讀者亦莫作夢看。

寶玉神遊幻境。除在世諸人。自當不見。其餘迎春黛玉鳳姐秦氏尤三姐鴛鴦晴雯。皆恍忽見面。元春是皇妃。不便與衆相同。故止寫詞中一語。隱隱逗明。最爲得體。若妙玉如果被害。靈鬼亦應仍歸幻境。必當與寶玉一見。乃獨不提及。是作者深文隱義。不可不知。

寶釵說到生也是這塊玉。下句必是死也是這塊玉。忽然止住不說。落下淚來。神情如畫。

寶玉牢記册上詩句。心中早有成見。與惜春之意相合。故借惜春口中說破入我門三字。

賈政扶柩回南。了却無數未完事件。且好敍後來一切家事。若賈政在家。便有許多掣肘處。

寫紫鵑五兒兩人。心事不同。有淸濁渭涇之分。

一百十七回

寶玉問和尚來路。和尚說你自己來路還不知道。便來問我。眞是當頭一棒。喝醒癡迷。凡人眷戀妻兒名利。至死依依不捨。皆是不知來路。若曉得來路。便是去路。有何可戀處。

寶玉說還了你玉。和尚說也該還了。針鋒相對。須知不是還玉。是反眞還原。

襲人聽說還玉。此驚實非小可。正如寶釵所說。生也是這塊玉，死也是這塊玉。

凡人所見。不過生死爲重。豈知佛門另有不生不死一義。

佛門不打誑語。寶玉對王夫人所說。却是誑語。須知仍是眞心要走。不是誑語。寶釵不還玉。以爲有玉卽有人。寶玉說重玉不重人。是在人不在玉。暗裏機鋒。靈警異常。

小廝學和尚同寶玉說話。妙在似明白似糊塗。只有寶玉是慧心人。必是想起乩語。所以發怔。

寶玉說和尚住處。說遠就遠。說近就近。卽是反求不遠之義。

寶玉說一子出家的話。是文章明點法。隨以頑話撇開。是縱放法。不點則眼不明。不縱則勢不寬。

接寫賈璉匆忙出門。纔好敘巧姐惜春諸事。

一百八十回

王夫人卽不問彩屏等願跟惜春與否。紫鵑亦必跪求。但徑行敘入。不但文情直率。且不見王夫人周到。襲人也願跟惜春出家。亦是反跌下文。

寶玉此時雖已明白因緣。但聽見紫鵑提起黛玉。一陣心酸。看見襲人痛哭。也覺傷感。尚有塵心未淨。

平兒看出相看巧姐之人。不像是對頭親。也不像是落府人。靈慧可愛。

借王夫人說話中。補明寶琴已嫁。湘雲已寡。簡淨得法。於賈璉口中帶敘甄家有信。要娶李綺。趁勢敘入賈政有信。探春回京。是陪襯賓主法。

就賈政信中。叮囑寶玉賈蘭。場期已近。實心用功。下文寶釵規勸寶玉。俱有根由。

寶釵說博得一第。從此而止。是要寶玉易於入正。俟得第之後。徐徐再勸。不想此四字爲寶玉心許。其一中便走之念。此時已決。

寶釵派鶯兒服侍。原是怕寶玉舊性又發。豈料寶玉險些塵必復動。可見斬斷凡心。殊非易事。

鶯兒自園中打絡後。未免有心。始終與寶玉並未交言。補此一段文字。以了前因。

一百十九回

寶玉赴考時。辭別王夫人及李紈寶釵。句句是一去不回口氣。文章玲瓏。有手揮目送之妙。

惜春與紫鵑。已跳出樊籠。不送不辭。斟酌有意。

王夫人與寶釵。一樣流淚。兩樣心事。王夫人是說話傷心。寶釵是慧心窺破。所以王夫人尚可明說。寶釵竟有不能說之苦。

賈環想報仇得意。是反跌下文。

王夫人說寫信與賈璉。差人送去。也是一法。豈知三日內卽要送去。令人急殺。然後轉出劉老老逃避一法。眞是山窮水盡。忽有柳暗花明之景。且使王夫人不得不依。妙極。

平兒連鋪蓋衣服也不要。只求王夫人派人看屋。才識敏決。可以扶危救急。及王夫人轉去絆住邢夫人。布置周密。

賈芸王仁等。有興而去。掃興而回。殊快人心。王夫人說逼死巧姐。平兒要賈環找還屍身。亦着急得像。

李紈探春惜春及家人焙茗等議論寶玉。各有不同。各有道理。惟寶釵襲人心中。無限苦楚。一字說不出來。情事逼眞。

借寶玉賈蘭籍貫。引起元妃。又借海疆靖寇班師。引出大赦。賈珍賈赦亦可宥罪復職。給還家產。薛蟠亦得贖罪。以便歸結全部。

王夫人帶領巧姐等。同見邢夫人。將前事都歸在賈芸王仁身上。安頓極妥。否則邢夫人難安。

第一百十三回至一百十九回。一大段。應分四小段。一百十三四回爲一段。完結王鳳姐因果。中間帶敍寶玉癡情。甄府復職。一百十五回至一百十七上半回爲一段。敍惜春決志出家。寶玉悟心幻境。夾敍兩寶玉相會。一甄一賈。性情各別。及賈政扶柩回南。完結各葬事。一百十七下半回十八上半回爲一段。寫賈璉出門。賈環乘間串賣巧姐。一百十八下半回至一百十九回爲一段。敍寶玉逃禪。賈府蒙恩。以便完結全部。

一百二十回

襲人病中一夢。已有出嫁之念。所以薛姨媽一勸卽從。

賈政若不於途次舟中。親見寶玉。聽見歌詞。則到家後。豈有不竭力找訪。生出無限筆墨支離。必得如此。方可了悟因緣。付之度外。文章固善於歸結。亦可見良工心苦。

寶釵有孕。惜春住攏翠庵。巧姐許字周家。及賈赦居村靜養。俱補筆補明。簡而不漏。

甄士隱說寶玉即寶玉。已將實事明明說破。讀者自當領會。士隱又說榮甯查抄之前。釵黛分離之日。此玉早已離世。一爲避禍。二爲撮合等語。按榮甯查抄係一百五回之事。則一百五回之後。所敘寶玉之事。俱係空中樓閣。細繹寶玉之走。當在通靈走失。元妃薨逝後。賈母將寶玉移出大觀園。即爲黛玉分離之日。看來元妃薨後。賈府已有不好消息。所以寶玉即避禍出走。至所云撮合。不知何事。作者既諱而不言。穎慧者當必有領悟也。

甄士隱說福善禍淫。蘭桂齊芳。於文後餘波。勸人爲善之意。

了結香菱。簡潔跳脫。又是一樣文法。

第一百二十回一大段。應分四小段。賈政陛見。奏明寶玉情事一段。了結寶玉因果。帶敘薛蟠贖罪回家。香菱扶正。自甯府收拾齊全。至襲人嫁玉函止。爲一段。完結襲人因緣。並巧姐許字。自雨村遇見士隱。至士隱拂袖而起。爲一段。說明寶玉去來原委。自雨村睡熟草庵至末。爲一段。

十一 大觀園圖說

作者自述作紅樓夢。爲游戲筆墨。掃空一切。爲更進一層之意。

園在兩府之中。東盡會芳園地。西就榮府舊園。及下人所住餘房。歸併而改建之。計周圍三里半。正門五間。上面銅瓦泥鰍脊。門欄窗槅。俱細雕時新花樣。並無朱粉塗飾。一色水磨磚牆。下鋪白石苔階。鑿成西番花樣。左右雪白粉牆。其下虎皮石。隨意亂砌。自成紋理。進門一帶翠幛擋住。望去白石崚嶒。或如鬼怪如猛獸。縱橫拱立。其上苔蘚斑駁。藤蘿掩映。中間微露羊腸小徑。從此徑迤邐進口。【上有鏡面石一塊。題曰徑通幽】入石洞。佳木葱籠。奇花爛灼。一道清流。從花木深處。瀉於石隙之下。再進數武。漸次向北。平坦寬廠。兩旁雕甍繡檻。皆隱於山坳樹杪間。俯視則清溪瀉玉。石磴穿雲。白石欄杆。環抱沼沚。石梁跨港。爲沁芳橋。橋有亭。爲沁芳亭。【聯有繞堤柳借三篙翠隔岸花分一脈香之句】近怡紅院。爲園中出入所必經。諸處總路也。【寶玉與黛玉於此花下看會眞記赴探春招於此接賈芸信自蘆雪亭回怡紅院於此見探春從秋爽齋來一同出園同寶釵寶琴自薛蝌處回於此遇襲人香菱等看魚訪黛玉於此見雪雁領婆子送菱藕受紫鵑氣於此發駭遇岫煙於此商寫答妙玉帖又小紅往蘅蕪院問鶯兒取筆於此遇李媽又黛玉找寶玉於此看各色水禽遇傻大姐於此言明娶寶釵事又香菱以詠月詩送黛玉看於此遇李紈等又史太君還湘雲席於此小坐】亭後有桃花山子石。山後黛玉葬花處。橋之西南。

曰議事廳。卽省親時太監所起坐者也。後熙鳳病。李紈等於此理事。【額曰體仁諭德】再西爲梨香院。近榮府之東南角。爲榮公養靜之所。前廳後舍。另有門戶通街。院之西南有角門通王夫人正房。薛蟠母子初至居此。後入大觀園。爲敎演女伶之所。出沁芳亭過橋。一帶粉垣數楹修舍。有千百竿翠竹掩映。門內回廊曲折。嬰武喚茶。階下石子漫成甬道。上面小小三間房舍。兩明一暗。窗映茜紅。裏間房內又有一門。外種大梨花幷芭蕉。小退步二間。爲後院。牆下開溝尺許。引泉一脈。灌入牆內。繞階緣屋。至前院盤旋竹下而出。是卽瀟湘館也。【聯曰寶鼎茶閑煙尙綠窗棋罷子猶涼句】館側有橋曰翠煙。由此達怡紅院。【小紅往黛玉處借噴壺經此】橋畔有亭曰滴翠。傍池而築。四面游廊曲檻。雕鏤槅子。【四月二十六日餞花會寶釵撲蝶至此聞小紅墜兒說還帕事】出瀟湘館而左。爲秋爽齋。中曰曉翠堂。【聯云煙霞閑骨格泉石野生涯探春結社於此同黛玉等賦海棠詩賈母還史湘雲席於此擺飯又名秋掩書齋】院後種梧桐。此處從園之東角進。向北過沁芳橋亦便。近秋爽齋者曰荇葉渚。【又名柳葉亦作杏葉賈母於此登舟過花漵至蘅蕪院鶯兒同蕊官至瀟湘館於此折柳條編花籃小坐】由瀟湘館前行。青山斜阻。轉過山徑中。隱隱露出一帶黃泥牆。牆上皆稻莖掩護。春日杏花百株。如蒸霞噴火。裏面數楹茅屋。屋外以桑柘榆槿各色樹之新條。隨其曲折。編就兩溜青籬。籬外土井一。旁置桔槔轆轤。分畦列畝。佳蔬菜花。一望無際。有石題曰杏帘在望。稍進則竹竿挑一證幌子於樹梢。樹旁豢養鷄鵝鴨之類。步入茅堂紙窗木榻。富貴氣象。一洗而盡。是爲稻香村。【聯云新漲綠添澣葛處曉雲香護采芹人】出村過山坡。穿花度柳。撫石依泉。過荼蘼架。入木香棚。越牡丹亭。經芍藥圃。【內有小廠廳三間。卽紅香圃。寶玉平兒岫烟寶琴同日生辰。探春諸人及鴛鴦紫鵑等於此擺酒祝壽】外卽湘雲醉眠處也。由芍藥圃入薔薇院。至芭蕉塢。盤旋曲折。忽聞水聲潺潺。出於石洞。上卽蘿薜倒垂。下則落花浮蕩。元妃賜名花溆。至此分水陸兩路。由秋爽齋側至紫菱洲。【賈母還湘雲席從瀟湘館來於此登舟至秋爽齋比陸路稍近】自紫菱洲而左。曰暖香塢。東西兩邊。皆是過街門。門樓上裏外都嵌石匾。西曰度月。東曰穿雲。中有蓼風軒。此地近秋爽齋。亦云與稻香村鄰近。意稻香園畦本廣。周繞而達此耳。否則已隔暖香秋爽荇葉諸處矣。何以復近乎。【賈母從蘆雪亭到此看惜春畫大觀園圖寶玉訪惜春見與妙玉下棋】過暖香塢。穿入一條夾道。通藕香榭。榭蓋池中。遙對綴錦閣。四面有窗臨水。左右有回廊。跨水接峯。後面係曲折橋。編竹爲之。行則有聲。熙鳳所謂隔支隔支者也。【聯云芙蓉影破歸蘭槳菱藕香深瀉竹橋湘雲請賈母等吃蟹於此賞桂賦詩賈母還席亦於此先命女優在此吹彈】從竹橋過去。穿蘆度葦。過一徑傍山臨水。河灘之上。一帶幾間竹房。茅屋。土壁。槿籬竹牖。推窗便可垂釣。四面皆是蘆荻掩護。是爲蘆雪亭。【李紈於此開社同寶玉寶釵等雪中聯句並賦紅梅詩熙鳳賈母先去至惜春處看圖】此從花溆。所分之水路也。陸路從山上盤道。攀藤撫樹第見水波溶蕩。曲折紆迴。池邊兩行垂柳。雜以桃杏遮天蔽日。柳陰中露一朱欄板橋過橋諸路可通。有一所清涼瓦舍。一色水磨磚牆清瓦花渚。大主山所分之脈。皆穿牆而過門內迎面突出插天大玲瓏山石來。四面繞旋各色石塊。將所有房屋悉皆遮住。無一株花。惟種異草。牽藤引蔓。或垂山巔或穿石脚或垂簷繞柱。或盤砌縈階。或翠帶飄搖。或金繩盤屈。或實若丹砂。或花如金桂。稱名不一。散見諸書。其房兩旁皆抄手遊廊，上面五間清廈。連着捲棚。四面回廊。綠窗油壁。清雅比他處不同曰蘅蕪院。【聯有吟成荳蔻詩猶豔睡足荼蘼夢亦香句】院側橋曰蜂腰。以板爲之。通怡紅院。【小紅取筆於此遇賈芸寶玉於此遇李紈請熙鳳之人】出院不多遠。則見崇閣巍峨。層樓高起。面面琳宫合抱。迢迢複道縈紆。青松拂簷玉蘭繞砌。金輝獸面彩煥螭頭。己是正殿。【聯曰天地啓宏慈赤子蒼生同感戴古今垂曠典九州萬國被恩榮省親前元妃先御正殿賈政等男感於月臺下排班行禮史太君等於月臺上排班行禮省親後於正殿中開宴】東面飛樓曰綴錦閣。【閣上藏圍屏桌椅船篷篙槳花燈之類閣下史太君還湘雲席三宣牙牌令】西面有樓曰含芳閣殿外玉石牌坊龍蟠螭護。玲瓏鑿就。題曰省親別墅。後面正樓曰大觀樓。繞過西邊至大主山。山峯脊上爲凸碧山莊。莊有廳。廳前有平臺。以備賞月地。【中秋夜賈母領賈赦賈政及諸男暨王夫人等於此賞月聞笛】山坡下爲凹晶館。從凸碧山莊下坡。灣曲一轉卽是。蓋在池邊與凸碧一上一下。一明一暗。一山一水。遙相對直通藕香榭路徑。【中秋夜黛玉湘雲妙玉於此聯句同至櫳翠菴】過此至一大橋。水如晶簾奔入此橋通外河之閘。引泉而入者。乃沁芳之正源。一路行來。或清堂或茆舍。或堆石爲垣。或編花爲門。或山下得優尼佛寺。或林中藏女道丹房。其四面植紅梅者曰櫳翠菴。爲妙玉梵修地。小沙彌所居之達摩菴。女道士所住之玉皇廟。俱在此。或長廊曲洞。或方廈圓亭。不一而足。忽見前面又現出一所院落來。一徑引入。繞着碧桃花。穿過竹籬花障編就月洞門。俄見粉垣環護。綠柳遮堂。進門兩邊游廊相接。院中點襯幾塊山石。一邊種幾本芭蕉。一邊種一株西府海棠。其勢若蓋。絲垂金縷。葩吐丹砂。上面小小五間抱廈。曰怡紅院。其中收拾與別處不同。分不出間隔。四面皆雕空玲瓏木板。或流雲百蝠。或歲寒三友。或山水人物。或翎毛花卉。或集錦倣古。或萬福萬壽各種花樣。皆經名手雕鏤。銷金嵌玉。每一槅中或貯書。或設鼎。或安置筆硯。或供設瓶花。或安放盆景。其槅之式樣。或圓或方。或葵花蕉葉。或連環半璧。眞是花團錦簇。玲瓏剔透。倏爾五色紗糊。竟是小窗。倏爾綵綾輕覆。竟如幽戶。且滿牆皆是隨依古董玩器之形。摳成槽子。如琴劍瓶盂之類。俱懸於壁。而都與壁相平。地上磚面皆碧綠鑿花。轉過一架玻璃鏡後。【此鏡有機括可以開闔掩過鏡子內有門】兩層紗櫥。【櫥後爲寶玉臥房】便是後院。院中滿架薔薇。過花障又見清溪前阻。【此溪有八尺寬廣石頭砌岸上有白石一塊橫架爲梁再去爲月洞門爲花障劉老老於此誤入】此溪從閘起。流至洞口。從東北山坳引至村莊。又開一道岔口。引至西南。總共至此。再南則仍合一處。從牆下出去。溪邊大山阻路。由山脚下一轉。便是平坦大路。忽然大門現於前矣。此從花漵來之陸路也。外爲榆蔭堂。【平兒生日於此答席】嘉蔭堂。【賈母八旬於此擺茶請各王妃及諸誥命又中秋夜賈母於此焚香陳瓜果】俱在園中。未及細考處所。則惟備列之耳。又大門之旁。尚有聚錦門。在西南角上。【史湘雲病時管事吳大娘於此領大夫進園】東角門在東南角。後門五間。【諸姊妹住園中以此爲內廚房派柳嫂子管理專司園中食用】以上俱係元妃省親時改建修造。一切經劃布置。出老名工胡山子野手居多。此大觀園之大略也。其詳不得而考也。

謹就十七回中所載錄出。間有增益。俱參全書而貫串之。但頭緒紛如。良多挂漏。閱者諒焉。

十二　紅樓百美詩

潘容卿孚美著

百美新詠創格之後。繼者林立。潘容卿孚銘著有紅樓百美詩一帙。裁對工整。言簡事賅。洵佳製也。詩云

椒殿恩榮渥。【元妃】萱闈福祚昌。【賈母】宜家嫻靜好。【王夫人】警世演荒唐。【幻仙姑】金玉前緣誤。【寶釵】蘋蘩內則詳。【尤氏】承愉鸚舌巧。【鳳姐】矢志鵠音傷。【李紈】私語銷銀燭。【五兒】新盟訂海棠。【探春】瓊葩開並蒂。【李文綺】彩筆紀千行。【彩明】悽惻芙蓉誄。【晴雯】娉婷茉莉妝。【平兒】良姻希附鳳。【傳秋芳】雅謔笑攜蝗。【劉老老】凫醫徵仙品。【薛寶釵】鵑啼悼壻鄉。【迎春】魂難招露井。【金釧】夢竟覓蘭房。【秦可卿】慧鏡層層障。【妙玉】禪燈藹藹光。【惜春】旅愁淹淑女。【邢岫烟】歸信誑癡郎。【紫鵑】介壽聯雙美。【喜鸞四姐兒】稱名應七襄。【巧姐】贈硝懷舊侶。【藥官】鬥草擾離腸。

【豆官】秋月詩人榻。【香菱】春風仲子牆。【司棋】醉顏眠芍藥。【史湘雲】清淚灑瀟湘。【黛玉】忿積拌爭柳。【春燕】情移慣畫薔。【齡官】倩容欣一顧。【嬌杏】嘉禮侍三商。【雪雁】舞趁秋韆索。【佩偕鳳鸞】書傳傀儡場。【蕊官】伶官寒食紙。【藕官】梵宇合歡牀。【鶴仙沁香】鼠竊模糊遺。【墜兒】鸞交邂逅臧。【萬兒】詼諧銜主命。【小螺】嫵媚炫戎裝。【姽嫿將軍】簟拭蘭湯膩。【碧痕】衣沾桂蕚香。【秋紋】添粧脂粉具。【素雲】倚立佩環鏘。【繡鳳繡鸞彩鳳】賞雨浮鸂鶒。【寶官玉官】牽絲引鳳凰。【雛鳳】偕行旋白璧。【青兒】留盼羨紅裳。【紅衣女】曲度秋宵豔。【文花】神游雪徑涼。【若玉】陳詞樓啓鑰。【豐兒】宣令座飛觴。【鴛鴦】杯茗看爭歠。【智能】廚肴瞯祕藏。【蓮花】投箋來款款。【翠墨】問扇去皇皇。【靚面】楓露空遺憾。【茜雪】苓霜不諱贓。【彩雲】屬垣聽隱約。【小鵲】觀海詠蒼茫。【眞眞國女】飲恨金無迹。【尤二姐】全貞劍有鋩。【尤三姐】風箏飄蛺蝶。【嫣紅】冰綀殉鴛鴦。【張金哥】菊獻花盤麗。【碧月】梅編綵線長。【鶯兒】珠期還合浦。【彩霞】雲旱試巫陽。【襲人】笑雜疎櫺外。【寶蟾】羞含短榻旁。【柳五兒】知交嗟賦鵩。【可人】往事鑒亡羊。【良兒】繾綣縈綃帕。【小紅】憨凝認綉囊。【傻大姐】藏珍兄陷妹。【入畫】感義女悲娘。【寶】水月涵眞性。【芳】荼蘼殿衆芳。【麝月】夭桃偏減色。【茄】叢棘更生芒。【秋桐】妙諦頤能解。【翠】訛傳口未防。【侍書】飛蚨憑爾賜。【佳蕙】彝鳳向誰償。【繡橘】藎篋聊分檢。【翡翠玻璃】繅居鎭自忙。【二丫頭】歌喉流綺席。【雲兒】忠節吊迴廊。【瑞珠】花醫嬌慵畫。【綺霞】蓮羹喜共嘗。【玉釧】霜螯滋戲謔。【琥珀】脂虎逞強梁。【夏金桂】演劇顰眉古。【艾官】撩人意態狂。【多如娘】撫絃膠幸續。【胡氏】舒帨影徐颺。【春纖】搆訟夫貽戚。【周瑞女】言歸母待將。【檀雲】佳音潛問訊。【小霞】噩夢細論量。【彩屏】薦枕情何迫。【貴兒媳婦】操戈氣易揚。【善姐】買糕通絮語。【小蟬】潑醋惹餘殃。【鮑二家姐】酸鼻羈蕭寺。【鸚鵡鸚哥】追隨過別廂。【銀蝶】轟蒙煩飭戒。【珍珠】覽勝偶倘佯。【翠雲】蝶使憐纖弱。【文杏】鴛儔歎逝亡。【藥官】乞錢呼較便。【銀姐】送券任堪當。【笑兒】身擬彰文繡。【小吉祥】名同衍吉祥。【同喜貴】趨蹌陪御輦。【抱琴等】鼓吹奏華堂。【文官等】

附 錄

菽園贅談偶閱紅樓有咏

斑斑哀怨至今存。日夕瀟湘見淚痕。莫訝芳名僭妃子。湘君何必定王孫。【林黛玉】

繡到鴛鴦種夙因。撲來蛺蝶見精神。此中倘有傳神手。千古肥環是替人。【薛寶釵】

一剎人間事渺茫。前生幻境認仙鄉。如何儘領芙蓉號。不斷情緣反連腸。【晴雯】

柳條穿織囀黃鶯。結絡餘閒說小名。偏是飛瓊人未識。翻從夢裏喚分明。【鶯兒】

鬘華室詩選偶書石頭記後

情天同是謫仙人。兩小無猜鎖日親。記否碧紗廚裏事。戲呼卿字作顰顰。

又送春歸感歲華。阿儂生小恨無家。傷心一樣同飄泊。淒絕東風葬落花。

菊花香裏快飛觴。鬥韻分箋粉黛場。試問清才誰冠首。當時獨讓病瀟湘。

涼月模糊香不溫。懶調鸚鵡掩重門。窗前悔種千竿竹。贏得斑斑漬淚痕。

藥爐茶鼎篆煙浮。風雨幽窗一味秋。知否多情天亦妬。罰卿消瘦罰卿愁。

兒家因果自家知。作繭春蠶自縛絲。了盡相思還盡淚。三生誤煞是情癡。

梨花落盡不成春。夢裏重來恐未真。漫道玉郎真薄倖。空門遯跡爲何人。

曹雪芹的族系及年譜

（紅樓夢攷證材料）

吳羽白

曹雪芹名霑，號芹甫，漢軍正白旗人。

曹祖以軍功錫爵，名未攷。（約當於紅樓夢中之榮國公），（雪芹至友敦誠贈詩曰：「少陵昔贈曹將軍，曾曰魏武之子孫，漢書或亦將軍後，於今環堵蓬蒿也」，再以對照焦大所云，從小兒跟太爺出過兵，從死人堆裏把太爺背了出來可為證。又漢軍之稱，係指漢人最先投入滿旗充兵役者，清初滿廷對於此輩，極為優待，常不吝厚賞）。

祖父曹寅，字子清，號楝亭，（約當於紅樓夢中之賈代善）．生於一六五八，歿於一七一三年，享年五十五歲，在江寧織造二十餘年，後又兼兩淮巡鹽御史（其年代為一六九二——一七一三（約當康熙三十一年至五十二三年）。

父曹頫為曹寅次子，繼其兄曹顒為江寧織造（一七一五——一七二八），曾蔭襲為員外郎，（脂硯齋本於「賈政蒙恩額外賞了一名主事，入部學習，後升員外郎」一節之上加批云，此真實事非虛構也云）。

雪芹生於一七一七年（康熙五十六年丙申）。

一七二八——其父曹頫卸織造任，並因虧空被追賠，時雪芹十一歲（雍正六年丁未）。

一七三〇——入紅樓夢正傳之第一年（當雍正八年己酉）。

一七三五——為紅樓夢八十回書最末一年（雍正十三年甲寅）。此年雍正駕崩，故書中敘述賈母閤家隨駕天縣，並奔赴山陵送殯事甚詳。

一七五一——雪芹開始撰述紅樓夢之年（乾隆十七年壬申），故紅樓夢一書，皆係雪芹追憶兒時之事，此年雪芹三十五歲。

一七六一——雪芹貧餓交迫，敦誠贈詩有「舉家食粥酒常賒」及「秦淮殘夢憶繁華」等語。

一七六三——雪芹紅樓夢祇撰至八十回即病逝於北京西山，享年四十六歲（約當乾隆二十七年壬午。有脂本評論，「壬午除芹書未成淚盡而逝」一語為證）

一七六四——敦誠輓雪芹詩曰：「四十年華付杳冥，哀旌一片阿誰銘，孤兒渺漠魂應逐（注前數日伊子殤因感成疾），新婦飄零目豈瞑，牛鬼遺文悲李賀，鹿車荷鍾葬劉伶，故人惟有青山淚，絮酒生芻上舊坰」。一代文人，收境之慘涼若此，殊足令人酸鼻。

（附記）一，本文材料大多根據胡適之、顧頡剛諸氏所考證。

二，年代因閒用及大小建關係，陰陽曆對照或不盡相符，但不致甚誤。

紅樓夢附集十二種終

全一册定價國幣一元八角

姚梅伯《红楼梦类索》

姚燮，字梅伯，号复庄，又号大梅山民、大某山民、上湖生、某伯、复翁、复道人、野桥、东海生等。浙江镇海（今宁波北仑）人。一八〇五年生，一八六四年卒。道光间举人，以著作授徒终身。治学广涉经史、地理、释道、戏曲、小说。工诗画，尤善人物和梅花。著有《今乐考证》《大梅山馆集》《疏影楼词》等。

《红楼梦类索》一册，姚梅伯著。校订者魏友棐、洪荆山，出版者上海珠林书店（牯岭路人安里十六号），发行者杨克斋，民国廿九年十一月初版。本书内封和版权页均署《红楼梦类纂》，按之该书目录和内容，以封面所署更切题。

姚燮嗜读《红楼梦》，常在书上加以批点。光绪初刊刻的《增评补图石头记》，即印有姚燮（大某山民）、王希廉（护花主人）、张新之（太平闲人）的评语。该书读者甚广，一而再再而三地翻印。这部《红楼梦类索》原名《读红楼梦纲领》，凡一五六页，约四万字。首有姚燮遗像、遗墨、小传，又作者原序和魏友棐序。凡三卷，分为《人索》《事索》和《余索》。《人索》《事索》统计小说中有关资料，《余索》杂论小说内容。《余索》最后一部分为《诸家撰述提要》，是较早的有关《红楼梦》的专题书目，收续撰家十种、咏评家五种、传奇家四种。

紅樓夢類索

大某山人姚梅伯遺著

上海珠林書店出版

紅樓夢類纂

姚梅伯遺著

魏友棐　洪荊山　校訂

上海珠林書店出版

紅樓夢類纂

民國廿九年十一月初版

著者：姚梅伯

校訂：魏友棐
洪荆山

出版：珠林書店

上海牯嶺路人安里十六號

發行：楊克齋

定價每册一元

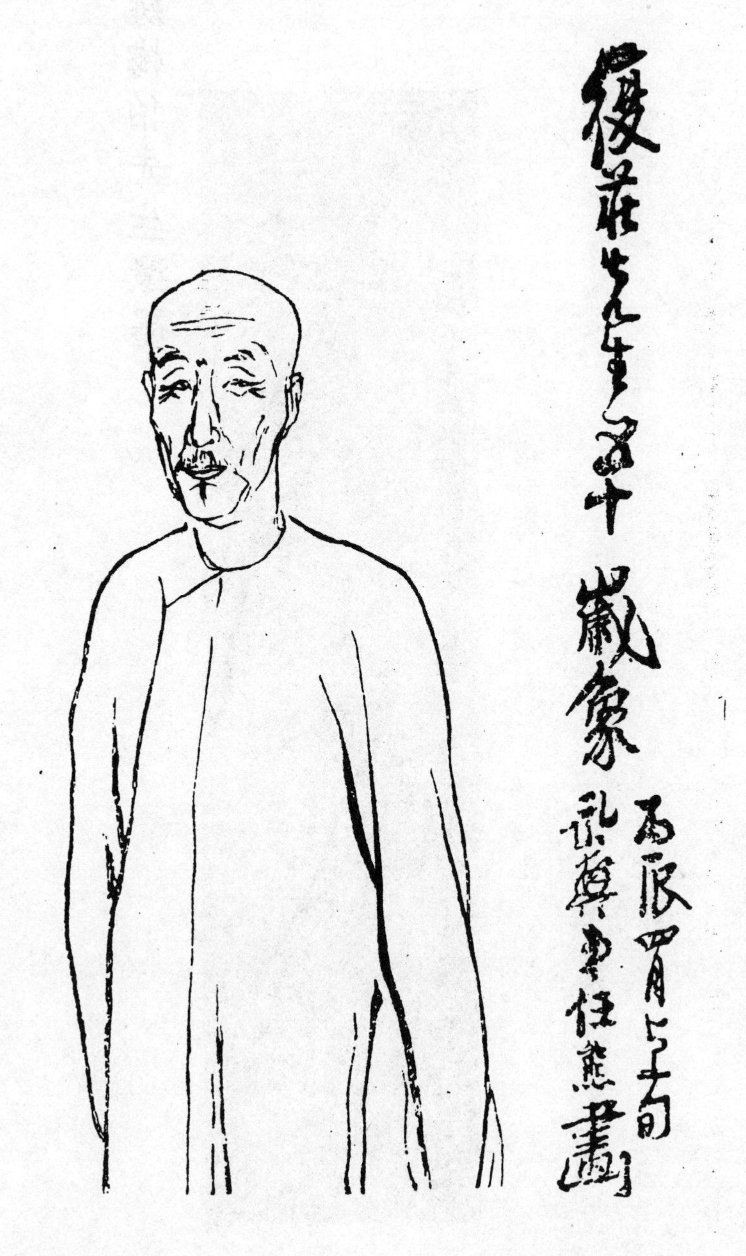
復莊先生五十歲象
丙辰四月上旬

姚梅伯先生遗墨

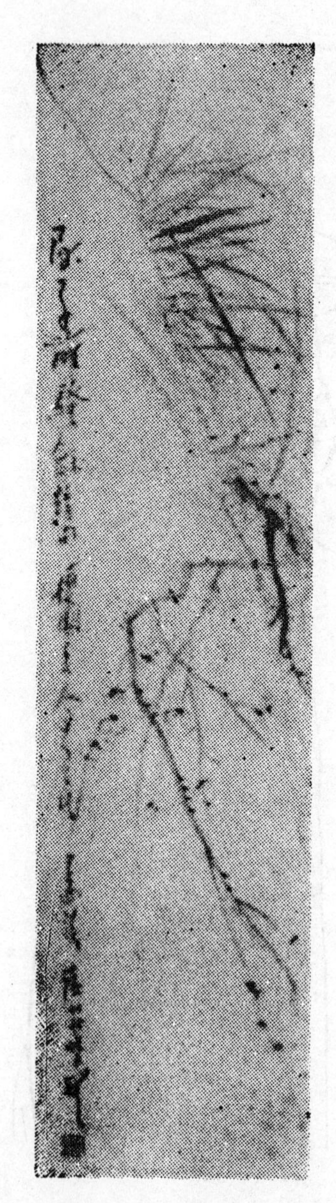

鎮海縣志姚梅伯傳

姚燮，字梅伯，晚號復莊。生有異稟，周歲能識字。五歲，有客過其家，知其慧，命賦燈花詩，即成五言二百韻。客大驚嘆爲神童。稍長，讀書恆十行下。自經傳子史諸家文集，及道藏釋典稗史雜家言，靡不觀覽。道光十四年舉於鄉。公車北上，從都中諸名士遊，見其詩詞駢體文，咸謂可與作者抗行。編修徐寶善，郎中湯鵬，尤傾倒之；每譽於公卿間，由是才名益著。跅弛不羈，好徵歌遊宴。客中金盡，則閉門作畫，市人爭購之。其畫仕女花卉翎毛皆佳，而梅花尤淋漓盡致，世以大梅先生稱之。家貧，不能里居，終歲旅遊。近則滃洲彭姥武林禾中，以暨滬江姑蘇廣陵燕京，所至流連吟詠爲樂。遊歷既多，聲氣益廣，而著述之富且工，爲邑中罕有。晚遭寇難，匿居山谷，日整理文稿，鈔錄不倦。迨寇退，而病旋作，搜葺蛟川耆舊詩至三十一卷。臨卒數日前，猶選詩撰先正小傳。卒年六十餘。子景夔，字小復，諸生，書畫詩皆略有父風。

附著錄書目

胡氏禹貢錐指勘補十二卷　夏小正求是四卷　四子書瑣義一卷

四明它山圖經十二卷　漢書日札四卷　息遊園雜纂八卷

玉樞經瀹二十四卷　琴譜雅音九奏一卷　今樂考證八卷

狙史八卷　拇藾綠一卷　洋煙述考八卷

散體文酌十二卷　駢儷文榷初編八卷　駢體文榷二編八卷

復莊詩問三十二卷　瑤想集詩一卷　西滬櫂歌一卷

蚶城遊覽唱和詩一卷　疏影樓詞四卷　疏影樓詞續鈔四卷

玉笛樓詞二卷　蛟川耆舊詩繫三十二卷　玉笛樓詞學標準八卷

今樂府選五百卷

紅樓夢類索目次

原序

雪芹曹氏，以涵古蓋今之學，撰空前絕後之書，灑灑洋洋，爲卷者百有二十。上自公卿，下及屠販，罔不讀之而嘖嘖然稱道之。然心解者少，耳食者多，大抵經緒紛繁，得此遺彼，信非澄心默識，有不能辨其途者。園居之暇，分類蒐緝之，爲讀者作南針之指，而以鄙見所獲者附之。至章晰條分，余別有著，茲不復羼云。心無所用，較已猶賢，姑分爲二册存稿。暇日校補完成，再行分卷可耳。

咸豐十年庚申秋七月復翁手抄

（1）

魏序

是書原名讀紅樓夢綱領，分上下兩卷，鎮海姚梅伯先生遺著也。先生以駢文名家，能書畫，好讀紅樓夢說部，今坊間有大某山人手批紅樓夢本，即出先生手筆。是書總括全書，因類指事，綱目井然，雖餘事，非能手不辦也。前年春，余理故藉，得是書，識爲先生手稿，乃爲校寫一過，謀付剞劂。會故友同里洪通叔君主筆遠東日報，見而好之，因索副本排日刊登報端，未終卷而報紙中輟，復一年，洪君亦歸道山，校印既竣，言念故人，彌深黃罏之痛矣！

中華民國二十九年十月慈谿魏友棐識於穹樓

紅樓夢類索卷一人索

本族附王公

甯榮二公世系圖

始祖東漢賈復

甯榮二公一母同胞作第二世

甯國公　演　長子配無考甯公府第爲東府生四子餘俱無考

第三世　代化　甯公長子配無考生二子

第四世　敷　代化長子八九歲早死

敬　代化次子世襲配無考生子一又生一女惜春

第五世　珍　敬冢子世襲配尤氏生子一

第六世　蓉　珍子配秦氏續胡氏無出

（1）

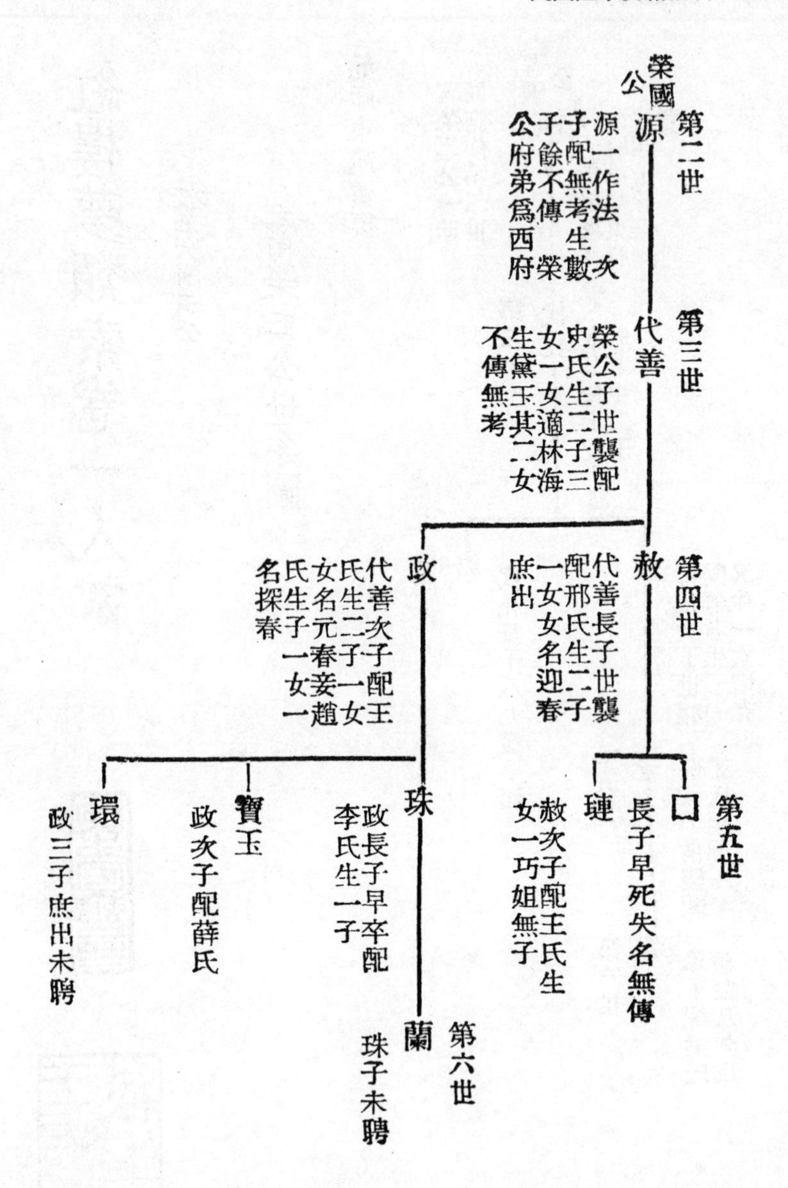
第二世
榮國公
源
源一作法　次
子配無考生數
子餘不傳　榮
公府弟爲西府
第三世
代善
榮公子世襲配
史氏生二子三
女一女適林海
生黛玉其二女
不傳無考
第四世
赦
代善長子世襲
配邢氏生二子
一女女名迎春
庶出
政
代善次子配王
氏生二子一女
女名元春妾趙
氏生一子一女
名探春
第五世
口
長子早死失名無傳
璉
赦次子配王氏生
女一巧姐無子
珠
政長子早卒配
李氏生一子
寶玉
政次子配薛氏
環
政三子庶出未聘
第六世
蘭
珠子未聘

王公勳戚內外官爵人攷

東平郡王

南安郡王

西寧郡王

北靜郡王　名世榮　右稱四王

南安郡王之孫

西寧郡王之孫　右二王孫于秦氏喪時來吊奠

勛襲東安郡王穆蒔

忠順親王

西平郡王　奉旨賈府查抄者

樂善郡王　拜賈太君壽者

永昌駙馬 拜賈太君壽者

鎮國公牛淸之孫現襲一等伯牛繼宗

理國公柳彪之孫現襲一等子柳芳

齊國公陳翼之孫世襲三品威鎮將軍陳瑞文

治國公馬魁之孫世襲三品威遠將軍馬尙

修國公侯曉明之孫世襲一等子侯孝康

繕國公之孫石光珠 右六家與甯榮二府稱八公

義忠親王 後壞事革職

外藩王爺 賈芸騙賣巧姐者

平原侯之孫世襲二等男蔣子甯

定城侯之孫世襲二等男兼京營游擊謝鯤

襄陽侯之孫世襲二等男戚建輝

景田侯之孫五城兵馬司裘良

錦鄉侯韓

川甯侯

保甯侯

忠靖侯史鼎　即史侯湘雲之叔賈太君之姪一作中靖侯　合上七家稱八侯

甯國公賈演

榮國公賈源　或作賈法二人兄弟一母同胞生

甯國公子原任京營節度使世襲一等神威將軍賈代化

世襲榮國公賈代善　史太君之夫政赦之父

丙辰科進士追賜五品職銜賈敬　代化次子珍父

世襲一等將軍賈赦　世襲榮國公代善長子璉父字恩侯

授額外主事銜入部學習陞工部員外郎郎中欽命學差放江西糧道降職工部員外上行走

後承襲榮國公世職賈政 世襲榮國公代善次子寶玉父字存周

世襲三品爵威烈將軍賈珍 敬之子蓉父後革職發海疆効力

現捐同知銜賈璉 赦次子璉有兄其名失傳

中式丙辰第七名鄉魁賜號文妙眞人賈寶玉 政次子

防護內廷紫禁道御前侍衛五品龍禁尉賈蓉 應天府監生珍子

丙辰科中式一百三十名舉人賈蘭 政長男珠之子

以上賈氏本支

進士出身蘇州知縣復選金陵應天府轉陞御史擢吏部侍郎署兵部尚書京兆府尹兼管稅務協理軍機參贊朝政大司馬賈化 字時飛號雨村湖州藉後革職

大師鎮國公賈化 名與雨村同被王忠所劾

世襲三等職銜賈範 縱放家奴殺死節婦被劾

右三家寧榮外族或遠支

蘭臺寺大夫欽點巡鹽御史賜探花及第出身林海　字如海姑蘇籍列侯之裔爲賈代善壻黛玉之父

京營節度使陞九省統制奉旨出都查邊特進内閣大學士賜謚文勤王子騰　賈政舅兄王夫人弟鳳姐叔

國子祭酒李守中　李紈父金陵人

鎮守海門等處總制周瓊　探春夫之父

世襲指揮現在兵部候缺推陞孫紹祖　迎春夫大同府人其祖上官軍出身乃甯榮門生

工部營繕郎秦邦業　可卿之父薔之岳父

欽差金陵省體仁院總裁甄應嘉　字友忠甄寶玉父功勛之後賈府老親

以上賈府親

特晉爵太傅前翰林院掌院王希獻

長安節度使雲光

永興節度使黄

永興節度使馮胖子

雲南節度使王忠 獲私帶槍藥者

安國公 征勦越寇者

慶國公

江西巡撫吳大人 陛見時保舉賈政者

南韶道張大老爺 邢夫人親戚

蘇州刺史李孝

京畿道胡老爺 碦續配之父

梅翰林

楊侍郎

李員外 上三人賞菊時送寶玉筆墨玉扇等物者皆政之友

通判傅試 賈政門生

神武將軍馮唐 紫英之父

廣西同知

趙侍郎　清虚觀醮時送禮者

樞密院大人　賈政朝中所見者

平安節度使　見六十八回

樞密張老爺　以王子騰訃聞者

長安府知府

太平縣知縣　以薛蟠案革職

平安州知州　爲李御史所參

保寧侯之子　王子騰之壻

北靜王府長史

錦衣府趙全　亦稱戶部堂官老趙

粵海將軍鄔

臨昌伯

臨安伯

六宮都太監夏秉忠

大明宮掌宮內監戴權

總理內廷都檢點太監裘世安

忠順府長府官 至榮府索琪官者

孫大人 欲與賈府求親者

王大爺 替寶玉做媒者

王大人 在散花寺做水陸道場者

廣東的官兒 來賈府拜會者

嚴老爺 拜士隱者

王老爺 拜雨村者

于老爺　智能之師父淨虛所往者
胡老爺　在饅頭庵念血盆經者
總理虛無寂靜教門僧錄司正堂萬虛
總理元始正一教門道紀司葉生
勅號大幻仙人現掌道錄司印加封終了眞人清虛觀張法官
以上九十四人或軼名姓皆有事實

賈氏本族人考

賈敷　敬之兄早殀
賈珠　政長子十四歲入學早死李紈之夫
賈環　政弟三子妾趙氏出
賈代儒　寶玉師

賈代修　二人代字輩
賈敕
賈效
賈敦　三人文字輩赦政從兄弟
賈琮　養賈赦處年尚幼
賈㻞
賈瓊　清虛觀醮時上二人同往與事
賈珩
賈瓔
賈珖
賈琛
賈璘　上五人秦氏喪時俱集瓊琛璘三人派陪客者

賈瑞　字天祥代儒孫死於王鳳姐手

賈璜　行大故其妻金氏稱璜大奶奶二府嫡派　以上玉字輩

賈薔　正派元孫跟賈珍過活於省親時下姑蘇聘教習采買女孩子置辦樂器行頭等事後在梨香院教習即總理日月出入銀錢等事及諸凡大小所需物料帳目

賈藍

賈菌　上二人俱榮府近派重孫與寶玉嘗同塾菌少孤

賈芸　住西廊上五嫂子之子一作後廊上園中派管花木工程事皆呼爲廊上二爺

賈菖

賈菱　上二人俱在鳳姐麾下辦事

賈芹　住榮府後街上管小和尚道士稱爲三房裏老四

賈蓁

賈萍　曾與菖菱二人監大觀園刻石工寶玉遭五鬼時嘗過留

賈藻

賈蘅

賈芬

賈芳

賈芝　以上於秦氏喪時俱集

賈荇

賈芷　二人見祭宗祠時　以上草字輩

以上三十四人見前官爵考者不重載

親屬　附門客僮僕

親屬

邢德全　赦妻邢氏之弟稱傻大舅

邢忠 岫烟之父

王子勝 政妻王氏弟卽子騰弟其大兄卽鳳姐之父無考

李紈之兄 失名五十三回接紈綺等去家什者

王仁 璉妻王氏兄

卜世仁 賈芸母舅

薛蟠 字文起皇商金陵籍薛姨媽之子寶玉表兄並妻舅

薛蝌 蟠從弟寶琴兄

秦鍾 字鯨卿蓉妻秦氏弟邦業子

甄寶玉 應嘉之子李綺之夫

周統制少君 探春夫政婿

周富戶的兒子 巧姐夫璉婿

金榮 璜妻之姪

王成　本京人與子騰聯族東府中認親者

王狗兒　王成子卽劉老老之壻

王板兒　狗兒子劉老老外孫

以上十六人

門客

詹光　字子亮善棋能畫工細樓台　詹光者借光也

單聘仁　善騙人也

卜固脩　不顧羞也

胡斯來　來言賴也

程日興　本古董客能畫美人

嵇好古　善琴

王作梅　字爾調善棋

以上七八

家人僮僕

來陞　甯府都總管營辦敬老生日筵席

賴升　卽賴二甯府大總管

賴大　榮府總管同辦建造大觀園事

賴尚榮　賴大之子後捐知縣

林之孝　賈家世僕收管各處田房事務

吳新登　銀庫房總領同辦建造大觀園事

戴良　倉房頭目與賴大吳新登尚經管出入帳目

余信　登各廟月例銀

周瑞　管各莊頭蔬果稅等卽經管春秋兩季地租子兼跟爺們出門事

來旺　卽旺兒爲鳳姐鷹犬

張材　管繡匠工

趙天樑

趙天棟　二人爲賈璉乳母趙嬷嬷之子司採辦女樂等事

趙國基　趙姨兄弟

司棋父秦管家　在甯府服役

秦顯　在榮府

費大娘的兒子　邢夫人陪房之子

金彩　鴛鴦之父在南京看房子

金文翔　金彩子賈母處買辦

錢華　買辦

王興

錢槐 趙姨內親派跟賈環上學

錢槐的老子 在庫上管帳

俞祿 東府小管家

吳貴 卽貴兒晴雯姑舅哥哥伺候園中買辦雜差

旺兒的小子 求彩霞爲妻者

彩哥 鳳姐遣送賴嬷嬷東西者

柳氏的姪兒

柳家的哥哥 二人皆榮府當差

何三 周瑞乾兒子

包勇 甄府薦來後仍還甄府

李德 揭門口揭帖者

鮑二
焦大　老僕
昭兒
李貴　寶玉乳媽李嬷嬷之子
王和榮
錢啓
張若錦
趙亦華　以上五人俱跟寶玉
茗煙　葉媽子即焙茗
掃紅
鋤藥
墨雨

引泉

掃花

挑雲

伴鶴

雙瑞

壽兒　以上俱寶玉小斷

喜兒

壽兒　二人珍童

住兒　二門外該班小斷

隆兒

興兒

慶兒　以上三人璉之童

黑兒　管花児老婆子家中人

拴兒　赦之童

多渾蟲　榮府廚子

李十兒　賈政江西任上門上

周二爺　江西任上用

烏進孝莊頭

郝家莊莊頭

霍啓　甄士隱家人

杏奴　柳湘蓮小厮

賴林兩家子弟老大老三　與芸薔王仁等同飲者合二人

賈政的小厮頭兒

看尤二姐新房老頭兒

以上六十九人

雜流人品

吳天祐 吳貴妃之父

梅翰林之子 薛寶琴夫

沈世兄 逸其名寶玉嘗赴飲

史湘雲之夫 無姓名可考所云爲人和平學問又好者

馮公子紫英 神武將軍之子

錦鄉伯公子韓奇

陳公子也俊

衞公子若蘭

長安府小舅子李衙內

長安守備的公子

仇都尉的兒子　被紫英打傷

皇糧莊頭子張華　尤二姐原夫

甄費　字士隱蘇州人

封肅　士隱岳父大如州人

冷子興　京中古董客周瑞之婿

張如圭　揚州人雨村同僚一案被參人

馮淵　小鄉紳之子與薛蟠爭英蓮被蟠打死

香憐

玉愛　二人寶玉同塾

花自芳　襲人之兄

張德輝　薛氏典中攬總

夏三 金桂之兄

拐香菱的拐子

胡山野子 起造大觀園籌畫圖樣者

潘又安 司棋表兄

馬販子王短腿 倪二賭處

花兒匠方椿 住西門外賈芸買樹處

醉金剛倪二 賈芸緊鄰

周太監

小旦蔣琪官 即蔣玉函

小么兒兩人 東府賭時勸傻大舅酒者

卜者毛半仙

測字劉鐵嘴

柳湘蓮　行二或稱小柳本世家子弟

王信　爲鳳姐料理尤二姐訟事

李祥　同薛蝌經理蟠兒人命事

吳良　太平縣民薛蟠案中人

當槽兒張三　李家店被蟠以碗砸死

張大　張三之父

張二　張三之叔

潘三保　馬道婆案中人

鮑音　鎭國公家人私帶槍藥案首犯

時福　賈範案中首犯

石獃子　售古扇人爲雨村陷害

詹會　江西糧道署粮房書辦

張友士 本紫英從學先生

鮑大醫

王濟仁

王君効 本太醫院

胡君榮

畢知庵 上六人皆醫士

鐵檻寺住持色空

葫蘆廟小沙彌 後在雨村處當門子

智通寺老僧

眞人府法官 在大觀園驅邪者

老王道士 卽王一貼居西城門外天齊廟

玉皇閣張道士

(27)

清虛十三歲小道士

癩和尚

跛道人　二人卽茫茫渺渺之化身也

曹雪芹

以上六十二人

內眷　附妾婢

賈氏內屬

賈代善妻史太君　卽賈母金陵史侯女湘雲之祖姑也赦政之母

賈赦妻邢氏　卽邢夫人邢德全姊璉之母

賈政妻王氏　卽王夫人王子騰姊或以爲子騰妹非也九十六回子騰死有王夫人哭弟云云王夫人行二上有姊無者

賈珍妻尤氏　其出無考尤老娘乃其繼母尤氏非其所出蓉之母

賈璉妻王氏熙鳳　王夫人大兄之女父名無考觀十四回鳳姐寫家信稟叩父母則斯時鳳之二親猶在

賈珠妻李氏紈　字宮裁李守中女賈政媳早寡蘭母

賈寶玉妻薛氏寶釵　薛蟠妹薛姨媽女政次媳金陵人

賈蓉妻秦氏可卿　字兼美爲秦邦業從養生堂抱養女五品宜人珍之媳甯府冢婦也

賈蓉續配胡氏　京畿道胡之女

適林氏賈敏　史太君女赦政胞妹適林如海黛玉之母按賈敏姊妹三人敏行三其二姊早死失傳

由女史晉封鳳藻宮尚書加封賢德妃謚賢淑貴妃賈元春　政之長女王夫人出

適孫氏賈迎春　赦庶出逸其母姓從小依王夫人處適孫紹祖

適周氏賈探春　政妾趙氏出適周總制之子

賈惜春　敬出母姓無考珍之胞妹也未字依王夫人處

適周氏賈巧姐　賈璉女赦孫女王熙鳳出適周富戶之子　以上賈氏二府

（29）

賈璜妻金氏 金榮之姑

賈芸母五嫂子卜氏 卜世仁之妹

賈瑞母

賈瓊母 以上二人姓氏無考

賈喜鸞 璠妹

賈四姐 瓊妹

賈芹母周氏

賈藍母婁氏 以上賈府族中女眷

以上二十三人

賈氏姻眷

邢嫂子 邢夫人之嫂

邢岫煙　邢嫂之女與薛蝌爲妻

舅太太王子騰夫人　王夫人弟婦

王子騰之女　與保甯侯之子爲妻

薛姨媽　王夫人妹寳釵母本書香族有百萬之富蟠母

薛寳琴　薛姨媽侄女蝌妹爲王夫人乾女兒適梅氏

夏金桂　薛蟠妻在戶部掛名行商稱桂花夏家之女與薛蟠本姑舅兄妹供奉內用桂花故稱桂花夏家

夏奶奶　金桂之母

史湘雲　賈母姪孫女兒無父母依其叔子小侯爺家

李嬸　李紈之嬸寡婦

李紋

李綺　二人李嬸女紈從妹也綺適甄寳玉

尤老娘　尤氏繼母

尤二姐　賈璉私娶爲鳳姐逼勒吞金死

尤三姐　上二人尤老娘前夫所生女三姐自刎死

甄太太　甄應嘉妻甄寶玉母賈府老親

甄府三姑娘　甄太太女按書中敘甄府有甄府老太太甄府兩位小姐及甄府別位太太云云俱不列

林黛玉　字顰兒寶玉字之以顰卿林如海女賈母外孫女也小依賈府

以上十八人

乳娘僕婦

王嬷嬷　即王奶媽黛玉乳母自揚州帶來者

李嬷嬷　寶玉奶媽玉之奶媽有四人餘不傳

趙嬷嬷　璉乳母趙天樑天棟之母

周奶媽　湘雲乳母

李媽 巧姐乳母

賴嬷嬷 賴大之母

宋媽媽 在怡紅院當差卽老宋媽媽

費婆子 卽賈大娘邢夫人陪房

周瑞家的 王夫人陪房

旺兒媳婦 卽來旺家的鳳姐陪房

王善保家的 邢夫人陪房

吳興家的

來喜家的 右二人與周來等稱五家陪房

程華家的

吳新登媳婦 卽吳大娘

鄭時好媳婦

賴升媳婦

來陞媳婦 甯府有頭腦之內總持

王興媳婦 榮府

白老媳婦 金釧玉釧母

老王家的

張材家的

金文翔媳婦 鴛鴦之嫂

趙二家的

夏婆子 藕官乾娘在賈母處漿洗上頭兒小蟬之老娘

單大娘 卽單大家的

老祝媽 管園中竹子其老頭并兒子本代代管竹子者

老田媽 管稻香村種植本出身種莊家的

老葉媽　焙茗娘稱誠實老人家管園中花木

鶯兒的媽　葉媽親戚

秦顯家的　司棋嬸子

柳家媳婦　曾當梨香院女樂差使撥入內小廚房卽柳家的柳五兒之娘

傻大姐的娘　漿洗處當差

玉柱兒媳婦　迎春乳母之媳

迎春的乳母

柳家媳婦之妹

林之孝兩姨親家　以上三人賭案中之頭家

何媽　春燕娘芳官乾娘嘗派管梨香院女樂卽欲爲寶玉吹湯者

鮑二家的

林之孝家的

吳貴媳婦
賴大家的
春燕的姑媽
墜兒的母親
余信家的
周瑞家的女兒
園中後門上值日婆子
後門上張媽
孫家婆子 迎春病中遣來的
史侯家女人 史府使至賈母處者
外藩王爺家女人 到邢夫人處相巧姐的
鸚婆子 寶玉打時託其傳信者

薛家婆子 送蜜餞茘支與黛玉又金桂觜死來王夫人處傳話者今幷作一人

傅試家女人 本有三四人

甄府女人 來賈府本有四人

駕娘 園中撑船者

以上五十六人凡如晴雯綺霞的老子娘之類其無考者概不列入

妾婢

嫣紅 年十七銀八百兩所買者

翠雲 上二人賈赦妾

趙氏 卽趙姨娘生賈環探春趙國基妹

周氏 卽周姨娘上二人賈政妾

佩鳳

偕鸞　上二人珍妾

文花　同上書中嘗云東府丫鬟侍妾等其名多不傳

秋桐　璉妾賈赦所賞

平兒　本鳳姐陪嫁婢爲璉妾鳳姐陪嫁婢四人餘巳嫁只賸平兒一人

嬌杏　本甄家婢爲雨村妾

花襲人　本名珍珠花自芳妹從賈母房中撥與寶玉者先服侍賈母次湘雲後派與寶玉終嫁蔣玉函

秋紋

晴雯　先是賴大買與賈母賈母遣侍寶玉被讒攆出死

麝月

綺霞

碧痕

茜雪　早攆去　次一等丫頭

四兒　即蕙香本名芸香襲人改爲蕙香與晴雯同時擯　次一等丫頭

檀雲　自廿四囘其母病接去家中後不復入賈府

林小紅　本名紅玉林之孝女兒後爲鳳姐要去　次一等丫頭

柳五兒　柳嫂子女兒　以上俱大丫頭

佳蕙

墜兒　以偷鐲被擯

何春燕　何媽的女兒

未留頭小丫頭　攔綺霞花檬叫小紅描者　以上十五人俱寶玉房中據書云除襲人外晴雯等大丫頭七人名亦不全又寶玉房中小丫頭八人亦無全名可考

金鴛鴦　金彩女金文翔妹賈母死後縊殉

琥珀

鸚鵡

珍珠　補襲人闕故仍名珍珠

翡翠

玻璃

傻大姐　以上俱賈母房中賈母房中大丫頭八人餘名不傳　大姐係粗使婢

白金釧　白老媽女兒投井死

白玉釧　金釧妹

彩雲　與環兒有首尾

彩霞

彩鳳

繡鳳

繡鸞　上四人寶玉過王夫人俱在廊簷下站班

彩鸞　以上俱王夫人房中

甄香菱 即士隱女英蓮被拐兒掠賣者後爲薛蟠妾

同喜

同貴 以上薛姨媽處

臻兒 香菱小婢

小霞 彩霞妹

小吉祥兒

小鵲 以上趙姨房中

銀蝶兒 尤氏婢

瑞珠 秦氏婢觸柱殉死

寶珠 秦氏婢爲秦氏義女持喪後不知所終

豐兒

彩明 鳳姐房中平兒以外惟此二人有名按鳳姐生日有爲賈璉看門小丫頭二人不傳其名姑即事序列於後

穿廊下站立小丫頭
院門前探頭兒小丫頭
素雲
碧月　上二人李紈婢按李紈陪嫁丫頭俱早遣出故名不傳
抱琴　元妃婢
秦司棋　其父甯府僕抄園後攆出爲潘又安觸石死
繡橘
小蓮花兒　以上迎春房中
侍書
翠墨
小蟬兒　以上探春房中
入畫

彩屏　即彩兒二人惜春婢

黃金鶯　即鶯兒

文杏　二人寶釵婢

紫鵑　自賈母房中撥與黛玉

雪雁　黛玉自南邊家中帶來者後配小廝

鸚哥　賈母撥侍黛玉後仍伏侍賈母

春纖　上四人黛玉房中

翠縷　湘雲婢

小螺　寶琴婢

篆兒　岫煙婢

寶蟾

小捨兒　二人金桂婢

萬兒 東府婢

可人 早死

良兒 嘗偷玉者

定兒

善姐 鳳姐遣事尤二姐者

尤二姐新房丫頭 本有二人名不傳

妙玉的侍兒 嘗跟妙玉至賈母處望病

以上八十三人據書云：賈府姐妹自乳母外另有四個教引媽媽，除貼身掌管釵釧盥沐二個丫頭外，另有四五個洒掃房屋來往使役小丫頭，今有名者止此。

女 伶

後分派各房服役

日齡官 即畫薔之稀齡不知所終

旦文官　派與賈母

小生寶官

正旦玉官　上二人遣後不知所終

正旦芳官　何媽乾女兒派入怡紅院後拜智通作師爲尼

大面葵官　派與湘雲

小旦蕊官　派入蘅蕪院

小生藕官　派入瀟湘館　以上二人後皆拜圓信爲師出家地藏庵中

小面荳官　派與寶琴

老外艾官　派與探春

老旦茄官　派與尤氏

小旦藥官　早死

以上十二人

女冠

妙玉　蘇州人住大觀園櫳翠庵中帶髮修行本仕宦之後身邊有二個老嬷嬷一個丫頭伏侍從本京西門外牟尼院聘來盜刼去不知所終

妙玉之師父　能演先天神數

水仙庵老姑子

淨虛　饅頭庵老姑子

智能

智善　智能師兄

智通　三人皆淨虛之徒住水月庵卽饅頭庵也

鶴仙　水月庵女小道士

沁香　水月庵小女沙彌以上二人賈芹犯事者

圓信 地藏庵尼按庵中兩個姑子嘗至賈府其一名不傳

大了 散花寺姑子

以上十一人

女屬拾餘

老太妃

周貴妃

吳貴妃

南安王太妃

北靜王太妃

西安郡王妃

北靜王妃

鎮國公誥命

錦鄉侯誥命

臨昌伯誥命

楊提督太太

忠靖侯史鼎夫人

封氏　甄士隱妻香菱生母

劉氏　王狗兒之妻劉老老女

胡氏　璜嫂子之嫂金榮母

張王氏　張二屍親

王奶奶　住卜世仁對門

劉老老　本京人老寡婦狗兒妻母

張金哥　長安張財主女

卜銀姐 卜世仁女兒

襲人之母

司棋之母

稅官的女兒 芸兒爲寶玉說親者

張小姐 南韶道女兒爾調爲寶玉作媒者

傅秋芳 傅試之妹

青兒 劉老老外孫女

村莊中紡紗女子 稱二丫頭者

紅衣女 襲人兩姨妹子

多姑娘兒 多渾蟲妻後嫁鮑二

馬道婆 寶玉寄名乾娘後以巫蠱事發就刑

官媒婆朱嫂子 卽朱大娘

錦香院妓女雲兒

說書女李先兒

眞眞國女孩子

以上三十四人

總計男二百八十二人，女二百三十七人，合共五百十九人。據明齋偶評云，是男子二百三十二人，女子一百八十九人。姜季南云，男子二百三十五人，女子二百十三人，均有遺漏未核。警幻宮諸人另列，不入此數。

性情容貌述

書中每一人出場，必舉其性情容貌，括論數言，使讀之者如接其謦欬，此亦史家之遺法也。然或有不當者，其褒譏之意，當於言外求之，因掇集一門，以便稽取。

賈赦 平靜中和

賈政 端方正直；又云謙恭厚道；又云禮賢下士，拯溺救危，大有祖風；又皇上稱其人品端方，風聲清肅；又在糧道時，上司謂其古朴忠厚。

賈敬 一味好道，只愛燒丹鍊氣；又云，和那道士們胡羼。

賈珍 不肯讀書，一味高樂。

賈璉 不喜讀書，於世路上好機變，言談去得；又云，內懼嬌妻，外懼孌童。

賈寶玉 王夫人云，孽根禍胎，混世魔王；又書云，頑劣異常，不喜讀書；又云，最喜在內幃廝混；又云，面若中秋之月，色如春曉之花，鬢若刀裁，眉如墨畫，鼻如懸膽，眼若秋波，雖怒時而如笑，即瞋視而有情；又黛玉目中所見，意以爲面如傅粉，脣若塗硃，轉盼多情，語言若笑，天然一段風韻，全在眉梢，平生萬種情思，悉堆眼角；又云，面若春花目如點漆；又云：愚拙偏僻；賈政意中謂其神采飄逸，秀色奪人。

賈環 賈政意中云，其人物委瑣，舉止粗糙。

賈蓉　面目清秀身材夭嬌。

賈薔　外相旣美，內性又聰敏。

賈芸　容長臉，長挑身材，着實斯文清秀。

賈芹　也是風流人物

賈蘭　文雅俊秀

秦鍾　眉目清秀，粉面硃脣，身材俊俏，舉止風流，怯怯羞羞有女兒之態，靦腆含糊的：又云，形容標致，舉止溫柔；又云，靦腆溫柔，未語先紅。

薛蟠　天下最弄性尙氣的人，而且使錢如土；又云：性情奢侈，言語傲慢；又云，惟有鬥雞走狗，遊山玩景；又云，行止浮奢。又云，氣質剛硬，舉止驕奢。

柳湘蓮　世家子弟，讀書不成，父母早喪，素性爽俠，不拘細事，酷好要槍舞劍，賭博吃酒，以至眠花臥柳，吹笛彈箏，無所不爲，而又年輕貌美，不知者誤認作優伶一類。璉云：那樣標緻的人，最是冷面冷心的。

蔣琪官 嫵媚温柔；又忠順王云：隨機應答，謹愼老成；又云，面如傅粉，唇若塗朱，鮮潤如出水芙蕖，飄揚如臨風玉樹。

薛蝌 秉性忠厚

孫紹祖 相貌魁梧，體格健壯，弓馬嫻熟，應酬權變；又云：家資饒富，並非詩禮名族之裔。

北靜王 美秀異常，性情謙和；又云：才貌俱全，風流跌宕；又云：面如美玉，目如明星，眞是秀麗人物

香憐玉愛 嫵媚風流

甄士隱 禀性恬淡

賈雨村 腰圓背厚，鼻直口方；又云：劍眉星眼，直鼻方腮；又云：貪酷；又云：恃才侮上；賈政謂其像貌魁偉，言談不俗。

茗烟 寶玉第一個得用，又云，年輕不諳事。

包勇 身長五尺有零，肩背寬肥，濃眉大眼，磕額長髯，氣色粗黑。又云直爽的脾氣。

甄妻封氏 性情賢淑，深明禮義。

嬌杏 儀容不俗，眉目清秀。

史太君 鬢髮如銀

邢夫人 稟性愚弱，只知承順賈赦以自保，次則貪取貨財爲自得，鳳謂其有些左性的。

尤氏 獨掌甯府家政

李紈 曾讀女四書，列女傳，認得幾個字以紡績女紅爲要；又云，居處膏粱錦繡，竟如槁木死灰一般；又云：惟知侍親教子外，陪侍小姑等針黹誦讀而已。又平兒謂其似佛爺。

王熙鳳 冷子興云：模樣標緻，言談爽利，心機深細。黛意云，放誕無禮。賈芸云，喜奉承，愛排場的。賈母云：有名潑辣貨，亦稱其爲鳳辣子。珍云：有殺伐决斷。來陞云：有名的烈貨，臉酸心硬。興兒云：心裏歹毒，口裏尖快。黛玉初見時云，丹鳳三角眼，柳葉掉梢眉，身量苗條，體格風騷，粉面含春威不露，丹脣未啓笑先聞。尤二姐初見時云：眉彎柳葉，高吊兩梢，目横丹鳳，神凝三角，俏麗若三春之桃，清素若九秋之菊，又書云舉止大雅，言語典則；又云素喜攬事，好賣弄能幹；又云：素性好勝。

薛寶釵 肌骨瑩潤，舉止嫺雅；又云，品格端方，容貌美麗；又云，行爲豁達，隨分從時；又云，脣不點而紅，眉不畫而翠，臉若銀盆，眼如水杏，罕言寡語，人謂裝愚，安分隨時，自云守拙；又云，比林黛玉另具一種嫵媚風流，賈母喜他穩重和平；又新嫁時見他盛粧豔服，豐肩輭體，鬟低鬢嚲，眼瞤息微，眞是荷粉露垂，杏花煙潤了。又云：貞靜和平，又云：沈厚，

秦可卿 生得嬝娜纖巧，行事又温柔和平；又云：其鮮豔嫵媚，有似乎寶釵，風流嬝娜，則又如黛玉，又云：形容嬝娜，性格風流；又云：於長輩和順，於平輩和睦，於下輩慈愛，而又愛老慈幼，惜賤憐貧。

夏金桂 頗有姿色，心中邱壑涇渭，頗步熙鳳後塵，從小嬌養溺愛，釀成一個盜跖心性，自己尊若菩薩，他人穢如糞土，外具花柳之姿，內稟風雷之性，在家中和丫鬟們尋使性賭氣，輕罵重打的。

周姨娘 怎麽沒人欺他，他不尋人去。

元春 賢孝才德

迎春 肌膚微豐，身材合中，腮凝新荔，鼻膩鵝脂，温柔沈默，觀之可親；又云：言語遲慢，耳軟心活，是不能作主的。繡橘云其軟弱，寶玉云向來不會和人拌嘴。

探春 削肩細腰，長挑身材，鴨蛋臉兒，俊眼修眉，顧盼神飛，文彩精華，見之忘俗；又云，素日平和恬

淡；又云精細；又言語安靜，性情和順。

惜春 身量未足，形容尚小；又云 天性孤僻。探春云：其孤介太過，再扭不過他的。

林黛玉 兩彎似蹙非蹙籠煙眉，一雙似喜非喜含情目，態生兩靨之愁，嬌襲一身之病，淚光點點，嬌喘微微，閑靜似嬌花照水，行動似弱柳扶風，心較比干多一竅，病如西子勝三分；又云孤高自許，目無下塵；又云，聰明俊秀；又云，弱不勝衣；又云，舉止言談不俗；又云，素日形體嬌弱；小紅云：林姑娘嘴裏又愛尅薄人，心裏又細。

史湘雲 蜂腰猿背，鶴勢螂形。

邢岫烟 鳳云？極温厚可疼的人，薛姨媽以爲端雅穩重，是個荊釵裙布的女人；又云：有廉恥，有心計，又守得貧，耐得富。

薛寶琴 年輕心熱，本性聰敏，自幼讀書識字。

佩鳳偕鸞 亦是青年嬌憨女子

尤二姐 蓉謂璉云：舉止大方，言語温柔，無一處不令人可愛可敬；書又云，温柔和順，又園中諸女，謂其温柔和悦。

尤三姐　燈光下越顯得柳眉籠翠，檀口含丹，一雙秋水眼，吃幾杯酒，越發橫波入鬢，轉盼流光；又書云，脾氣異樣詭僻，愛打扮出色，做出許多萬人不及的風流體態。

妙玉　天性怪僻，又文墨也極通，經典也極熟，模樣又極好。

智能　妍媚

花襲人　柔媚佼俏；又云細挑身子容長臉兒；又賈母云，心地純良；又王夫人以爲行事大方，心地老實。

甄香菱　模樣出脫的齊整；又云眉心有米粒大胭脂痣，周瑞家的云，品格似可卿；鳳云其温柔安靜。

金鴛鴦　其白膩不在襲人下；鳳云，極有心胸見識的丫頭；又云蜂腰削肩，鴨蛋臉，烏油頭髮，高高鼻子，兩邊腮上微微幾點雀瘢。

秦司棋　梳髻頭，高大豐壯身材。

晴雯　水蛇腰，削肩膀兒，眉眼有些像黛玉，大有春睡捧心之態。又性情爽利，口角鋒芒。

四兒　有幾分水秀，視其行止聰明，皆露在外面，又生得十分清秀　又云乖巧不過的，變盡方法，籠絡寶玉。

林小紅　嬌音嫩語；又云十分精細干淨，說話簡便俏麗。寶玉意云，黑鴉鴉一頭好頭髮，容長臉面，細巧身材，十分俏麗甜淨。釵云，眼空心大，是頭等刁鑽古怪東西。鳳亦云干淨俏麗。

黃金鶯　嬌腔宛轉，語笑如癡

柳五兒　生得人物與平襲鴛紫相類；黛云，倒也還頭臉兒干淨；寶意云，嬌娜嫵媚。

寶蟾　有三分姿色，舉止輕浮可愛。

卍兒　雖不標緻，到白淨，微亦有動人心處。

椿齡　眉蹙春山，眼顰秋水，面薄腰纖，嬝嬝婷婷，大有林黛玉之態。

芳官　面如滿月猶白，眼似秋水還淸。

傻大姐　年十四五歲，體肥面闊，兩隻大脚，做粗活爽利簡捷，且心性愚頑，一無知識，出言可笑，黛意云濃眉大眼。

柳嫂子　最小意殷勤。

周瑞家的 仗着王夫人的陪房，心性乖滑，專慣各處獻勤討好。

秦顯家的 高高兒的孤拐大大的眼睛，是最干淨爽利的。

吳貴媳婦 打扮妖妖調調，兩隻眼水汪汪的招惹人。

稱謂

國公爺 老爺 小爺 家叔祖 晚生 好祖宗

老子 兄弟姪兒 大伯子 大爺大娘 姨表兄 小叔子

族中子姪 親哥哥 愛哥哥 小女婿子 姑舅兄弟 舅舅

好孩子 姑表兄弟 伯爺 晚輩親友 新姑爺 外孫子

乾兄弟 姑爺 祖爺爺 重孫 老世翁 哥兒

門下 老公們 老祖宗 老太太 太太 姑奶奶

姨太太 嬸母 嬸子 嫂子 大娘 爺爺

嬸娘　老子娘　老妯娌　老姨奶奶　乾娘　外祖母

姨父　家姑母　家母家祖　太婆婆　親家媽　舅太太

舅奶奶　小大奶奶　姐姐　姑娘　二嬸娘　婆婆

娘兒們　妹妹　奶奶　孫子孫女兒　小孫女兒　外孫女兒

姑娘們　小兒子媳婦　姨娘　小姨子們　姪孫女兒　女主兒們

姑媽　舍表妹　大舅母　管家娘子　家生女兒　女孩兒

屋裏的人　重孫子媳婦　兒子媳婦　內姪女兒　姑姑　少奶奶們

孫子媳婦　小姐　新姨娘　兩姨姑表姊妹　小子們

奶媽子們　嬷嬷　底下姑娘們　奴才　小廝　丫頭們

媳婦子　小嬸子　老婆子　孩子　粗使丫頭　姑子

小丫頭子　小幺兒們　小老婆　老爺們　爺們　二爺

媽媽們　內姊　妞妞　妞兒

紅樓夢類索卷二事索

幻境寓言集述

離恨天　灌愁海　大荒山　無稽崖　青埂峯　放春山　遣愁洞

北邙山　急流津　迷津　彼岸　靈河岸　三生石

以上地名

太虛幻境一名太虛元境　眞如福地幻境別名　赤霞宮　空靈殿鑄造寶鑑處　癡情司

結怨司　朝啼司　暮哭司　春感司　秋怨司　薄命司上六司實，此司爲主，俱在幻境中。

以上宮殿及司守

金陵十二釵正册　金陵十二釵副册　金陵十二釵又副册

以上薄命司所藏册籍

紅樓夢仙曲十二支　素練魔舞歌姬一隊

以上幻境中歌舞

祕情果　灌愁水 為灌愁海之水

以上二物絳珠所食

羣芳髓 油名　千紅一窟 茶名　萬豔同杯 酒名

以上三物寶玉夢至幻境所食

風月寶鑑 幻境中鏡名　警幻仙姑 幻境主　癡夢仙姑　鍾情大士　引愁金女

度恨菩提　木居士　灰侍者　黃巾力士 幻境中有職守人等　神瑛侍者 媧皇補天石所化，託生為寶玉　絳珠仙子 絳珠艸化身，以神瑛灌漑得活，託生為黛玉　故有還淚之因。

空空道人 即情僧故此書又名情僧錄　茫茫大士　渺渺眞人 即癩僧跛道人本身，始終此書之因果者。

附知機縣　覺迷渡口草庵 甄士隱賈雨村相見，為全書之旨作綱紐。

紀年

全書自黛玉入榮府爲己酉年。至寶玉毘陵驛別賈政，爲丙辰。其間相去者八年。

己酉 第三回黛玉初入榮府，約在是年秋末冬初。第四回東府看梅，爲己酉之冬。至第六回劉老老入榮府，八回過寶釵看金鎖皆冬底之事。是年賈母七十五歲，寶玉十二歲，黛玉十一歲，寶釵十二歲，晴雯十一歲，雪雁十歲，薛蟠十四歲，襲人十四歲。

右入正傳之第一年，前兩回無考。

庚戌 第九回，寶玉同秦鍾入塾，已爲次年庚戌之春。時寶秦二人俱十三歲，至十一回云，甯府菊花開爲九月時節，又云到了二十日云云，是九月二十日也，又云明日大初一，乃十二月初一也，又嘗記十一月三十日云云，又記是年冬底如海病重云云，是年鳳姐二十歲，賈蓉十七歲，賈薔十六歲。

右入正傳之第二年

辛亥 第十二回，鳳姐治秦氏喪事，已入第三年辛亥之春，至第十八回，點明十月。是年妙玉十八歲。

右入正傳之第三年

壬子 以後入元妃省親，爲壬子春之正月十五日。至二十二回，記寶釵生日，則是年之正月二十一日也。時寶釵十五歲。二十三回，記二月二十二日諸姊妹分入大觀園住，黛玉葬花，爲是年三月中。二十五回入四月望後事。二十七回記四月二十六日未時芒種餞花一段。二十九回淸虛觀打醮，入五月初一日事。三十回是年六月事。三十一至三十五回，俱夏間事。三十六回已由夏入秋。三十七回點明八月二十日賈政赴學差任，自結海棠社賞桂詠菊。至四十二回方抵八月末，四十三回至四十六回，皆九月初事。至四十八回，始入冬十月間事。至第五十三回，始及冬底。是年賈芸十八歲，小紅十七歲，鶯兒十六歲，襲人十七歲，王夫人五十歲，寶玉寶釵皆十五歲，黛玉十四歲，鳳姐二十二歲，賈母七十八歲，劉老老七十五歲。

右入正傳之第四年。是年之事，共計書四十五回，其敍最詳。

癸丑　接落五十三回祭宗祠之後，入癸丑之春。五十四至五十七回皆敍癸丑春時事，至六十一回，方入夏時。至六十九七十兩回癸丑年方盡。是年五兒十六歲，甄寶玉十三歲，餘年可遞增。查是年襲人已十八歲，晴雯十五歲，寶釵十六歲，香菱無年歲可稽，而六十三回云晴寶香與襲同庚，殊失檢點。

右入正傳之第五年。

甲寅　七十回接入第六年仲春二月，至未遞入夏末秋初。至七十一回詳敍賈母八十壽，爲八月初三日。八十七回入是年九月，八十九回入十月中旬。九十四回入十一月，怡紅院賞花妖。寶玉失玉，九十五回記十二月十九日元妃薨。是年賈蘭十三歲，晴雯十六歲，黛玉十六歲，寶玉寶釵俱十七歲，夏金桂十七歲。

右入正傳之第六年，此年敍春時事甚略。

乙卯　九十六回入乙卯春，至九十九回夏秋之交，一百一回入秋時，至一百七回，是年方盡。黛玉於是年死，年十七歲，寶釵於是年出閣，年十八歲。

丙辰 一百八回，記爲寶釵作生日，已入丙辰之春，蓋寶釵之生日，爲正月二十一日也。是春賈母死，年八十二歲，作八十三歲者誤。是年鳳姐死年二十六歲，寶玉中舉爲秋，毘陵驛別賈政爲冬，而書遂完結矣。

右二年入正傳之第七第八年。

都邑第宅

都　邑

奉天永建太平之國　應天府江甯縣　金陵　維揚　姑蘇城　閶門

長安府　大同府　大如州　平安州　太平縣　孝慈縣 離京都十日路程

石頭城　輿邑　京口　南海　西京 見薛蟠案狀

村坊道里

黑山村 在口外賈府莊上 十里街仁清巷 在蘇州 郝家莊 小花枝巷 甯榮街後二里遠近 十里屯 離京二百餘里王子騰亡處 二十里坡 十字街 紫檀堡 離東城二十里 李家店 薛蟠犯命案處 南門大街 賈芸買香料處 本京西門外 花兒匠住處 興隆街 雨村寓 本京北門大道 玉祭金釧處 西城門外 北門外頭橋上 北門外葦塘 柳二打薛蟠處 鼓樓西大街 恆舒當 附潢海鐵網山 黛山林子洞 寓言

宮垣

鳳藻宮 靈寶宮 元妃拜佛處 大明宮 領宴處 臨敬殿 賈政陛見處 臨莊門外西垣門

寺觀菴廟

葫蘆廟 蘇州 鐵檻寺 賈氏甯榮二公修造有香火地畝在北門外 智通寺 揚州

水月庵　離城二十來里與鐵檻寺近卽饅頭菴　一曰水月寺　玉皇廟　達摩庵　二處俱在園隅

牟尼院　本京西門外妙玉出身處　善才庵　淸虛觀　蟠香寺　在元墓　地藏庵

水仙庵　出北城二里地　天齊廟　西城門外　散花寺　元眞觀　敬老修養之所

第宅園亭

甯國府　東府　榮國府　西府　中爲賈氏宗祠

會芳園諸境　東府舊園

天香樓　賈敬壽日於是樓宴女客

登仙閣　秦氏停靈處

凝曦軒　賈敬壽日宴客打十番處

叢綠堂　賈珍於此賞中秋

大觀園諸境　西府園計三里半大元妃賜名

省親別墅 正殿本名天仙寶境後改

大觀樓 正樓

綴錦閣 東廂樓迎春住

含芳閣 西廂樓

楡蔭堂

嘉蔭堂

議事廳 園門口南邊三間小花廳有補仁諭德匾

怡紅院 本名怡紅快綠寶玉住

瀟湘館 本名有鳳來儀黛玉住

蘅蕪院 寶釵住

滌葛山莊 卽稻香村李紈住

櫳翠庵 有東禪堂妙玉住

秋掩書齋　卽秋爽齋探春住

藕香榭　惜春住

蓼鳳軒

曉翠堂　在秋爽齋中

蘆雪庭

紅香圃　卽芍藥圃

凸碧山莊　在土山峯背

凹晶館

暖香塢　在藕香榭

杏葉渚　接柳堤一帶或卽荇葉渚

紫菱洲　近綴錦閣迎春住

花溆　本名柳汀花溆

滴翠亭　在池邊

沁芳橋　並有沁芳亭沁芳閘

翠烟橋　怡紅至瀟湘必由之路

蜂腰橋

賴家花園

此外又有梨花春雨，桐翦秋風，荻葉夜雪，又有木香棚，薔薇院，芭蕉塢，牡丹亭等處。園之東曰東角門，西曰聚錦門，後曰後宰門。

附錄

榮慶堂　賈母設壽宴處

榮禧堂　榮府正大堂

夢坡齋　王夫人院內小書房

梨香院　榮府舊園在東南角上薛氏曾寄居

絳芸軒　寶玉舊住

逗蜂軒　甯府

綺散齋　賈母一邊，榮府二門外小軒

枕霞閣　史府舊宅

悼紅軒　曹雪芹撰紅樓處

房屋諸名飾

角門　甬道　抱廈廳　粉油大影壁　雪白粉牆

銅瓦泥鰍脊　虎皮石　清涼瓦舍　水磨磚牆　綠窗油壁

垂花門　花障編月洞門　沙屜子　雕鏤槅子　十錦槅子

月洞窗　花障子　超手遊廊　穿山遊廊　園內腰門

花廳　二門外鹿頂內　甬路　傍階

臺階　樓房　套間煖閣　井臺上　廊簷下

房門後檐下　窗根下　穿廊下　槅扇　東角門

窗屜　玻璃窗　內宅門　煖閣外邊　後門口

三門裏　院門外邊　煖閣裏　書房門口　三門外頭

月臺底下　廳柱下石階上　大門　儀門　大廳

內三門　內儀門　塞門　正堂　黑油柵欄內

白石甬路　窗槅門戶　廊檐內外　遊廊罩柵　廊上

園門裏茶房內　外頭院子裏　東邊的屋子　地炕上　花廳後廊上

遊廊角門　園門口南邊三間小花廳　西南角上聚錦門　煖閣裏地炕上

園子後角門　內壼　門檻子　穿堂內　西邊小角門

套間　園中前後東西角門　畸角子一帶地方　月臺上

小廠廳　西院裏　東廊房　二門上　東廂房

窗戶根底下　外書房　該班的房內　北界牆根下　捲篷底下

後身屋裏　穿廊月洞門影屏　門外平臺底下　夾道子牆壁上

西院房上　東耳房　小正房　大跨所十餘間房屋　東跨所

西邊院子裏

器物

輿馬儀具

龍旌　鳳翣　金頂金黃繡鳳鸞輿　雉羽宮扇

銷金提爐　曲柄七鳳金黃傘　翠幄青油車　朱輪華蓋車

翠蓋珠纓八寶車　鐵青大走騾　雕鞍彩轡白馬　青紬油傘

馱轎附小竹轎　綠轎有八抬四抬　大車附車轎網絡

屏簾

紫檀架大理石屏風　玻璃十二扇大屏　又玻璃炕屏　十二扇大紅緞子刻絲滿床笏一面泥金百壽圖大屏　二十四扇紫檀雕刻硝子石漢宮春曉圖屏　紫英所冒　紗照屏　賈母與寶釵　粧蟒繡堆刻絲彈墨各色綢綾大小幔　一百二十架　猩猩氈簾　二百掛　湘妃竹簾　二百掛　金絲籐紅漆竹簾　二百掛　黑漆竹簾　二百掛　五綵線絡盤花簾二百掛　大紅洒花軟簾　熙鳳室中　紅紬軟簾　梨香院寶釵住室　繡線軟簾　黛住處　一本作繡緣　葱綠撒花軟簾　怡紅院　猩紅氈簾　藕香榭　大紅繡幔　怡紅院煖閣上

几椅牀榻　附諸飾床枕

梅花式洋漆小几　二具　猩紅洋毯　大紅金線蟒引枕　秋香色金線蟒大條褥　以上王夫人耳房　青緞靠背引枕　并坐褥　彈花椅袱　王夫人東廊三間小正房　碧紗廚　賈

母套間煖閣內怡紅院亦有之　壽昌公主含章殿臥榻　同昌公主連珠帳　西子浣過紗衾　紅娘抱過鴛枕 以上可卿房中　大紅條氈炕衣　鎖子錦靠背引枕　金心線閃緞大坐褥 鳳姐院中 以上三件　杏子紅綾被 湘雲所臥　大紅銷金撒花帳　填漆牀 上三件怡紅院　涼榻 王夫人處　夾紗被 寶玉所需　小楠木桌子 遊園時擺早飯用

花梨大理石大案 以下三件探春房中　拔步牀　葱綠雙繡花卉草蟲紗帳　水墨字畫

白綾帳 賈母與釵　青紗帳幔 蘅蕪院　海棠梅花荷葉葵花及方圓諸式雕漆几 園宴所用

大狼皮褥 賈母坐　灰鼠椅搭 黛玉坐　大紅繡彩雲龍捧壽靠背引枕坐褥　黑狐皮袱子大白狐皮坐褥　一色灰鼠椅搭小褥 附地紅毡　以上尤氏上房　雕夔龍護屏矮足短榻 附靠背引枕全　元宵宴賈母坐　大紫檀雕螭案　籐屜子春櫈　輕巧洋漆描金几

花梨員炕桌　雕漆椅　藕合色花帳　玫瑰芍藥花瓣裝玉色夾紗紅香枕　鮫綃帳　瑪瑙枕　芙蓉簟 附小机子 腳踏　銀紅撒花椅搭

附 園中船具

棠木舫　坐船　划子　篙　槳　遮陽幔　採蓮船四隻

宴飲諸器

海棠花式雕漆塡金雲龍獻壽小茶盤　塡漆茶盤　小連環洋漆茶盤　舊窰十錦小茶杯　成窯五彩小蓋鍾　官窰脫胎塡白蓋碗　點犀䀉　綠玉斗　王愷𤫩爮斝　九曲十環一百二十節蟠虯整雕竹根大𥭢　茶筅　以上茶具　玉杯金銀盞　烏銀梅花自斟壺　烏銀洋鏨自斟壺　焌銀壺　海棠凍石蕉葉杯　十錦琺瑯杯　竹根大套杯　黃楊木雕套杯　白彩定窰碟　纏絲白瑪瑙碟　小攝絲盒　十錦攢心盒子　揑絲戧金五綵大盒子　大紅漆捧盒　大荷葉式翡翠盤　老年四楞象牙鑲金筷　烏木三鑲銀箸　爐瓶三事　以上宴器

陳設物玩

文王鼎　香合匙箸全　大鼎　鏨金彝　玻璃盒　青綠古銅鼎　汝窰美人觚

汝窰盤　紫檀架大官窰大盤 盛佛手　趙飛燕舞盤　聯珠瓶　舊窰小缾 插歲

寒三友及玉堂富貴等　土定瓶　墨烟凍石鼎　美女聳肩缾 插紅梅　斗大的汝窰

花囊 插水晶球白菊　石頭盆景兒　玉石條水仙花盆　龍文鼎　白玉比目磬

安祿山擲太眞乳木瓜　金玉如意　香玉如意　數十方寶硯　筆筒筆海

各種名人法帖　各種書籍　十番樂大鐘表　螺甸櫃金自鳴鐘　挂鐘　大

銅爐　象鼻三足泥鰍流金琺瑯大火盆　紫檀雕嵌大紗透繡花草詩字各種纓絡

名人書畫

燃藜圖　唐六如海棠春睡圖　米襄陽烟雨圖　仇十洲豔雪圖　仿李龍白描

鬥寒圖　唐顏魯公聯　宋學士秦太虛聯　墨龍待漏朝天大畫

日用雜玩諸件

茶桶　薰籠　一丈青　筐籮　小壺兒　大棕箱

傢伙廚　大茶盤　火盆湯婆子　鏇子　茶吊子　漚子

藥銱子　羹匙　小磁罈　花噴壺　鬼臉青花甕　矮板榻

臉盆　沐盆　小螺鈿櫃　算盤戥子　花鋤花帚紗囊

韻牌匣子　金西洋自行船　鴛鴦劍　象牙花名令簽

美人拳　臘油凍佛手　西洋琺瑯春畫鼻烟壺　子母珠　海南扇子

湘妃竹書畫古扇蕉扇　宮製詩筒　波斯國玩器　黑漆銅釘花腔令鼓

沉香拐杖　銀嗽盂　銀唾盒　白犀麈　眼鏡　洋巾

金鑲雙星玻璃小匾盒　珠兒線　沙子燈　花砲　有滿天星，九龍入雲，飛天十響，平地一聲雷各名、自行人　酒令兒　泥人戲　泥捏小像

水銀灌的打筋斗小小子　美人沙雁鳳凰大魚螃蟹蝙蝠大蝴蝶各式風箏

風箏籰子　短琴　醒酒石　柳枝編的籃　眞竹根空的香合

膠泥垛的風爐　金壽星　吉慶有餘銀錁　紫金筆錠如意

錁　壓氣錢錁　金魁星　狀元及第小金錁　新式金銀錁

上等宮扇　製荷葉湯銀模子　鐵爐叉鐵絲蒙　紡車

各種香藥

斗香　安息香　梅花香餅　御賜百合宮香　松柏香

鷄蛋香　靈柏香　夢甜香　香雪潤津丹　福壽香以上香　冷香丸

調經養榮丸　山羊血黎峒丸　益氣養榮補脾和肝湯　獨參湯

桑蟲猪尾　敗毒散　人參養榮丸　八珍益母丸　延年神驗萬金丹

左歸丸　右歸丸　棒傷藥　天王補心丹　香薷飲　解暑湯

梅花點舌丹　紫金錠　活絡丹　催生保命丹　依弗哪西洋頭痛膏藥

祛邪守靈丹　開竅通神散　十香返魂丹　至寶丹　黑逍遙散　歸肺固金湯

鈎藤湯　定心丸 以上藥

各種牋紙

雪浪牋　捶油紙　大紅雙喜牋　泥金庚帖　泥金角花粉紅牋

紫墨色泥金雲龍牋

各種綢緞衣料

富貴長春宮緞　福壽綿長宮緞　綵緞　上用粧緞蟒緞

上用雜色緞　上用各色紗　宮綢　大紅粧緞　鳳尾羅

虎文錦　冰鮫縠　蟬翼紗　霞影紗 銀紅色　軟烟羅 有百蝶穿花，流雲，蝙蝠諸樣，有雨過天青，松綠秋香色。　青紗　月白紗　繭綢

各種燈

大海燈　宮燈　矗燈　明角提燈上有榮國府三字　小巧精緻圍屛

燈　手燈　玻璃繡毬燈　羊角燈　玻璃彩穗燈　戳紗料絲繡畫

絹紙各式燈　羊角手罩　洋鏨珐瑯倒垂荷葉燭插　四角平頭白紗燈

奩具備帶

武則天寶鏡　小菱花鏡　大穿衣鏡　靶兒鏡子　篦　抿子

鏡袱　皁頭繩　花露油　淘淨花露胭脂膏　茉莉粉

玉簪花粉　桂花油　薔薇硝　玉絲環　一炷香朝天凳象眼塊方勝連

環柳葉攢心梅花諸式絡子　零苓香念珠　茄楠念珠　紅麝香串　腕香珠

梹榔荷包　春畫繡香囊　宮製四面扣合荷包　漢玉九龍珮　璧玉珮

核桃金表　玉玦扇墜　赤金點翠麒麟　檀香小護身佛

手絹　通靈玉　仿式通靈玉　僞造通靈玉　漢玉玦　金鎖

寄名鎖　護身符　金璜玉玦等件

男服飾

束髮嵌寶紫金冠　纍絲嵌寶紫金冠　二龍搶珠金抹額

雙龍出海抹額　金螭瓔絡　髮辮大珠及金八寶墜脚　淨白簪纓銀翅帽

束髮金冠　金銀項圈　金籐笠　大紅猩毡斗笠 即猩猩毡斗蓬

石青貂裘排穗褂　石青起花八團倭緞排穗褂　大紅猩猩毡盤金彩

繡石青粧緞沿邊排穗褂　海龍小鷹膀褂子　元狐腿外褂

白蟒箭袖　二色金百蝶穿花大紅箭袖　秋香色立蟒白狐腋箭袖

大紅金蟒狐腋箭袖　荔支色哆羅呢箭袖　江牙海水五爪龍白

蟒袍　俄羅斯雀金泥裘　青肷披風　半舊狐腋褂

猞利猻大皮襖　茄色哆羅呢狐狸皮襖　貂頦滿衿煖襖　大紅綿紗小襖

銀紅洒花大襖　半舊紅綾短襖　白綾子棉襖　松花綾子夾襖　茜香國大紅汗巾

綠汗巾　五彩絲攢花結長穗宮絛　碧玉紅鞓帶　攢珠銀帶

五色胡蝶鸞絛　藕合紗衫　銀紅紗衫　玉針蓑　絲紗小衣

松花洒花綾褲　綠綢撒花褲子　綠綾彈墨夾褲　血點般大紅褲子

一裹圓　錦邊彈墨襪　掐金滿繡棉紗襪子　青緞粉底小朝靴

石青靴　厚底大紅鞵　胡蝶落花鞋　棠木屐

附　毡帽　青布衣裳　撒鞋

內服飾

慵粧髻　妙常髻　黑漆油光鬏兒　攢珠纍絲金鳳　金絲百寶攢珠髻

朝陽五鳳挂珠釵　攢珠勒子　赤金盤螭瓔珞圈

金纍絲攢珠金項圈　點翠嵌寶石金項圈　珠嵌蝦鬚鐲

赤金匾簪　硬紅鑲金墜子　小玉塞子　絳紋石戒指　金玉戒指

挖雲鵝黃片金裏大紅猩猩毡昭君套　紫貂昭君套　雪帽

觀音兜　灰鼠煖兜　巾兜　宮製堆紗花　大紅猩猩毡斗篷

羽毛緞斗篷　灰鼠斗篷　大貂鼠風領　鳧靨裘　大紅羽縐白面狐狸

皮鶴氅　蓮青斗紋錦上添花洋線番羓絲鶴氅　水紅粧蟒狐肷褶子

石青刻絲灰鼠披風　五綵刻絲石青銀鼠褂　玫瑰紫二色金銀鼠

比肩褂　貂鼠腦袋面子大毛黑灰鼠裏子裏外發燒大褂子　紫褐羢褂

羽緞褂　青緞灰鼠褂　大紅羽緞對襟褂子　青縐綢一斗珠羊皮

褂子　多羅呢對衿掛子　青緞掐銀線褂子

佛青銀絲褂子　雪褂子　石青刻絲八團天馬皮褂子　銀鼠坎肩

桃紅百花刻絲銀鼠襖　靠色三厢領袖秋香色盤金五色繡龍窄褙小袖掩衿銀鼠短襖

桃花洒花襖　縷金百蝶穿花大紅雲緞窄褙襖　藕色綾襖　蜜合色棉襖

彈墨綾子薄棉襖　海棠紅小棉襖　玉色紅青駝絨三色緞子門水田小夾
襖　紅綾襖　月白緞子襖　葱綠杭綢小襖　松花綾子夾襖
月白綾襖　月白繡花小毛皮襖　大紅洋縐小襖兒
松花色綾子一斗珠小皮襖　大紅小襖　月白素綢襖兒　水紅綾子襖兒
桃紅綾小襖兒　銀紅襖兒　大紅襖　紅綢小棉襖　金絲織成瑣子甲洋
錦襖　片錦邊琵琶衿小緊身　撒花緊身兒　青綢掐牙背心
青緞掐牙背心　青緞子背心　青緞夾背心　水田青緞鑲邊長背心
紅綢子小衣　葱綠抹胸　紅綾抹胸　白縐綢汗巾　柳綠汗巾
松花綠汗巾　青金閃綠雙環四合如意絛　胡蝶結子　長穗五色宮絛
秋香色絲絛　白綾細摺裙子　水綠裙子　翡翠撒花洋縐裙
葱綠盤金綵繡棉裙　大紅洋縐銀鼠皮裙　石榴紅裙
葱黃綾棉裙　楊妃色繡花棉裙　寶藍盤錦鑲花棉裙

淡墨畫白綾裙　白綾素裙　綠綢洒花夾褲　水紅洒花夾褲　石榴紅洒花夾褲

紅褲　綠襪　新繡紅鞋　紅鞋　鹿皮小靴

掐金挖雲紅香羊皮小靴

附

玉色綢裏多羅呫包袱　彈墨花綾水紅綢裏子夾包袱

食品

楓露茶　暹羅國貢茶　老君眉　女兒茶　普洱茶　惠泉酒　屠蘇酒

西洋葡萄酒　紹興酒　合歡花酒　玫瑰露　糖醃玫瑰滷　木犀清露

茯苓霜　潔粉梅片雪花洋糖　牛乳蒸羊羔　鴿子蛋　炸鵪鶉　野鷄瓜子

醃胭脂鵝脯　暹羅豬魚　糟鵪鶉　糟鵝掌鴨信　火腿燉肘子　生鹿肉

火腿鮮筍湯　野鷄崽子湯　酸筍鷄皮湯　青筍紫菜蝦米火肉白菜湯　蝦

丸鷄皮湯　酸湯　合歡湯　酸梅湯　蓮葉羹　建蓮紅棗湯　松子瓤

粉脆鮮藕　風乾栗子　蜜餞茘支　酒釀清蒸鴨子　硃橘黄橙橄欖各果

法製紫薑　吉祥果　茄鲞　豆腐皮包子　油鹽菜芽

鷄髓筍　蘿蔔炸兒　椒油蓴齏醬　鷄蛋豆腐　麵筋醬

麻油醋拌五香大頭菜　棗泥餡山藥糕　糖蒸酥酪　菱粉糕

鷄油捲兒　藕粉桂花糖糕　松瓤鵝油捲　螃蟹餡小餃兒　奶油炸小麵果

大芋頭　奶油松瓤捲酥　桂花糖蒸栗粉糕　如意糕

元宵　壽桃　銀絲掛麵　麵條子　瓊酥金膾

多碧粳粥　鴨子粥　燕窩粥　紅稻米粥　紅米粥

棗兒粇粳米粥　綠畦香稻粳米飯

附　鼻烟　旱煙

藝文

藝文

賈雨村中秋對月有懷五律　　跛道人好了歌

甄士隱解好了歌長短曲一章　　警幻仙姑所歌

警幻宮麗人賦　　嘲通靈玉七律

大觀園記　　省親頌　右二題有題無文

幻境所歌紅樓夢曲十二闋

大觀園應制詩　迎探惜七絕各一　紈釵七律各一，黛五律一，寶玉五律四。

寶玉大觀園四時即事詩四首　　顰卿題羅帕七絕三首

探春徵詩社啓　　賈芸貽寶玉白秋海棠牋

咏白秋海棠七律　　菊社十二詠七律

咏螃蟹七律　　林顰卿葬花歌七古

戲劇

牡丹亭還魂　長生殿彈詞　雙官誥　右三齣敬生日天香樓演

一捧雪豪宴　仙緣　乞巧　離魂

相約相罵　右省親演　丁郎認父　黃伯大擺陰魂陣　孫行者大鬧天宮

姜太公斬將封神　右當府演　西遊記　劉二當衣

魯智深大鬧五台山　右寶釵生日演　白蛇記　滿床笏

南柯夢　右清虛觀演　荆釵記　鳳姐生日演　西樓記樓會

八義記觀燈八齣　牡丹亭尋夢　芳官　西廂記惠明下書　葵官右元宵家宴

蕊珠記眞昇　琵琶記吃糠　達摩渡江　右賈政陞官時並黛玉生日演

占花魁　琪官　右臨安府演　壽筵開　掃花　寶玉生日芳官唱

遊園驚夢　梨香院教演

附 將軍令　燈月圓 元宵時鑼鼓　女先兒說王熙鳳公子李雛鸞小姐故事 同上

打蓮花落　耍百戲 元宵時

儷辭偶掇

一輪明月飛彩騰輝　擔風袖月　偶因風蕩或被雲摧　腮凝新荔鼻膩鵝脂

朱闌玉砌綠樹清溪　弱不勝衣　甜香襲人　眼餳骨軟　人跡不逢飛塵罕到

靨笑春桃雲堆翠髻　春梅綻雪秋蕙披霜　風迴雪舞　冰清玉潤　鳳翥鸞翔

松生空谷霞映澄塘　龍遊曲沼月射寒江　幾縷飛雲一灣逝水　朱簾繡幙畫棟雕檐　嬌若春花媚如秋月　輕敲檀板款按銀箏　綠牕風月繡閣烟霞　耀眼爭光　滿面春風　紋若檳榔味若檀麝以手扣之聲如玉石　紅蓮綠葉五色鴛鴦

西風乍緊猶聽鶯啼煖日當暄又聞蛩語　擁爐倦繡濃薰繡被　光搖朱戶金鋪地雪照瓊窗月作宮　輕裘寶帶美服華冠　大如雀卵燦若明霞瑩潤如五色酥花絞纏護

着　燈明火彩客送官迎　電卷風馳　佳木龍葱奇花爛灼　層樓高起

青松拂簷玉蘭繞砌金輝獸面彩煥螭頭　粉垣環護綠柳周垂　絲垂金縷葩吐丹

砂帳舞蟠龍簾飛綵鳳　琉璃世界珠寶乾坤　簾捲蝦鬚毯鋪魚獺　庭燎繞空香

屑布地　火樹琪花金牕玉檻　花招繡帶柳拂香風　湘簾垂地悄無人聲

星眼微餳香腮帶赤　蒼苔露冷花徑風寒　桃羞杏讓燕妒鶯慚　雕甍綉檻皆隱

於山坳樹杪之間　青溪瀉玉石徑穿雲　遠無鄰村近不負郭　高無隱寺之塔下

無通市之橋　種竹引泉　上則薜蘿倒垂下則落花浮蕩　鼎焚百合之香缾插長

春之蕊　銀光雪波　琳宮綽約桂殿巍峨　金門玉戶神仙府桂殿蘭宮妃子家

登樓步閣涉水緣山　醉魂酥魄　桃腮帶怒薄面含嗔　金碧輝煌文章閃爍

鳳尾森森龍吟細細　臨風洒淚對月長吁　赤日當天樹陰合地滿耳蟬聲靜無人語

眉蹙春山眼顰秋水　蒲艾簪門虎符繫背　倚檻迎風　竹影參差苔痕濃淡

陰陰翠潤几簟生涼　天氣清朗　翠竹夾路　衰草殘菱更助秋興　錦籠紗罩

金彩珠光　清寒透幙　花吐胭脂香欺蘭蕙　温香拂臉　粉粧銀砌月光如水
蛾眉倒豎鳳眼圓睜　金翠輝煌碧采閃灼　柳垂金線桃吐丹霞　烏髮如銀紅顏
似槁　春困已醒　搴幃下榻微覺輕寒　土潤苔青　葉纔點碧絲若垂金
紅飛翠舞玉動珠搖　香夢沈酣　賓客如雲　爐裊殘烟奠餘玉醴　燈光掩映
微月半天　斂斜髻鬆衫垂帶褪　風清月朗銀河微隱　微風一過粼粼然池面皺
琅疊紋　龕焰猶青爐香未歇　香草依然門窗掩閉　車馬塡門貂蟬滿座
與神合靈與道合妙　清風明月蒼松怪石　風催雨送　十里荷花三秋桂子
林鳥歸山夕陽西墜　春花秋月水秀山明　香車畫舫紅杏青帘　雲影横空月華
如水　鮮潤如出水芙渠飄揚似臨風玉樹　荷粉露垂杏花烟潤　案上紅燈窗前
皓月　錦繡叢中繁華世界　竹梢風動月影移牆　月光已上照耀如水　滿地
下重重樹影窈無人聲　日影横牕　凄涼滿目臺榭依照　風清日煖　珠簾高
挂　天空地闊萬籟無聲

方言諧諺

一撒　狗命　承辦　呼喚　滿懷　潭府　引逗　領情　生分

打撈　心病　開心　嗤的　惡心　巧人　慌張　踉蹌　慣嬌

洗澡　躭待　心酸　壓派　口角　搭赸　哽噎　抱怨　孽障

嚥氣　赸笑　奚落　狠命　猴兒　胡鬧　阻擋　抬身　納福

大臉　亂顫　尋趁　一躺　發怔　攛掇　混鑽　圓謊　膀子

臂膊　亂硼　入港　撒謊　花拉　挨餓　脖子　淡話　造孽

擺手　肩窩　乾喧　歪才　坎兒　飛災　情鬼　臭錢　意淫

胡唚　哇的　紫漲　抿嘴　墜子　款兒　腌臢　醒脾　老貨

餳澀　懶賊　滑賊　癖性　撒野　祿蠹　貧嘴　獃雁　內緯

抓乖　辣水　借胎　抬舉　害臊　咽人　坑死　彎腰　一跤

裁倒 扢搭 厲聲 淘氣 前情 撕擄 淚人 伸腿 拌嘴

老臉 老命 點卯 弄鬼 燥尿 霸道 怪膩 沒臉 磨牙

湊趣 涎臉 粧胖 潑皮 擺佈 輪班 混熟 堵噎 串通

牙疼 眼熱 蓋臉 賭氣 搶白 沈吟 頭裡 痛樂 席面

乖乖 氣怯 逞強 訛詐 鎮唬 銅商 掌着 伏手 體己

飲驢 貧婆 財主 扯臊 操心 鬧鬼 虧空 聽聽 跌足

盤算 佈施 泥胎 磊着 撮弄 同心 怯上 胡纏 爽性

搥腿 硬朗 糟牙 頑笑 嚐嚐 園子 打趣 窩兒 鬢角

逛逛 膩煩 喝采 佛爺 打發 口袋 莊家 暴發 瞎鬧

黑心 細緻 妥當 駁回 尖兒 償命 狠手 佈散 腿酸

心淨 多心 碰巧 哧的 挨罵 悲切 睜眼 嚎啕 跺脚

蹧塌 霸占 單弱 懸心 體統 挺屍 轄治 唬怔 鈐壓

撩逗　廝鬧　拷問　把戲　垂涎　犯夜　逼住　揑合　迷關
疤瘢　圈套　腔兒　圓房　說舌　砸碰　踐踏　揭挑　外祟
盤考　舛錯　搪塞　心坎　焦躁　海罵　角口　炭勁　打橫
疑團　天配　道乏　屛息　跑腿　趁錢　搭轉　跴緝　破例
一揚　掏錢　臊皮　毛賊　囚攮　腦袋　塡眼　眼尖　探子
搭幫　魔意　囉唆　聒噪　混說　納罕　儍子　估量　邪書
恩典　花子　心氣　飛紅　燙手　火熱　使喚　爆炭　小竊
噯噴　醒鼻　俏皮　順手　倒茶　攢沙　閃失　老貨　皺眉
齊心　精窮　支吾　擔險　打盹　迎面　惹禍　嘴巧　乖嘴
影像　托嬾　姣客　開例　鎮壓　榜樣　膀背　買轉　緊溜
貢辦　白丟　粘補　額外　毛病　臭肉　肫兒　啓齒　保山
搗光　作踐　排揎　上頭　渣兒　撴摔　叨登　頂缸　軟禁

趁願 陷害 禁當 直口 吵嚷 順脚 頂頭 貴壻 破格

亂挺 厮混 勾搭 心花 擺弄 努嘴 隔肢 機變 首尾

脊梁 謠言 惦記 符膽 撕擄 白疼 战敠 臉急 獃爺

掣肘 違拗 挑飭 鋒利 掇弄 折磨 抹掉 陣仗 蠻纏

捏酸 掉包 孤鬼 鬼混 骯髒 混淩 香芋

趁空兒 雪珠兒 小性兒 靴掖兒 薺朵兒 託懶兒 撥嘴兒

眼珠兒 擠眼兒 做保兒 兩口兒 鄉老兒 野老兒 供尖兒

粧憨兒 一零兒 黑星兒 脚踪兒 錯縫兒 掀嘴兒 捲包兒

醒醒兒 小命兒 腔調兒 放頭兒 歪歪兒 本主兒 挨門兒

撒嬌兒 衕衕兒 獻勤兒 沒味兒 歇歇兒 希鬆的 癡癡的

白白的 嚴嚴的 赸赸的一作訕訕 鬆鬆的 懶懶的 緊緊的

突突的 撲哧的 吱吱的 咯噔的 噹噹的 怪羞的 慢慢的

獃獃的　熱心的　俏皮的　狠狠的　烘烘的　重重的　怔怔的

忙忙的　怪熱的　忿忿的　呆呆的　苦苦的　撲嗤的　颯颯的

巴巴的　快快的　怪臊的　悄悄的　怪傻的　滚熱的　攝脚兒

阿物兒　脫滑兒　窗眼兒　粉團兒　眼圈兒　打牙兒　像生兒

巧宗兒　接手兒　做情兒　小么兒　打盹兒　起頭兒　銀人兒

把柄兒　跐牙兒　一椿椿　黑壓壓或作烏壓壓　直瞪瞪　金晃晃

喘吁吁　直挺挺　顫巍巍　油汪汪　牙癢癢　白汪汪　白漫漫

花簇簇　亂烘烘　汗津津　唿喇喇一作豁喇喇　蕩悠悠　黑魆魆　硬幫幫

空落落　眼睁睁　熱刺刺　油膩膩　冷颼颼　明亮亮　戰兢兢

毛烘烘　姣怯怯　吱嘍嘍　喇刺刺　黑油油　笑欣欣　笑嘻嘻

豁啷啷　偸瞧瞧　寒浸浸　惡狠狠　熱騰騰　碧瑩瑩　亂嘈嘈

撲簌簌　呼喇喇　咬咬牙　瞧瞧他　爭爭氣　探頭兒　明晃晃

洗洗清
握握罷
鬧攘攘
散散悶
一扭身
二木頭
手一拍

手一撒
一溜烟
一歪身
開開心
矮一等
一彎腰
一嘟嚕

一陣煙
趔趄着
堵着門
咬着牙
揚着頭
瞪着眼
摸着臉

扎煞着
拿捏着
老臉上
說天話
耳旁風
拉硬屎
窩心脚

使眼色
瞎生氣
臊子裏
脫身計
墊踹窩
下死眼
沒意思

沒性子
咬舌子
搭下臉
小粉頭
昧心錢
入肉酸
黑炭頭

遞眼色
叫心肝
促狹嘴
扭了腰
小蹄子
小腿子
嚼舌根

沒頭腦
見世面
夾子肉
仗腰子
掌不住
弄左性
醒鼻涕

好胎子
打嘴巴
煞住脚
混叉口
啃骨頭
瞎操心
偷嘴吃

抱住腿
送虛情
背地裡
耳刮子
毛丫頭
挑脚漢
嚼舌頭

沉了臉
耳報神
歪了腿
喪氣話
手脚大
揉胸口
悶嗗咄

絕出奇
沒要緊
氣不忿
化佈施
是非場
禿歪刺
猴在馬

老背晦
活寶貝
鬼靈精
誆騙他
賤骨頭
倒脫靴
護官符
虎丫頭
煞性子
馬棚子
老實人
小見識

糊塗蟲
辨謊記
壞蹄子
新相知
扎煞手
浪帖子
毛丫頭
小祖宗
好日子
女清客
巧法子
大家子

撈什子
香餑餑
末留頭
鬧黄了
蓬頭鬼
兩條腿
耗子精
病西施
好娼婦
薄片子
碰釘子
說歪話

花胡哨
半瓶醋
打飢荒
上了當
猴兒尿
艸姑娘
促狹鬼
獃霸王
住馬圈
老妖精
扎窩子
老列人

母蝗蟲
無事忙
老心虔
假撇清
撒個姣
歪派他
令祖宗
狐媚子
壓的住
老風流
打抽豐
女兒氣

夜叉星
療妒湯
下死勁
小孽障
守活寡
過堂風
仇人薫
叉巴子
傻丫頭
老壽星
屯裏人
打悶棍

苦瓠子
舊精魂
響亮話
當頭陣
小雜種
坐纛旗
糊塗爺
腮幫子
燈穗子
老廢物
跴滑了
混吵嚷

串門子　攬家精　命根子　餓跑了　沒遮欄　大方話　知好歹
詩瘋子　打擂抬　大節下　觔斗雲　花兒匠　山子匠　正經貨
薄沙地　沾帶些　傻孩子　伏上水　小嵬子　靴統內　毛崽子
窩裏炮　鑽了來　拘的慌　猫兒食　靸了鞋　窮小子　鬼聰明
支架子　瞎張羅　雨打鷄　吃年茶　臭男人　臭小子　臭小廝
老寃家　嘴巴子　小娼婦　累得狠　嫦娥花　女兒棠　鯽爪兒
樓子花　母蝗蟲
咕咚咕咚　嬉和嬉和　排解排解　咯吱咯吱　接引接引　勸解勸解
管理管理　張羅張羅　照管照管　表白表白　斟酌斟酌　歇息歇息
火速火速　查考查考　湊搭湊搭　護庇護庇　嘟嘟囔囔　罪罪過過
膩膩煩煩　葳葳蕤蕤　鬼鬼祟祟　溶溶蕩蕩　抽抽噎噎　嚴嚴密密
喜喜懽懽　飄飄蕩蕩　唏唏哈哈　趔趔趄趄　潑潑撒撒　規規矩矩

悲悲切切
瑣瑣碎碎
恍恍惚惚
長長遠遠
體體面面
絮絮叨叨
唧唧噥噥
謹謹慎慎
連連接接
鬼鬼頭頭
扯扯拽拽
斷斷連連

嘁嘁喳喳
豐豐富富
昏昏沈沈
興興頭頭
將將就就
昏昏默默
忙忙碌碌
舒舒坦坦
乾乾淨淨
鬧鬧攘攘
和和氣氣
咈咈哧哧

舒舒服服
嘮嘮叨叨
消消停停
齊齊整整
裏裏外外
哭哭啼啼
癡癡顛顛
嗚嗚咽咽
穩穩重重
溜溜湫湫
搖搖落落
飄飄拽拽

咭咭呱呱
老老實實
藏藏躲躲
奇奇怪怪
哭哭喊喊
髣髣髴髴
蠍蠍螫螫
叮叮噹噹
迷迷癡癡
灣灣曲曲
粗粗笨笨
亂亂吵吵

兢兢業業
咕咕唧唧
咕咕噥噥
清清淨淨
瀝瀝淅淅
妖妖調調
伶伶利利
滴滴點點
瘋瘋傻傻
躺躺歇歇
冒冒失失
急急忙忙

戰戰兢兢
含含糊糊
順順溜溜
頑頑皮皮
意意思思
慌慌張張
重重疊疊
飄飄搖搖
影影綽綽
哽哽咽咽
三三兩兩
安安逸逸

風光風光
使喚使喚
般般勤勤
周周全全
無法無天
好離好散
一點半點
三步兩步
撒嬌撒癡
涎言涎語
醒的臭的
偷典偷賣
三千五千
百依百隨
問長問短
做湯做水
劈頭劈臉
一件半件
要東要西
沒晝沒夜
多歪多妒
動手動脚
倚老賣老
剩東剩西
挑幺挑六
傻頑傻睡
對嘴對舌
七事八事
又懶又夯
不清不渾
探頭探腦
不尷不尬
無拘無束
弄湯弄水
不稂不莠
偷偷摸摸
斯抬斯敬
現世現報
一針一線
說嘴打嘴
混嚷混喝
上千上萬
七旺八旺
開導開導
賣頭賣脚
爬爬兒的
忽刺巴的
眼睛珠兒
拉長線兒
反叛肏的
弄小性兒
變個法兒
黃澄澄的
烏壓壓的
愛花粉兒
神鬼似的
田地裏的
離離格兒
鹹浸浸的
外姪女兒
短一分兒
冷清清的
推干淨兒
一條籐兒
饞嘴貓兒
黃黃臉兒
乾的濕的
氣哼哼的
赤條條的
愛巴物兒
直蹶蹶的
對了檻兒

三不知的 有頭臉的 使眼色兒 笑吟吟的 動一動兒 一打薹兒

散鬆鬆的 活巴巴的 趁油似的 小東西兒 熱剌剌的 煞一煞兒

煞了性兒 水性人兒 沒心眼兒 甜絲絲的 小狗攮的 一揚脖兒

小挨刀的 輕狂樣兒 搖搖頭兒 嬌嫩物兒 點點頭兒 狐狸似的

氣狠狠的 刻薄嘴兒 抽個頭兒 喪聲歪氣 好長腿子 眼饞肚飽

探頭縮腦 打嘴現世 磕脣咂嘴 心甜意洽 揜耳盜鈴 八目勾留

擠眉弄眼 抓耳撓腮 臉酸心硬 氣弱聲嘶 面如金紙 咬指吐舌

心拙口夯 乜斜着眼 渾身亂戰 沈下臉來 牽腸挂肚 睡裏夢裏

死皮賴臉 脚不沾地 把臉一扭 心直口快 浮萍心性 打太平拳

噯聲嘆氣 哭天抹淚 五內摧傷 如刀刺心 給臉子瞧 眼色一丟

堵起嘴來 骨軟筋酥 少魂失魄 黑心種子 閑打牙兒 嘻皮笑臉

連罵帶說 伶牙俐爪 牛心左性 小蹄子兒 兩車子話 腦袋瓜子

肉刺眼釘
煩惱髩毛
粉身碎骨
藏頭露尾
哭喪着臉
虛心下氣
甜嘴蜜舌
氣噎喉堵
平頭整臉
鬚眉濁物
一裹腦子
眉開眼笑
笑岔了氣
灣腰屈背
搖頭吐舌
札手舞脚
渾身發顫
美人胎子
泥腿市俗
遂心如意一作趁心
拿腔作勢
白瞪兩眼
蓬頭赤脚
哭作一團
滿嘴白沫
大聲小氣
齒竭脣亡
打牙撂嘴
巧語花言
心活面軟
耳髩斯磨
露出馬脚
綿花耳朵
花馬吊嘴
調情鬥口
鐵石心腸
面情字兒
背前背後
千金貴體
淌眼抹淚
乍着膽子
心慈面軟
心癡意軟
魂飛天外
連頭帶尾
挖心搜膽
兩眼睁睁
糊塗心腸
人多心壞
年輕心熱
嗐聲躲脚
剜了尾巴
拱肩縮背
頭疼腦熱
鼻塞聲重
眼睛摳摟
老砍頭的
沒進益的
躡足潛踪
老臉厚皮
心巧嘴乖
窮嘴夯腮
臉白氣噎
心術利害
依頭順尾
眼內出火
折腿爛手
人多嘴雜嘴別作口
鹹嘴淡舌
眼珠子裏

裝肚子疼　扭頭暴筋　眼紅面青　手撕頭撞　耳朵又軟　頭皮兒薄

詞鈍意虛　直眉瞪睛　揎拳擄袖　眉梢眼角　髒心爛肺　傾心吐膽

閒愁胡恨　眼腫腫的　水性楊花　一口咬定　口中流沫　兩顴鮮紅

古怪脾氣　活活筋骨　搥腿揉胸　插不上手　雙眸烱烱　眼中一黑

臉都唬黃　肝腸崩裂　擱在脣邊　心軟意活　恣意耍笑　脖項一扭

嘴脣一撅　熱鬧頭上　眼大心肥　蓬頭垢面　拖着膀膊　心冷嘴冷

乘勢作臉　寒毛一乍　合眼裝睡　微微睁眼　齊心打夥　偷閑歇力

粉身碎骨　養家活口　攙前落後　說東談西　拈花惹艸　馬仰人翻

偷雞戲狗　殺鷄抹脖　啞吧東西　夾槍帶棒　碗大雹子　金奴銀婢

三街六巷　七手八脚　三災八難　調三惑四　拉三扯四　横三豎四

狂三詐四　三四倍子　三房四妾別作五妾　言三語四　三媒六聘別作六證

七大八小　千災百病　丢三忘四　察三訪四　四肢五內　提三說二

千方百計
穩吃三注
一窪子水
百裏挑一
嬌羞怯怯
腼腆小姐
伶俐姑娘
下流種子
小模樣兒
鎮山太歲
花妖月媚
翻箱倒籠

三言兩語
四角俱全
一味呆笑
三等成色
神天菩薩
奴才秧子
青年姊妹
公子出身
正頭夫妻
混賬行子
青天老爺
鈎連內外

三茶六飯
嘮三叨四
七嘴八舌
低三下四
菩薩哥兒
猴兒崽子
混賬老婆
半個主子
小騷達子
老沒正經
糊塗行子
葉落歸根

七上八下
調三窩四
一宗心事
當家立業
混賬女人
閻王老婆
忘八羔子
雜種羔子
金花娘娘
候門千金
游頭浪子
蜂纏蝶戀

聯三聚五
七死八活
七顛八倒
尋夥覓伴
監社御史
烈性孩子
千金小姐
心腹小童
清俊男人
小猴兒精
弄去賣錢
火上澆油

省一抿子
推三拉四
呆了一呆
尋姑覓嫂
菩薩姑娘
北邙鄉女
利害婆婆
生死弟兄
巡海夜叉
稍長大漢
三番五次
八病九痛

鋒利尖酸　狗仗人勢　走魔入火　親上做親　撒村搗怪　門當戶對

頂門壯戶　迷天大罪　雷嗔電怒　長吁短嘆　覆去翻來　喝了黃湯

倚姣作媚　你可要死　錦團花簇　翻江倒海倒別作攪　打亮挪子

顢頇了事　家翻宅亂　三求四告　涼了半截涼別作冷　哭天哭地

你們世界　茶坊酒鋪　喬粧躲閃　一個悶雷　連哄帶慪　兩顴紅赤

偷樑換柱　來蹤去跡　紅口白舌　呑聲飲泣　壓壓邪氣　哽嗓氣噎

狐羣狗黨　寄人籬下　移船泊岸　上下打點　水落歸漕　頭破血出

把嘴一撇　謠言恐嚇　邪侵入骨　風情月債　耍刀弄棍　通天本事

柔情蜜意　冤孽症候　移花移木　如魚得水　兩頰紅潮　酸文假醋

死眉瞪眼　脫滑頑去　拉篷扯縴　轟雷掣電　瞞神弄鬼　上高臺盤

鷄生鵝鬥　混沌世界　見機行事　混鬧胡說　無精打彩　熬油費火

金蟬脫殼　老天拔地　哀天叫地　有天沒日　偷鷄戲狗戲別作摸

泥猪爛狗　狠犺蠢大　什麽田地　天誅地滅　含羞忍辱　上學應卯

搬是弄非　清白處治　懼貴怯官　坐纛旗兒　搖山振岳　狐朋狗友

刀斬斧截　淡嘴賤舌　天翻地覆　鬧上天去　國賊祿鬼　鴉雀無聞

括拉上他　斷線珍珠　遭殃横死　針挑刀挖　青紅皂白　拈風惹艸

大清早起　內中有因　驚師動衆　勇男蠢婦　閨瓊秀玉　裏頭糊塗

東道主人　千恩萬謝　慢步大走一作邁　欵馬涼亭　內造上用

沒見世面　前仰後合　坟圈子裏　狐媚魘倒　河涸海乾　分金辦兩

正根正苗　忍飢挨餓　弄神弄鬼　弄鬼掉猴　巴高望上　外頭路數

互相埋怨　冰炭不投　擦脂搽粉　明火執仗　官銜燈籠　揑造假賬

萬人咒罵　死緊攥住　呆呆而去　千湊萬挪　黑夜白日　海誓山盟

穿花度柳　留門看道　眉來眼去　如膠如漆　一團高興　醋缸醋甕

這步田地　左右開弓　嚎天動地　安了根子　抓乖賣俏　烈火乾柴

驚官動府　剪草除根　打人罵狗　赤條精光　天天盤算　大驚大險

千奇百怪　碰在網裏　關門候戶　鬼使神差　天地至公　提名道姓

輕薄脂粉　搓綿扯絮　雅沒雀靜　包攬閑事　酌量辨理　打個千兒

爲王稱霸　大呼小叫　排班按序　根生土長　逞強鬥智　尖酸刻薄

騎上老虎　街坊鄰居　太陽地裏　刁鑽古怪　胡亂花費　搥床搗枕

佯羞詐鬼　一門親家　山南海北　蠲免遣發　不識抬舉　狼號鬼哭

家反作亂　揚鈴打鼓　發咒賭誓　大吆小喝　髒塘臭溪　拿三搬四

若玉小姐　揚葉竄兒　天空地靜　粉裝玉琢　有嘴無心

顧前不顧後　顧頭不顧尾　沒籠頭的馬　貪多嚼不爛　比登天還難

登高必跌重　捏着一把汗　馱一輩子碑　揀遠路兒走　一里一里的

上不得臺盤　給個棰子吃　摸不着頭腦　毒日頭地下　主雅客來勤

轟去了魂魄　氣的黃了臉　不妨頭的人　和木頭似的　中看不中吃

溜油光的頭　比鐵掀還沈　往網裏碰去　揉一揉腸子　狗長尾巴尖

一盞茶時候　着三不着兩　酒蓋住了臉　梳頭的傢伙　老婆子樣兒

養老婆小子　排插兒坐下　滴里搭拉的　落得做人情　有了房頭兒

誰守一輩子　借借你的壽　尋出由頭來　走了大褶兒　臊一鼻子灰

搖頭三不知　別混支使人　熱鍋上螞蟻　樹倒猢猻散　命中天魔星

毛脚鷄似的　脂油蒙了心　捧鳳凰似的　六國販駱駝　鷄蛋碰石頭

野馬上籠頭　掃帚顛倒豎　告謊假脫滑　外頭的風聲　借些果子香

推順水船兒　如一盆火兒　拉的下臉來　碰的頭山響　丟在脖子後

仗着酒蓋臉　顧三不顧四　磕頭如搗蒜　摘了肩兒了　也斜了眼兒

宮女兒下人　鬧出亂子來　皺了一皺眉　斜簽着身子　打不得撒手

彀不着乾急　話頭來得便　搶頭報似的　遞了一袋烟　打嘴的東西

矮牆淺屋的　冤家路兒狹

老祖宗老菩薩
千不該萬不該
混供神混蓋廟
風裏言風裏去
守得貧耐得富
餓了吃困了睡
越歷練越老成
曲盡丈夫之道
井水不犯河水
做個醒酒湯兒
嬭狗扶不上牆
狗顛屁股兒的

兒一聲肉一聲
人不知鬼不覺
又不老又不小
花腸肚雪肌膚
有廉恥有心計
死不死活不活
大女人小女人
得了饞癆是的
好個愛八哥兒
無地縫兒可鑽
兩個妖精打架
官鹽反成私鹽

金剛丸菩薩散
抱怨天抱怨地
橫不是豎不是
沈的沈漂的漂
樂一天是一天
軟的欺硬的怕
混往人身上拉
一步緊似一步
趕熱竈火來了
天天坐在井裏
貴脚幸踏賤地
早已灰了一半

天不怕地不怕
丁是丁卯是卯
文不文武不武
千叮嚀萬囑咐
挨一會是一會
治一經損一經
沒趣兒的東西
當家人惡水缸
拘的火星亂迸
饒壓着我的頭
誰敢哼一聲兒
摔臉子說塞話

綾羅裏大了的
心裏刀絞似的
不問青紅皂白
忒兒一聲飛了
會說話不讓人
嫂子長嫂子短
却像個糊塗人
倒抽了一口氣
沒孝心的種子
酒糟透了的人
天子脚下世面
花了幾個臭錢

好似蜜裏調油
功不成名不就
膽子比斗還大
打牆也是動土
筋都疊暴起來
略猜着了八九
倒拿我作筏子
嘴像核桃車子
白眉赤眼兒的
鬼拉着我的手
碗大來的雹子
黑母雞一窩兒

獃磕磕的發怔
頑是頑笑是笑
刀擱在脖子上
不受這口軟氣
積古的老人家
撅着鬍子坐着
油鍋裏撈出來
雁翅擺在兩傍
眼淚流成大河
送在火坑裏去
紗羅裏的美人
操上一百分心

提防着他的皮
銀子成了土泥
幾百年的熬煎
青了碗大一塊
如聽綸音佛語
扭着頭只管躲
爬上高枝兒去
避猫鼠兒似的
謅掉了下巴骼
忘八脖子一縮
風兒都吹的倒
三五代的陳人

和我梆子似的
如今亂爲王了
碰到龍犄角上
生米煮成熟飯
有一萬個心眼子
金子還是金子換
如來佛比人還忙
忒婆婆媽媽的了
如此不堪的田地
兩腮如胭脂一般
跑解馬的打扮兒
牛不喝水強按頭

燒餬了洗臉水
大肚子彌勒佛
人口多費用大
已是楞子眼了
徹底來翻騰一陣
帶到棺材裏使去
大風吹倒梳妝樓
脂粉隊裏的英雄
一塊石頭落了地
水晶心肝玻璃人
我是老虎吃了你
陳穀子爛芝蔴的

跑出來浪漢子
沒造化的種子
魔了這好幾年
領一頓水馱棍
也沒彈我一指甲
堆山積海的罪過
排出這個空兒來
難道我手上有蜜
黃鷹抓住鷂子脚
死促狹小娼婦兒
四個眼睛兩個心
風流場中耍慣的

唱戲的小粉頭
寶天王寶皇帝
前言不搭後語
壞透了的蹄子
火上澆油的性子
一步挪不了三寸
過了河兒就拆橋
指桑說槐的抱怨
順着竿子爬上來
醋罐子打個稀爛
拿我作隱身草兒
雀兒揀着旺處飛

山坳海沿子上人
打了個焦雷一般
惟有燈知道罷了
一個蘿蔔一頭蒜
這酒蜜水兒似的
頭似撥浪鼓一般
心裏已有了稿兒
呼拳的騾子似的
狗攧屁股兒似的
醉泥鰍姑舅哥哥
打扮得花技招展
兩隻眼水汪汪的

燎毛的小凍猫子
不怕下割舌地獄
說的比菩薩還好
纔說嘴就打了嘴
和樹林子做街坊
大奶奶是個菩薩
天下老鴰一般黑
一個巴掌拍不響
朝廷原有詿誤的
公婆難斷床幃事
嘻嚠嘩喇的亂響
人怕出名猪怕壯

快夾着你那毬嘴
不省事的小寃家
編的連畜生不如
沉甸甸的不伏手
那裏就走大了脚
好似鐵搥砸下來
那牌兒名上的人
你吃不了兜着走
白閑着混飯吃的
踢天弄井鬼聰明
給你拾鞵也不要
不配抬舉的東西

打個爛羊頭似的
風裏言風裏語的
別做娘的春夢了
大火燒了毛毛蟲
丟下爬兒弄掃帚
雞蛋往石頭上碰
促狹鬼使的黑心
沒臉面的奴才們
賣油娘子水梳頭
三面兩刀的東西
鬧的腦袋都大了
說什麽詩云子曰

那不了的浪東西
狗也比你體面些
頂梁骨走了眞魂
新過門的小夫妻
靜悄悄一無人聲
三十六局殺角勢
你還在罈子裏呢
瞎跑他娘的腿子
就算你是一個尖兒
明一盆火暗一把刀
鬼不成鬼賊不成賊
水來伸手飯來張口

只剩得一把骨頭
鱉着一肚子悶氣
一頓脚踩個稀爛
有酒膽無飯力的
見了生人的是的
皇天菩薩小祖宗
大蘿蔔還用尿澆
黑心的養漢婆娘
三日打魚兩日晒網
烈火烹油鮮花着錦
以毒攻毒以火攻火
思茶無茶思水無水

鼻空裏哧哧兩聲
鋸了嘴子的葫蘆
情人眼裏出西施
鑽入魔道裏去了
持刀執棍的逼勒
渾推渾趕出來的
教一句他說一句
見雞殺鷄見犬殺犬
月滿則虧水滿則溢
遇難成祥逢凶化吉
橫針不拈豎線不動

哭的如醉人一般
變驢變狗報答你
沒事人一大堆了
趁熱灶一氣炮製
嗗喙喙一片瓦響
寅年吃了卯年的
化到爪窪國去了
接二連三牽五掛四
耳鬢斯磨心情相對
說一是一說二是二
心裏歹毒口裏尖快

今日朝東明日朝西　欲近不敢欲遠不捨　呼三喝四喊七叫八　稱三讚四恨五罵六

嫁鷄隨雞嫁狗隨狗　天有多高地有多厚　要生不能要死不得　說遠就遠說近就近

八下裏水落石出了　你忒婆婆媽媽的了　吃着碗裏睄着鍋裏　胡摔亂打跌慣了的

同女孩兒一般人品　沒有個不散的筵席　誰蒸下饅頭等着你　丟在九宵雲外去了

轟了魂魄目瞪口呆　一團私慾愁悶氣色　瘦死的駱駝比馬大　餓虎撲食猫兒捕鼠

那一個眼睛看得上　西洋花點子哈巴兒　青臉紅鬚的瘟神爺　慌慌張張鬼趕似的

屋子裏跑出青天來　天上掉下個活龍來　來生也變個女孩兒　當着矮人別說矮話

裏頭外頭大的小的　扭的扭股兒糖似的　泰山高遮不住太陽　人急造反狗急跳牆

一股酸辣透入顖門　花開一朵各表一枝　吃飯的地方都沒了　聾子放炮仗散了罷

像吃了蜜蜂屎兒的　一日叫娘終身是母　手心裏又剝一層皮　怕糞草埋了他不成

我腸子裏爬出來的　一五一十說個不清　大海裏那裏撈針去　竟是個狐狸精變的

糊塗渾嗆了的忘八　反化了許多昧心錢　往虎口裏探頭兒去　急的眼睛鈴鐺一般

纙房鑽出個大馬猴　金簪兒掉在井裏頭　乘機撩撥眉目傳情　眼睛腫得桃兒一般
調理的水葱兒似的　連一個影兒也沒有　打牙撂嘴兒的頑笑　爲打老鼠傷了玉缾
給他個炭簍子帶上　撞着這位太歲奶奶　又是貪多嚼不爛的　沒有砍兩顆頭的理
擺設的水晶宮似的　在這裏作眼睛珠兒　含着骨頭露着肉的　揜旂息鼓捲包而去
老鴉窩養出鳳凰來　看個風頭等個門路　男大須婚女大須嫁　恨鐵不成鋼的意思
却一盆火兒的趕着　不乾不淨的毛丫頭　就漸漸的持戈試馬　說笑了你們就值錢
揉搓成一個麵團兒　好茶好飯混着不吃　一個人牙兒也沒有　底下字號的奶奶們
眼裏揉不下沙子去　數一數二的大門戶　出落得花朶似的了　終年間吃糧不管事
在外頭撒野擠訛頭　我是犯過案的賊麼　我看你活得活不得　寃化了若干的銀子
把我一詐就嚇毛了　不成材料的狗男女　繼了一個混賬兒子　都付與東洋大海了
你們眼裏的刺似的　越瞧越愛越想越要　去運氣的不要惹他　也學了這一派酸論
並沒有過明路兒的

朝廷還有三門子窮親
十日不好也有一日好
多大碗兒吃多大的飯
什麽花姑娘草姑娘的
二百年的事都想起來
狗嘴裏還有象牙不成
天上吊下火紙來燒着
只拿着軟的做鼻子頭
抖腸搜肺炙胃扇肝的
癩蝦蟆想要天鵝肉吃
哭兩缸淚醫不好棒瘡
到像一對雙生的弟兄

不覺打了個焦雷一般
拔一根寒毛比腰還壯
連一個影兒也摸不着
魂也要一日來一百遭
拿着腔兒哼哼唧唧的
逼着你殺人你也殺去
充什麽外園子的防護
頭頂上響了一個焦雷
一對天生地設的夫妻
知道什麽粉頭麵頭的
黑老鴰子長出鳳頭來
和尚無兒孝子多着呢

好似木雕泥塑的一般
肐膊折了往袖子裏藏
從門前過順路的人情
狗咬呂洞賓不識好歹
眼皮子又淺爪子又輕
說謊的似那架上鸚哥
心中像澆了一盆冰水
三人抬不過一個理字
偷來的鑼鼓兒打不得
把魂嚇掉了還沒歸竅
兩眼就像那烏雞似的
艸棍子還沒有的日子

別人是插不下嘴去的
隔了肚皮是不中用的
這種蠢貨有什麽情種
仔細肚子裏麵筋作怪
痰迷了心胎油蒙了竅
乾瞅着把個妙人走了
把一個指頭探在嘴裏
竟是見一個愛一個的
不像那些等米下鍋的
搭趄着找這個弄那個
如今焦了尾巴稍子了
單絲不成線獨木不成林

想那個耗子不偷油呢
就如那花的含苞一樣
假周勃以安劉的法子
醋汁子老婆擰出來的
沒家親引不出外鬼來
打扮的像個西施樣子
以後不知飛在誰手裏
誰必是借誰的光兒呢
我們弟兄們是一樣的
累的成了個病包兒了
狀元難道沒有糊塗的
拚着一身剮皇帝扯下馬

不能冲喜竟是催命了
兩眼汪汪咬着牙發狠
左不是你三個多嫌我
立起兩只眼睛來罵人
未免釀成個盜跖心性
你如今不是副小姐了
羊羣裏跑出駱駝來了
反到拿我打起卦來了
安心打擂臺打撒手兒
連骨頭都沒有一些兒
恨不得渾身化在他身上

巧媳婦做不得沒米的飯

花兩個錢教他學些乖來

銀子化的像淌海水似的

熬油費火鬧的上下不安

難道把我擘分瓣子不成

眞人不露相露相不眞人

便有些飢不擇食的光景

天下有幾個都是貴妃命

小孩子家魂兒還不全呢

兩個猫兒一遞一聲廝叫

前人洒土迷了後人的眼

只在鼻子眼裡笑了一聲

穿紅着綠帶寶插金的人

白刀子進去紅刀子出來

錐子扎不出一聲兒來的

滿嘴裏的你呀我呀起來

油鍋裏的還要拿出來花

鬧得沒上沒下沒裏沒外

恨不得長出百十個嘴來

叫人家騎上頭來欺負的

留得青山在依舊有柴燒

一大堆的事沒個動秤兒

虎狼屯於階陛尚談因果

東扯西扯弄的牛鬼蛇神

誰又是二十四個月養的

病來如山倒病去如抽絲

倒像一把子四根水葱兒

生是你的人死是你的鬼

公公道道貼一罏子燒餅

就是這麽拿糖作醋的來

胖子也不是一口兒吃的

天下事那裏有多少眞呢

也是星星惜星星的意思

花爲腸肚雪作肌膚的人

添了宋太祖滅南唐之意

只管揪鬍子打我這老臉

卽刻叫人牙子來賣了他　人有吉凶事不在鳥聲中　索性死了心也省得來纏

專在女孩兒身上用工夫　牡丹雖好全仗綠葉扶持　以後便亂世爲王起來了

看他是幾個腦袋幾隻手　叫人鬼支使的失魂落魄

梅香拜把子都是奴才罷咧　蹺起一隻腿比你的頭還高　沒吃個豬肉也看見個豬跑

人家給個棒槌我就認作針　墊着磁瓦子跪在太陽地下　包管腿上的筋早折了兩根

摸你脖子上幾個腦袋瓜子　要有個橫勁那龍也下蛋了　蒼蠅兒不抱沒縫兒的鷄蛋

一對燒餬的捲子和他混罷　天地間沒有了我到也干淨　也斷不透他是明白是糊塗

你要活人腦子也弄來給你　巧媳婦做不出沒米兒粥來　耗子尾巴上長多少膿血兒

先姦後娶沒漢子要的婦女　千日的不好還有一日的好　一點半點兒都要認起眞來

你弄出個獃人替他們出氣　把你頭上的楿子蓋揪下來　拿着我們的小軟兒出氣呢

就是那活活兒的現世報了　又叫我們跟着打悶葫盧了　不但日子好還是好日子呢

我也不敢去虎頭上捉蝨子　如同將身撂在大海裏一般　交給你們這一起伏上水的

嚇得個個像木雕泥塑一般　咊的一笑又瞅着他咂嘴兒　千刁萬刁的大姑子小姑子
又不是你下的蛋怕人吃了　活活兒的把個小命兒要了　把眉頭兒皉瞅着發起怔來
輾轉纏綿竟好像轆轤一般
千里搭長棚沒有不散的筵席　必定裝蚊子哼哼就是美人了
大事化爲小事小事化爲沒事　把你兩個的牛黃狗寶掏出來
若錯過了打着燈籠還沒處尋　只等有熱竈火坑讓他鑽去罷
說好話的人少說歹話的人多　到像殺了賊王擒過反叛來的
恨的牙癢癢要撕你的肉吃呢　如同猫兒狗兒抓咬了一下子
將一條街燒得如火燄山一般　拿草根兒戳老虎的鼻子眼兒
店房有個主人廟裏有個住持　娶了親的人還是那麼孩子氣
只有打顫的分兒那裏撕得動　任憑弱水三千我只取一瓢飲
盤着腿合着手閉着眼撅着嘴　天下那裏有這樣沒造化的人

走開不好站着不好坐下不好　下身自覺咯得疼狠命的掌住
越使錢越叫人拿住了刀靶兒　你死了的娘陰靈兒也不容你
一個手一個心一個嘴裏調度　誰是你一個衣胞裏爬出來的
這裡是踹一頭兒撬一頭兒的　自許州官放火不許百姓點燈
你們就這麼三六九等的兒了　如今索性連眼兒也都不瞧了
不多幾年已巴到極頂的分兒　吃着自己的飯替人家趕獐子
那臉上紅撲撲兒的一臉酒氣　如今的奴才比主子強着多呢
交的人總不過是些酒肉兄弟　嫁出去的女孩兒潑出去的水
風啊雨的橫豎淋不到你頭上來　誰蒸下饅頭等着你怕冷了不成
拿着皮肉倒往不相干的外人貼　一個是美人燈兒風吹吹就壞了
硃紅高大臘燭點的像金龍一般　若從外頭殺來一時是殺不死的
便是孫大聖聽見了緊箍咒一般　嚇的兩眼直瞪半句話都沒有了

食量大如牛吃個老母豬不抬頭　我雖丈六金身還藉你一莖所化
便大嚷起來只是兩隻脚挪不動　覺着腦袋上加了幾個腦箍似的
甯撞金鐘兒一下不打鐃鈸三千　連他脚底下的泥我還跟不上呢
眉眼兒上頭也不是個狠安頓的　比我們三等使喚的丫頭還不如
爲這些忠心兒搪不住纔這麽說　好容易講四書似的纔講過來了
丈八的燈臺照見人家照不見自己　搖車兒裏的爺爺拄拐棍兒的孫子
化的銀子照樣打出你這個銀人兒　黄柏木作磬槌子外頭體面裏頭苦
楚霸王也要兩隻膀子好舉千斤鼎　白瞪着兩隻眼一句話也說不出來
到像有幾千斤重的、一個橄欖似的　爬灰的爬灰養小叔子的養小叔子
人家養猫拿耗子我的猫只咬倒雞　就是個韓信張良也把智謀嚇回去
就是三頭六臂的男人還撑不住呢　誰家沒個碟大碗小磕着碰着的呢
各自過各自的誰也不肯做誰的主　朝裏那些官兒這都是城裏的人麽

多多少少的穿靴帶帽的強盜來了

把眼直瞪瞪的瞅了兩三句話的工夫　撞喪醉了夾着你的腦袋挺你的屍去

都三般兩樣掂人的分量放出來兒了　這鴨頭不是那丫頭頭上那有桂花油

誰家的人做了賊被人打死要償命麽　打破了這個燈虎兒這飢荒纔難打呢

拔去肉中釘眼中刺大家過太平日子　天打雷劈五鬼分屍的沒良心的種子

出去的多進來的少總繞不過灣兒來　我這一脚把你兩個小蛋黄子踢出來

可不說的三生石上百年前結下的麽　我拉蒲團之外不知天地間尚有何物

總不要一去了把我擱在腦杓子後頭　眼見得白花花的銀子只是不能到手

見俗們勢頭兒敗了各自奔各自的去　看頭做帽子要一些兒富餘也不能的

女兒是水做的骨肉男人是泥做的骨肉　身子有千百斤重兩隻脚却像踹着棉花

又恨不得把銀子錢省了下來堆成山好　天地鬼神日頭月亮照着腺子裏頭生疔

不是東風壓了西風就是西風壓了東風　化了幾萬銀子只算得牛身上拔一根毛

(127)

要天上的月亮也有人去拿下來給他頑　得了什麼不來問我丟了東西就來問我

兩個眼已經乜斜了兩腮上也覺紅暈了　便是小戶人家還是掙一碗飯養活母親

這樣混帳的東西留的種子也是沒帳的

夯雀兒先飛省得臨時丟三落四的不齊全

弄他那麼一個珍珠的人來不會說話也無用

要把我拉在渾水裏弄一個不清不白的名兒

兩個眼睛倒像個活猴兒似的東溜溜西看看

實在天地間的靈氣獨鍾在這些女子身上了

一盆纔透出嫩箭的蘭花送到豬圈裏去一般

眞是李後主說的此間日中只以眼淚洗面矣

兩顆微紅雙眸帶赤別有一種謹愿可憐之意

嘴甜心苦三面兩刀上頭笑着脚底就使絆子

家裏有了一個女孩兒生得好些便是獻寶似的
他便妖妖喬喬嬌嬌癡癡的問寒問熱忽喜忽嗔
一嫁了男子染了男人的氣味就這樣混帳起來
天天宰猪劏羊屠鵝殺鴨好似臨潼鬥寶的一般
兩個人的腔調兒都彀使的了別打諒誰是傻子
沒有長翎毛根兒就忘了本只揀高枝兒飛去了
也是出兵放馬背着主人逃出命來了人的不成
一個娘肚子裏跑出這樣天懸地隔的兩個人來
倉老鼠向老鴰去借粮守着的沒有飛着的倒有
是塊肥羊肉無奈燙的慌玫瑰花兒可愛刺多扎手
偺們金玉一般的人白叫這兩個現世寶沾汚了去
唐僧取經白馬駄着他劉智遠打天下瓜精送盔甲

眞乃從古至今天上人間第一件暢心滿意的事了

把我王家地縫子掃一掃就彀你們一輩子過的了

個個好像烏眼鷄似的恨不得你吃了我我吃了你

天上星宿山中老僧洞裏的精靈他自具一種性情

氣兒大了吹倒了林姑娘氣兒緩了又吹化了薛姑娘

可知天下男子之心眞眞是個冰寒雪冷令人切齒的

他便抹粉施脂描眉畫鬢奇情異致的打扮收拾起來

娶一個天仙來也不過三夜五夜也就丟在脖子後頭了

人家鳳凰似的好容易養了一個女兒比花朶兒還輕巧

立個長生牌位天天燒香磕頭保佑你一輩子福壽雙全

眞眞的小短命鬼兒放着尸不挺半夜三更嚎你娘的喪

你的嘴裏難道有茄子塞着不就是他們給你嚼子啣上了

打了銀的又要金的看了珠子又要寶石吃着肥鵝又宰肥鴨
顏色雪白身子恍恍蕩蕩的眼睛也直直的在那裏東轉西轉
惟有喉中哽咽的分兒卻一字說不出那眼淚一似斷線珍珠一般
偺們清水雜麵你吃我看提着影戲人子上場兒好歹別戳破這層紙兒
上山看虎門借刀殺人引風吹火站乾岸兒推倒油餅不扶都是全挂子的武藝
只是這裏掃帚顛倒豎也沒有主子也沒有奴才也沒有妻沒有妾是個混帳世界了
此時心裏竟是油兒醬兒糖兒醋兒倒在一處的一般甜苦酸鹹竟說不出什麽味兒來了
賈不假白玉爲堂金作馬阿房宮三百里住不下金陵一個史東海缺少白玉牀龍王來請金
陵王豐年好大雪珍珠如土金如鐵

四時閒課

下棋　趕圍棋　下象棋　磕瓜子兒

擲骰子搶紅
趕羊
打雙陸
飼鸚
打十番
聯句
鬥百草
編柳葉籃
射鵠子
扎花兒
射小鹿

抓子兒贏瓜子
搶快
唱檔子
喂金魚
猜燈謎
餞花神
打絡子
射覆
養蟈蟈兒
拉鎖子
鬥馬吊牌

彈琴
抹骨牌
掏促織
釣魚
撲雪人兒
辦消寒會
放烟火
打鞦韆
玩月
撕扇

解九連環
打天九
掏雀兒
看畫眉洗浴
放花燈
踢球
拉冰床
放風箏
掐花兒
看舞鶴

紅樓夢類索卷二餘索

叢說

書中之生日可證者，元春正月初一日，又爲太祖冥壽，寶釵正月二十一日，薛姨碼賈政並在二三月間，日月無考，王夫人三月初一日，賈璉三月初九日，王子騰夫人亦三月間，其日無考，林黛玉二月十二日，與襲人同日生，寶玉岫烟寶琴平兒四兒五人同日生，大約在四月間，探春在三月初三日，薛蟠五月初三日，巧姐七月初七日，鳳姐九月初二日，與金釧同生日，賈敬在九月，王子騰在十一月底，其日均無考，賈母則八月初三日也。

王雪香總評云，一部書中，凡壽終，夭折，暴亡，病故，丹戕，藥誤及自刎，被殺，投河，跳井，懸梁，受逼，吞金，服毒，撞階，脫精等事，件件俱有，今查林如海以病死，秦氏以阻經不通水虧火旺犯色慾死，瑞珠以觸柱殉秦氏死，馮淵被薛蟠毆打死，張金哥自縊死，守備之子以投河死，秦邦業因秦鍾智能事發老病氣死，秦鍾以勞怯死，金釧以投井死，鮑二家以弔死，賈敬以吞金服沙燒脹死，多渾蟲以酒癆死，尤三姐以姻親不遂攜鴛鴦劍自刎死，尤二姐以誤服胡君榮藥將胎打落後，被鳳姐淩逼吞金死，鴛鴦之姊害血山崩死，黛玉以憂鬱急痛絕粒死，晴雯以被攆氣鬱害女兒癆死，司棋以撞牆死，潘又安以小刀自刎死，元妃以痰厥死，吳貴媳婦被妖怪吸精死，賈瑞爲鳳姐夢遺脫精死，石獃子以古扇一案自盡死，當槽兒被薛蟠以碗砸傷腦門死，何三被包勇木棍打死，夏金桂以砒霜自藥死，湘雲之夫以弱症夭死，迎春被孫家揉搓死，鴛鴦殉賈母自縊死，趙姨被陰司拷打在鐵檻寺中死，鳳姐以勞弱被寃魂索命死，香菱以產難死，則足以考終命者，其惟賈母一人乎。

賈府姊妹自乳母外，有教引老媽子四人，貼身丫頭二人，充灑掃使役小丫頭四五人，自撥入大觀園後，各添老嬷嬷二人，又各派使役丫頭數人，以一女子而服役者十餘人，其他可知矣。

論月費一項，王夫人月例每二十兩，李紈每月月銀十兩，後又添十兩，周趙二姨每月二兩，賈母處丫頭每人每月一兩，外錢四吊，寶玉處大丫頭每人月各一吊，小丫頭八人每人月各五百，其餘各房等皆如例，即此一項，其費已侈矣。

內外下人俱各有花名檔子册，凡取物各有對牌，其有犯事者，或革去月錢，或交總事者打四十板二十板不等，或撥入圊廁行內，或細交馬圈子裏看守，或竟攆出，具見大家規矩。

查抄以後，一切下人除賈赦一邊入官人數外，府中管事者尙有三十餘家，共計男女二百十二名，至賈母喪時，查剩男僕二十一人，女僕十九人，盛衰之速如此。

鳳姐放債盤利，於十一囘中，則平兒嘗說旺兒媳婦送進三百兩利銀，第十六囘云，旺兒送利銀來，三十九囘云，將月錢放利，每年翻幾百兩體己錢，一年可得利上千，七十二囘鳳姐催來旺婦收利賬，敍筆無多，其一生之罪案已著。

鳳姐叫寶玉所開之賬，爲大紅粧緞四十疋蟒緞四十疋，各色上用紗一百疋，金項圈四個，雖卒未知其所用，亦見其侈靡之一端。

兩府中上下內外出納之財數，見於明文者，如芹兒管沙彌道士每月供給銀一百兩，芸兒派種樹，領銀二百兩，給張材家的綉匠工價銀一百二十兩，貴妃送醮銀一百二十兩，金釧死，王夫人賞銀五十兩，王夫人與劉老老二百兩，鳳姐生日湊公分一百五十兩有餘，鮑二家死，璉以二百兩與之，入流年賬上，詩社之始，鳳姐先放銀五十兩，賈赦以八百兩買妾，度歲之時，以碎金二百五十三兩六錢七分，傾壓歲錁二百二十個，烏庄頭常例物外繳銀二千五百兩，東西折銀二三千兩，襲人母死，太君賞銀四十兩，園中出息，每年添四百兩，賈敬喪時，棚扛孝布等共使銀一千一百十兩，尤二姐新房，每月供給銀十五兩，張華訟事，鳳姐打點銀三百兩，賈珍二百兩，鳳又訛尤氏銀五百兩，金自鳴鐘賣去銀五百六十兩，夏太監向鳳姐借銀二百兩，金項圈押銀四百兩，薛蟠命案薛家費數千兩，查抄後欲爲監中使費，押地畝數千兩，至鳳姐鐵檻寺所得銀三千兩，賈母分派與赦珍等銀萬餘兩，賈母之死，禮部賞銀一千兩，無論出納，眞書中所云如淌海水者，宜乎六親同運，至一敗而不可收也。

元妃寵時，其所載賞賜之隆，不一而足，至賈母八十生壽，其賞賜及王候禮物亦可謂富盛一時，至酬贈如甄家進京時，送賈府禮敍上，用粧緞蟒緞十二疋，上用雜色緞十二疋，上用各色紗十二疋，上用宮綢十二疋，官用各色紗緞綢綾二十疋，賈敬死時，甄家送打祭銀五百兩，舉此二端，凡所酬贈者可知，至禮節如寶玉行聘之物，敍金項圈金珠首飾八十件，粧蟒四十疋，各色紬緞一百二十疋，四季衣服一百二十件，外羊酒折銀，舉此一端，其他之婚喪禮節可知，殆所謂開大門楣，不能作小家舉止耶。

詳敍烏庄頭貨物單，所以紀其盛，而此時賈珍之辭，猶以爲未足，詳敍抄沒時貨物單，所以紀其衰，而此時赦政之心殊苦，其他多一入一出，一喜一悲，禍福乘除，信有互相倚伏者。

英蓮方在抱，僧道欲度其出家，黛玉三歲，亦欲化之出家，且言外親不見，方可平安了世，又引寶玉入幻境，又爲寶釵作冷香丸方，並與以金鎖，又於賈瑞病時授以風月寶鑑，又於寶玉鬧五鬼時，入府祝玉，又於尤三姐死後，度湘蓮出家，又於還寶玉之玉後，度寶玉出家，正不獨甄士隱先機早作也，則一部之書，實一僧一道始終之。

諺云一生無病便爲福，今書中所記，如云寶玉急火攻心，以致吐血，如云，尤氏素有胃痛症，如云迎春病，如云，襲人偶感風寒，身體發重，頭疼目脹，四肢火熱，如云探春病，如云秋紋到家養病幾日，如云巧姐方病，賈母感風寒亦病，如云王夫人多病多痰，如云蘆雪亭賞雪時迎春病，如云寶琴之母素有痰症，如云李紈以時氣感冒，如云邢夫人害火眼，如云湘雲在園中病，如云五兒多病，如云李紈因蘭兒病不理園事，如云五兒受軟禁後又病，如云賈母感風霜病，如云薛蟠因出門不服水土生病，如云琥珀有病，如云五兒之病愈深，似染怔忡之症，如云寶玉又以外感風寒成病，如云香菱有乾血之症，如云薛姨媽被金桂慪得生肝氣病，如云巧姐驚風內熱，如云妙玉以打坐走魔得病，如云寶釵病重，如云王夫人心疼病，如云尤氏自園中歸大病，賈珍亦病，如云賈母以感冒風寒得病，如云寶玉去後襲人急病，如云賈赦有痰症之類，幾乎無人不病過矣，則病固人所難免乎，至於鳳姐黛玉諸人，其因病而死者，書中所述，又難盡記者矣。

凡寶黛二人相見爭慪之事，若遊園歸後將荷包剪碎一段，史湘雲來時門口一段，看會眞記以謔詞激怒一段，怡紅院不開門一段，因落花傷感一段，賈母處裁衣口角一段，元妃賜物時論金玉口角一段，清虛觀懷麒麟後一段，剪玉穗子大鬧一段，瀟湘館大鬧擲帕與拭淚一段，兩人訴肺腑一段，向襲人誤認黛玉一段，鉸扇套兒一段，聽寶與湘說林妹妹再不說這話一段，放心不放心二人辨說一段，黛玉奠親後寶玉過談並看五美吟一段，夢中見剖心一段，聽琴後論知音一段，聞雪雁寶玉定親之語自己遭塌身子一段，聞儍大姐語過寶玉見面一段，皆關目之緊要者，須玩其一節深一節處，斯不負作者之苦心。

寶玉立誓之奇，有令人讀之噴飯者，其對襲人云，化一股輕煙，風一吹便散，拿簪子跌斷云，同這簪子一樣，對湘雲云，我要有壞心，立刻化成灰，教萬人踐踏，對黛玉云，若有心欺負你，明兒我掉在池子裏，叫了癩頭黿吃了去，變個大忘八，等你明兒做了一品夫人，病老歸西的時候，我往你墳上替你馱一輩子碑去，又云，再說這樣話，就長個疔，爛了舌頭，又云，天誅地滅，萬世不得人身，又對襲人云，我就死了，再能彀你哭我的眼淚，流成大河，把我屍首漂起來，送到那鴉雀不到的幽僻之處，隨風化了，自此再不要托生為人，就是我死的得時了，對紫鵑云，我只願這會子立刻我死了，把心迸出來，你們瞧見了，然後連皮帶骨一概都化成一股灰，再化成一股烟，一陣大風，吹得四面八方，都登時散了，這纔好，對尤氏云，人事莫定，誰死誰活，倘或我在今日明日，今年明年死了，也算是隨心一輩子了，聊集錄之，以供一覽，此書者，眞詎以踸夷之想肎之。

寶玉於園中姊妹及丫頭輩，無在不盡心體貼，釵黛晴襲身上，抑無論矣，其於湘雲也，則懷金麒麟相證，其於妙玉也，於惜春弈棋之候，則相對含情，於金釧也，則以香雪丹相送，於鶯兒也，則於打絡時嘵嘵詰問，於鴛鴦也，則湊脖子上嗅香氣，於麝月也，則燈下替其篦頭，於四兒也，則命其翦燭烹茶，於小紅也，則入房倒茶之時，以意相眷，於碧痕也，則羣婢有洗澡之謔，於玉釧也，有吃荷葉湯時之戲，於紫鵑也，有小鏡子之留，於藕官也，有燒紙錢之庇，於芳官也，有醉後同榻之緣，於五兒也，有夜半挑逗之語，於佩鳳偕鸞也，則有送鞦韆之事，於紋綺岫烟也，則有同釣魚之事，於二姐三姐也，則有佛場身庇之事，而得諸意外之僥倖者，尤在爲平兒理粧，爲香菱換裙兩端。

寶玉過梨香院遭齡官白眼之看，黛玉過櫳翠庵，受妙玉俗人之誚，皆其平生所僅有者。

赦老純乎官派氣，政老純乎書腐氣，珍兒純乎財主氣，璉兒純乎蕩子氣，蓉兒、純乎油頭氣，寶玉純乎儍子氣，環兒純乎村俗氣，我唯取蘭哥一人。

賈環之與彩雲，賈薔之與齡官，賈芸之與小紅，賈芹之與沁香鶴仙，賈璉之與鮑二家多姑娘等，或以事，或以情，皆不脫娼妓家行徑，未可與言情者。

賈瑞之於鳳，薛蟠之於柳，眞所謂癩蝦蟆者，其受禍也宜矣，若吳貴媳婦之夾腿，何媽之吹湯，亦未能自知分量。

吾願以柳湘蓮之鞭，治天下之饞色而生妄心者，吾願以賈探春之掌，治天下之挾私而起釁事者。

以金桂之蠱惑，而蝌兒能堅守之，古之所難，以趙姨之鄙劣，而政老偏寵嗜之，亦世之所罕。

提寶玉於鴛鴦尤三姐之前，便厲色抵拒之，然謂其心口相符，吾不信也。

探姑娘之待趙姨，其性太漓，惜姑娘之訐尤氏，其詞太峻，皆不可爲訓者。

此書全部時令以炎夏永晝，士隱閒坐起，以賈政雪天遇寶玉止，始於熱，終於冷，天時人事，默然相脗合，作者之微意也。

還淚之說甚奇，然天下之情，至不可解處，卽還淚亦不足極其纏綿固結情也，林黛玉自是可人，淚一日不還，黛玉尚在，淚旣枯，黛玉亦物化矣。

士隱之贈雨村銀五十兩，賴縣之答賈政亦五十兩，其數同，其情異。

讀好了歌，知無好而不了者，然天下亦有好不好了不了之人，且天下有了而不好之人，未有好而不了之人。

王嬷嬷妖狐之駡，直誅花姑娘之心，蟠哥哥金玉之言，能揭寶妹妹之隱，讀此兩節，當滿浮三大白。

寶玉之婢，陰險莫如襲人，刁鑽莫如晴雯，狹窄莫如秋紋，懶散莫如麝月，各有所短，然亦各有所長，若綺霞碧痕者流，委蛇進退焉而已。

襲人與紫鵑，皆出自太君房中，一與寶玉，一與黛玉，迨至寶玉僧黛玉死，而襲人嫁玉函爲妻，紫鵑從惜春逃佛，孰是孰非，知者辨之。

觀平兒之於鳳姐，可以事危疑之主，觀寶釵之於黛玉，可以立媢忌之朝。

葫蘆廟小沙彌，與江西署之李十兒，皆牽主人如傀儡，而一陞官，一壞事者，亦視乎其所駕馭耳。

茜雪之攆，左右寒心，則檀雲之脫然而去也，固有先幾之智矣。

男子如薛蝌，女子如岫烟，皆書中所罕有，眞是一對好夫妻。

寫士隱之依丈人者，爲全書中如黛玉之依外祖母，薛氏母女之依姊妹，邢岫烟之依姑母，李嬸母女之依姪女兒，尤氏母女之依女婿等作一影子。

世態之幻，無幻不搜，文章之法，無法不盡，但賞其昵昵兒女之情，非善讀此書者。

未入園時，寶玉黛玉住賈母處，李紈迎探惜住王夫人處三間抱廈內，湘雲襲人少時，住賈母西邊煖閣上，梨香院教習女伶後，薛姨媽另住東南上一所幽靜房舍，寶琴初到時跟賈母睡，薛蝌住蟠兒書房，岫與烟迎春同住，李嬸同紋綺住稻香邨。

襲人初出場，則云大丫頭，名喚襲人者，特用一個者字，作者有微意焉，若他人出場，並無此例。

甯榮兩府房屋，街東爲甯國府，稍西爲黑油大門，榮府之旁院也，賈赦邢夫人居之，而二宅之間，中有小花園隔住，再西爲榮府大門，其正堂之東一院，賈政王夫人居之，其正堂之後，在王夫人所住之西者，鳳姐居之，其自儀門內西垂花門進去，一所院落，賈母居之，出賈母所住後門與鳳姐所住之院落相通，故鳳姐初入賈母處，自後門來。

紅樓之製題如曰傻襲人，俏平兒，癡女兒（小紅也）情哥哥，（寶玉也）冷郎君，（湘蓮也）勇晴雯，敏探春，賢寶釵，慧紫鵑，慈姨媽，獃香菱，憨湘雲，幽淑女，（黛玉也）浪蕩子，（賈璉也）情小妹，（尤三姐）苦尤娘，（尤二姐）酸鳳姐，癡丫頭，（傻大姐）懦小姐，（迎春）苦絳珠，（黛）病神瑛之類，皆能因事立宜，如錫美謚。

園中韵事之可記者，黛玉葬花塚，梨香院隔牆聽曲，芒種日餞花神，寶玉替麝月篦頭，怡紅院丫頭在迴廊上看畫眉洗浴，薔薇花架下齡官畫薔，堵院中溝水戲水鳥，跌扇撕扇，湘雲與翠縷說陰陽，瀟湘館下紗屜看大燕子囘來，襲人煩湘雲打蝴蝶結子，黛玉教鸚鵡念詩，山石邊掐鳳仙花，繡鴛鴦肚兜，翠墨傳牋邀社，怡紅院以纏絲白瑪瑙碟送荔支與探春，看菊吃蟹，黛玉坐繡墩倚闌釣魚，寶釵倚窗檻掐桂蕊引遊魚唼喋，探紈惜在垂柳陰中看鷗鷺，迎春在花陰下拿花針穿茉莉花，掃落葉，碧月捧大荷葉翡翠盤養各色折枝菊花，宣窰磁合取玉簪花中紫茉莉粉，小白玉合中取胭脂膏助平兒粧，剪並蒂秋蕙，爲平兒簪鬢，鴛鴦坐楓樹下與平襲談心，香菱學詩，湘雲以火箸擊手罏催詩，晴雯在薰籠上圍坐，寶琴披鳧靨裘，丫鬟抱紅梅瓶站雪山上，看鶯娘夾泥種藕，襲人取花露油鷄蛋香皁頭繩爲芳官添粧，紫鵑坐迴廊上做針線，藕官於杏子陰弔藥官，鶯兒過杏葉渚，以嫩柳條編玲瓏過梁籃子送顰卿，麝月在海棠下晾手巾，蕊官以薔薇硝送芳官，芳官掰手中糕逗雀兒頑，湘雲醉後臥勺藥裀，探春和寶琴下棋岫烟觀局，小螺香菱芳蕊藕荳等門艸，豆官辨夫妻蕙，寶玉爲香菱換石榴裙，以樹枝挖地坑埋並蒂菱，夫妻蕙，以落花揜之，怡紅院夜宴行令唱曲，佩鳳偕鸞作鞦韆戲，建桃花社，柳絮詞唱和，儍大姐掏促織拾繡香囊，凸碧堂賞月以桂花傳鼓，聽月夜品笛，凹晶館倚闌聯句，作芙蓉誄祭晴雯，紫鵑掐花兒，瀟湘館聽琴，其他瑣事不一，聊摘拾如右，以備畫本。

糾疑

暇嘗涉覽二十四史，其前後相矛盾者，不一而足，况空中結撰，無關典要之書耶，今條著其可疑者如左，非敢爲吹毛之求，亦以明讀書者之不可草草了事云爾。

鳳姐爲王夫人大兄之女，王夫人三姊妹，次卽薛姨媽，其兄弟三人，子騰行二，子勝行三，今一百一囘中，稱子騰爲大舅太爺，子勝爲二舅太爺，殊失檢點。

第四囘點明李紈時係己酉年，就後文甲寅年云，賈蘭十五歲，則是時蘭當八歲，其云五歲者誤也。

黛玉母死時，遽云年方六歲，而卽謂其奉侍湯藥，守喪盡禮，又謂其舊症復發云云，皆於理欠的。

閱第五十三回甯國公名演，榮國公名法，今閱第三回云，榮國公賈源，爲源爲法，其不相合者如此。

據第二回云，大年初一生元春，次年又生一公子，啣玉云云，是玉之與元春僅差一年，何後文所說意似差十餘年者，此等處不能爲之原諒也，查後元春二十六歲時，寶玉方十二歲，故知次年二字之謬，特出自冷子興口中，豈因傳聞於人，隨口演說耶。

二回冷子興又云，長女元春，因賢孝才德選入宮作女史，上文旣云元春生後一年，生寶玉，則此時寶玉方七八歲，元春不過十歲內耳，何便決其爲賢孝才德，卽選作女史也。

查是年元春廿六歲，爲王夫人廿二歲所生，若寶玉則王夫人三十六歲時所生也，書中俱可推算。

黛玉初入榮府時，爲十一歲，寶玉方十二歲，而前一囘子興云，黛玉方五六歲，寶玉七八歲，未免長成得太快。

第十囘，東府菊花盛開，已交秋末時節，而云吃桃子，於理未合。

第十二囘云，如海冬底病重，而十三囘，昭兒自蘇囘云，如海九月初三日巳時沒，不甚鬥筍。

鳳姐處置賈瑞之時，明明點出臘底二字，遲之久而秦氏始死，亦在歲底者，然此時去秦氏死期已過五七，派時分亦入新年中二月光景矣，而昭兒囘來，猶云年底可趕囘，猶要大毛衣服云云，何不顧前後如此。

元妃生於甲申年，書有明文，至省親時，實係二十九歲，寶玉是年十五歲，當寶玉三四歲時，元妃已十七八歲，故能教幼弟之書，想此時尚未入選爲女史也，後元妃於甲寅年薨，係年三十一歲，今書中作元妃死時四十四歲，殊不合。

三十二囘爲壬子，襲人時十七歲，其與湘雲十年前同住西邊煖閣上，晚上你同我說那話兒，那會子不害臊，這會子怎麼又臊了，按十年前襲人與湘雲不過七歲上下，如何便解說此等言語。

三十九囘時，太君年已七十八歲，其問劉老老年則云七十五，而太君云比我大好幾歲，還這麼硬朗，於理甚謬，或改劉老老年爲八十一二，方合。

四十五囘黛玉云，我今年十五歲，當作十四歲爲是。

三十六囘云，明兒是薛姨媽生日，時蓋壬子年夏末秋初也，至第五十七囘亦云，目今是薛姨媽生日，時癸丑年春二月間也，豈一人有春秋兩生日耶，至賈母生日已詳敍八月初三一段事，今六十一囘探春云，過了燈節是老太太生日，則又何也。

六十九囘云，秋桐十七歲又云屬兔大誤，是年癸丑，則十七歲當是丁酉，生屬鷄。

七十囘送尤二姐喪，有王姓夫婦，不知何人。

八十五囘係甲寅秋間事，爲黛玉作生日，據前書云，黛玉二月十二日，與襲人同日生，而此處生日忽又在秋間矣。

九十二囘云，十一月初一日，作消寒會，至九十三囘，則記云十月中，時令顚倒。

元妃之薨，辨其爲三十一歲，而以四十四歲爲誤者，一則年近四十，安能復蒙寵進，一則王夫人是年爲五十三歲，豈王夫人八歲便能生妃耶。

諸家撰述提要

後紅樓夢三十卷附和大觀園菊花詩二卷

白雲外史著，託名曹雪芹原稿，卷首有賈氏世系表世表，並前傳簡明節略，大旨亦宗前傳，無端添出林良玉爲黛玉之兄，殊覺蛇足，前傳代化爲賈演子，代善爲賈源子，今此書以代化爲賈源之長子，列於世表，而逸去賈演，大謬。

綺樓重夢四十八卷

蘭皋居士著，嘉慶乙丑瑞凝堂刻本，原名紅樓續夢緣，坊刻有續紅樓與後紅樓，遂易此名其大旨翻前書之案，以輪迴再世圓滿之，然詞多褻狎，與原書相去遠矣。

續紅樓夢四十卷

海圃主人著，嘉慶十年乙丑刻，亦翻前案，而喜爲官場熱中之說。

續紅樓夢三十卷

秦雪塢都閫著，嘉慶三年戊午抱翁軒刻，秀水鄭藥園序，略云，他民已有後紅樓之刻，事同而旨異，雪塢乃別撰三十卷，爲前書衍其緒，非與後刻爭短長也，按是書人名脚色悉照前傳，但多寫幽冥中事，不無涉誕耳。

紅樓圓夢三十卷

夢夢先生著，嘉慶甲戌紅薔閣刻本。接前書，立言詞尚近理，但才力不甚厚，未免有一覽無餘之病。

紅樓復夢一百卷

小和山樵著，嘉慶四年，已未蓉竹山房刻本，山樵一稱少海氏，有自序一篇，大旨謂雪芹之作，本以敍天倫之樂事，余續此書，與雪芹所夢之人民城郭似是而非，偏常具備，而又廣之以懲勸報應之事者云云，按是書氣魄頗大，雖不及前，亦多可驚可喜者。

紅樓夢補四十八卷

歸鋤子著，嘉慶已卯藤花榭刻本，其例略云，此書寫黛玉回生，直接前傳九十七回離魂。接入凡九十七回，以前之事，處處照應，按此書別開生面，亦有近情動人之處。

補紅樓夢四十八卷

瑯環山樵著，嘉慶甲戌年刻，是書多荒謬語。

增補紅樓夢三十二卷

瑯環山樵著，自續其補紅樓夢而廣之，其荒謬與補紅樓等，嘉慶庚辰歲續刻。

紅樓幻夢二十四卷

花月癡人著，道光癸卯年疏影齋刻本。例與夢補一書相同，亦晴黛還魂立意，而辭加華縟者。

右續撰家十種

洞庭王氏紅樓夢新評一百二十卷

吳縣王希廉雪香評本，道光壬辰歲雙清仙館刻，前附總評一卷，問答一卷，其分評於每卷後，條列之尚稱辨晰，原本刻本稱最善者，但檢校疎略，殊多亥豕之訛。

紅樓評夢四卷

靑浦明齋主人著，道光辛巳年刻，前列總評，後於每卷條論其要者，多有抉微達隱之筆，可與王氏抗衡。

紅樓夢詩一卷

海上姜祺季南著，共計絕句一百四十四首，每人一首，詞甚卑淺，不足諷也，其有旁批論斷者，係藺卿氏筆，多有可采，前附大觀園圖，並園說，皆影響模糊，未可徵信，是書爲古梅溪偶刻之一種。

紅樓夢賦一卷

沈青士著，詞筆平妥而已。

紅樓夢論贊一卷

讀花人著，道光壬寅歲粵中養餘精舍刻，作者粵中涂鐵編也。共計論贊七十六首，始賈寶玉，終甄寶玉，每人一首，附以問答數條，即刻入王氏評本，是卷亦附刻王本，但少前總論耳，新見超解，多可悅人，筆氣亦殊兀奡。

右詠評家五種

瀟湘怨四卷怡紅樂二卷

萬玉卿著，香心書屋刻，前四卷本前紅樓事，後二卷黛玉還魂至團圓本後紅樓，計前後二書，共計六十齣。而總名紅樓夢奇，詞旨頗修潔。

紅樓夢傳奇二卷

吳州紅豆邨樵著，亦合前後紅樓而搬演者，共計五十六折，春舟居士爲之序，其才思詞藻，較萬氏作爲優，邨樵係仲雲澗曾賓谷都轉門下也。

陳氏紅樓夢傳奇八卷

元和陳厚甫鍾麟著，計八十齣，詞頗綺縟，而筆少空靈，轉覺讀之傷氣，以視仲氏所作相去遠矣。

紅樓夢散套一卷

荆石山民著，蟾波閣刻本，擇其新穎者，如葬花警曲之類，塡詞十六折，每折後附工尺譜，以便搬演家上口也，情詞幽豔，在仲製伯仲間。

右傳奇家四種